육질은 부드러워

육질은 부드러워

아구스티나 바스테리카
남명성 옮김

해냄

나의 형제
곤살로 바스테리카에게

보는 것과 말하는 것은 절대로 일치하지 않는다.

_ 질 들뢰즈

그들은 내 뇌를 갉아먹고
내 심장의 주스를 마시고
자장가 삼아 이야기를 들려주지…….

_ 파트리시오 레이 이 수스 레돈디토스 데 리코타

차례

- 일러두기

  옮긴이 주는 괄호 안에 '옮긴이'를 함께 넣어 표기하였습니다.

1부 특별한 고기

그리고 너무나도 인간적인 그 표정에 나는 두려움에 가득 찼고.

_레오폴도 루고네스

1

시체. 반으로 절단. 전기 충격. 도살 라인. 분무 세척. 단어들이 머릿속에 떠오르며 그를 때린다. 그를 파괴한다. 하지만 그것들은 그냥 말이 아니다. 피, 짙은 냄새, 자동화, 사고(思考)의 부재다. 그런 개념들이 밤에 갑자기 들이닥쳐 그를 무방비 상태로 만든다. 잠에서 깨면 몸이 온통 땀에 젖어 있다. 인간들을 도살하며 하루를 또 보내야 한다는 걸 스스로 알기 때문이다.

아무도 그것들을 인간이라고 부르지 않아. 그는 담배에 불을 붙이며 생각한다. 그 역시 신참 직원에게 도살 과정을 설명할 때 그것들을 인간이라고 부르지 않는다. 그렇게 불렀다가는 체포될 수도 있고, 잘못하면 시립 도살장에 끌려가 처리될 수도 있다. 사형당한다는 말이 더 옳겠지만, 그런 표현조차 사용할 수 없다. 땀에 젖은 셔츠를 벗으며 머릿속에 들러붙는 생각을 떨쳐내려 애쓴다. 그것들은 식용 동물로 키우지만 인간이다. 냉장고에서 꺼낸 차가운 물을 한 잔 따른다. 천천히 물을 마신다. 그의 머리는 세상에는 진실을 숨기는 말들이 존재한다고 경고한다.

편리하고 위생적인 단어들이 따로 있다. 적법한 단어들.

창문을 연다. 열기에 숨이 막힌다. 창가에 서서 담배를 피우면서 고요한 밤공기를 마신다. 소나 돼지는 쉬웠다. 그는 아버지가 운영했던 육류 가공 공장 '사이프러스'에서 도축 일을 배웠다. 가죽을 벗겨내는 동안 돼지가 내지르는 울음소리를 들으면 물론 겁에 질릴 수 있다. 하지만 귀마개를 사용하면 울음도 나중에는 그냥 단순한 소음이 되고 만다. 지금 그는 공장 사장의 오른팔로 신입 직원들을 관리하고 교육하는 일을 맡고 있다. 죽이는 법을 가르치는 건 직접 죽이는 일보다 더 끔찍하다. 창문 밖으로 고개를 내민다. 탁한 공기를 들이마시자 속이 타는 것 같다.

그는 스스로를 마취해 아무 느낌 없이 살면 좋겠다고 생각한다. 무의식적으로 행동하고 인식하고 숨만 쉬는 것이다. 모든 걸 보고 이해하지만 아무 말도 하지 않는 것. 그러나 기억은 그의 머릿속에 남는다.

많은 사람이 언론에서 고집스레 사용하는 '변이(變移)'라는 말을 받아들였다. 그러나 그는 받아들일 수 없었다. 변이라는 단어로는 그 과정이 얼마나 빠르고 무자비했는지 설명할 수 없다는 걸 알기 때문이다. 이해할 수 없는 것을 한 단어로 요약하고 분류한다. 그것도 의미 없는 단어로. 변화, 변형, 전환. 변이나 같은 뜻으로 보이는 말들이지만, 그 가운데 하나를 선택하는 것으로 세상을 보는 시각이 드러난다. 모든 단어가 결국 식인 행위를 그럴싸하게 표현하는 거잖아. 그는 생각한다.

'식인'이라는 말 역시 그에게 큰 문제를 불러올 수 있다.

그는 정부가 GGB라는 존재를 발표하던 때를 기억한다. 집단 히스테리와 자살, 공포. GGB 이후 사람들은 동물을 먹을 수 없게 되었다. 모든 동물이 인간에게 치명적인 바이러스에 감염되었기 때문이다. 공식 발표로는 그랬다. 정부의 발표는 사람들을 틀에 가두고 모든 의문을 억누를 수 있을 정도로 무게감이 있었다고 그는 생각한다.

맨발로 집 안을 돌아다닌다. GGB 이후 세상은 확실히 변했다. 정부는 백신과 치료제를 만들어내려 애썼지만, 바이러스는 끈질기게 새로운 모습으로 변했다. 채식주의자들의 복수라는 식의 기사들, 동물에 가해지는 폭력에 관한 기사들, TV에 나와 단백질 부족 사태에 어떻게 대처해야 하는지 설명하던 의사들, 아직은 동물 바이러스를 막을 치료법이 없다고 단정하던 언론인들이 떠오른다. 한숨을 내쉬고 다시 담배에 불을 붙인다.

그는 혼자다. 아내는 처가로 가버렸다. 여전히 아내가 그리운 건 아니지만, 집 안이 썰렁해 잠을 이룰 수 없다는 사실이 그를 괴롭힌다. 책장에서 책을 한 권 꺼낸다. 피곤이 달아나 책을 읽으려고 불을 켰다가 다시 끈다. 손의 흉터를 문지른다. 오래전 사고여서 더는 아프지 않은 상처. 돼지였다. 어려서 일을 막 배우기 시작했던 그는 고기를 존중해야 한다는 사실을 알지 못했고, 결국 돼지에게 물어뜯겨 손이 거의 떨어져 나갈 뻔했다. 작업반장과 다른 직원들은 웃음을 멈추지 못했다. 세례를 받은 거야. 그들은 말했다. 아버지는 아무 말도 하지 않았다. 돼지에게 물리고 난 뒤부터 직원들은 그를 사장님 아들이 아닌 그들과 함께 일하는 팀원으로 보기 시작했다. 하지만 그때 함께 일하던 사람들이나 사이프러스 육류 가공 공장은 이제 사라지고 없어. 그는 생각한다.

전화기를 든다. 장모님이 세 번이나 전화했지만 받지 않았다. 아내는 전화하지 않았다.

열기를 견딜 수 없어 샤워를 해야겠다고 생각한다. 물을 틀고 차가운 물줄기 아래 머리를 밀어 넣는다. 머릿속에서 떠나지 않는, 멀게 보이는 이미지와 기억을 지울 수 있었으면 좋겠다. 우글우글 모인 고양이와 개들이 산 채로 불타고 있다. 놈들에게 살짝 긁히기만 해도 죽는다. 시체들을 태운 냄새는 몇 주가 지나도 사라지지 않았다. 노란색 보호 장비를 입은 사람들이 밤에 동네를 소독하고 동물이 보이면 닥치는 대로 죽여 불태우던 모습이 기억난다.

등으로 차가운 물이 떨어진다. 샤워실 바닥에 앉아 천천히 고개를 흔든다. 하지만 머릿속에 떠오르는 기억을 지울 수는 없다. 사람들이 모여서 몰래 다른 사람들을 죽인 후 먹기 시작했다. 두 명의 볼리비아 출신 실직자를 이웃 사람들이 공격한 다음 시신을 토막 내 불에 구워 먹었다는 기사가 언론에 등장했다. 뉴스를 접한 그는 몸서리를 쳤다. 그런 유의 사건이 공개된 것은 그때가 처음이었는데, 그 사건은 결국 대중에게 어디서 났든 고기는 고기일 뿐이라는 인식을 서서히 주입했다.

물줄기가 얼굴로 향하도록 고개를 든다. 쏟아지는 물줄기가 머릿속 생각을 씻어내주었으면 하는 마음이다. 그러나 기억은 사라지지 않은 채 언제까지나 머릿속에 남아 있으리라는 걸 안다. 일부 국가에서는 불법 이민을 온 사람들이 단체로 사라지기 시작했다. 이민자들과 소외되거나 가난한 사람들. 그들은 박해를 받다가 결국 학살당했다. 식품 관련 사업에서 손을 뗄 수밖에 없던 대기업들의 압력에 각국 정부가 항복하면서 결국 식인 합법화가 이루어졌다. 기업들은 가공 공장을 만들고 규칙을 정했다. 오래 지나지 않아 기업들은 대규모 육류 공급을 위해 사람을 동물처럼 사육하기 시작했다.

샤워를 마치고 나온 그는 대충 몸을 닦는다. 거울 속 자신의 모습을 보니 눈 아래에 다크서클이 보인다. 그는 몇몇 사람이 말하려 시도했던 이론을 믿고 있다. 하지만 그 이론을 공개적으로 주장한 사람들은 어쩔 수 없이 입을 닫아야 했다. 바이러스가 거짓이라는 논문을 발표한 저명한 동물학자는 우연히도 사고를 당했다. 모든 일이 지나치게 늘어나는 인구를 줄이려는 음모라고 생각한다던 학자였다. 자원 고갈이 사태의 원인이라던 주장도 있었다. 중국 같은 몇몇 나라에서는 폭동이 발생한 것이 기억나는데, 그런 나라들에서는 인구 폭발로 서로 죽고 죽이는 상황이 벌어지고 있었다. 하지만 어떤 언론도 그런 시각에서 기사를 쓰지 않았다. 세상이 폭발하고 말 거라고 말했던 사람은 그의 아버지였다.

"지금 당장이라도 지구는 터져버리고 말 거야. 얘야, 지구가 산산조각 나거나 우리 모두가 어떤 몹쓸 병에 걸려 전멸하고 말 거다. 중국에서 벌어지는 꼴을 좀 봐. 벌써 인구가 넘쳐서 서로를 죽이기 시작했잖니. 함께 살 공간이 없어서 말이야. 그리고 우리나라도 땅은 넓지만 물이나 식량, 공기는 떨어져가고 있어. 전부 지옥으로 변하고 말 거다."

그는 아버지를 동정하듯 바라보곤 했다. 아버지는 그저 장황하게 떠드는 늙은이로 보였다. 하지만 이제 그는 아버지 말이 옳았다는 걸 알고 있다.

사람들이 서로 죽이기 시작하자 좋은 점도 있었다. 인구와 빈곤이 줄면서 동시에 고기를 얻을 수 있었다. 가격이 너무 비싸긴 했지만, 시장은 빠른 속도로 커져갔다. 대규모 시위와 단식 투쟁이 벌어졌고 인권단체들의 불만 제기도 이어졌다. 동시에 신문 기사와 연구 결과, 뉴스가 여론에 영향을 끼쳤다. 유수의 대학들이 인간은 살아남으려면 동물 단백질이 필요하다고 주장했고, 의사들은 식물 단백질에는 모든 필수 아미노산이 들어 있지 않다는 사실을 확인해주었으며, 전문가들은 온실가스 배출이 줄긴 했지만 대신 영양실조에 빠진 사람이 증가하고 있다고 확신했다. 잡지들은 채소의 나쁜 점에 관한 기사를 실었다. 시위대의 중심은 와해하기 시작했고 언론은 동물 바이러스로 사람들이 죽었다는 기사를 계속 쏟아냈다.

열기가 여전해 숨이 막힌다. 벌거벗은 채 포치(건물의 입구나 현관에 지붕을 갖추어 잠시 차를 대거나 사람들이 비바람을 피하도록 만든 곳-옮긴이)로 걸어 나간다. 바람이 하나도 없다. 해먹에 누워 잠들려고 애쓴다. 머릿속에서 광고 하나가 계속 떠오른다. 아름다운 외모에 보수적으로 차려입은 여자가 세 아이와 남편을 위해 테이블에 저녁을 차리고 있다.

그녀는 카메라를 보며 말한다. "가족을 위해 특별한 음식을 준비했어요. 늘 먹던 같은 고기지만 더 맛있답니다."

가족 모두가 웃으며 저녁을 먹는다. 그가 사는 나라의 정부는 제품의 재정의를 결정했다. 그들은 인육을 '특별육'이라고 부르기로 했다. 그냥 '고기'가 아니라 이제 '특별 안심', '특별 저민 고기', '특별 콩팥'이라고 불러야 했다.

그는 특별 육류라는 말을 쓰지 않는다. 인간이지만 절대 인격체가 될 수 없는, 늘 상품인 것들을 언급할 때 그는 전문 용어를 사용한다. 처리할 두수(頭數)나 하역장에서 계류 중인 개체 무리, 일정하고 질서 있게 진행되어야만 하는 도살 라인, 거름으로 팔아야 할 배설물과 내장 처리 구역을 가리킬 때도 마찬가지다. 그 누구도 그것들을 인간이라고 말하면 안 된다. 그렇게 하면 그것들에게도 인격이 부여된다는 뜻이기 때문이다. 그래서 사람들은 그것들을 제품이나 고기, 식품이라고 말한다. 오직 그만 그렇게 말하지 않는다. 그는 그들에게 어떤 식으로든 명칭을 붙여 부르지 않는다.

2

가죽 공장으로 가는 길은 늘 길게 느껴진다. 텅 빈 들판에 똑바로 뻗은 비포장도로를 아주 오래 지나야 한다. 한때 소와 양과 말을 기르던 들판이다. 지금은 아무것도 없다. 눈길이 닿는 끝까지 아무것도 보이지 않는다.

휴대전화가 울린다. 그는 잠시 차를 세우고 전화를 받는다. 상대방이 장모인 걸 확인한 그는 운전 중이라 통화할 수 없다고 말한다. 장모는 낮은 목소리로 속삭이듯 말한다. 세실리아는 상태가 나아지고 있지만 좀 더 시간이 필요하며, 집에 돌아갈 준비는 아직 되지 않았다고 한다. 그가 아무 말도 하지 않자 장모는 전화를 끊는다.

가죽 공장은 그를 우울하게 만든다. 털과 흙, 기름, 피, 쓰레기, 지방 그리고 화학물질이 뒤섞인 폐수 냄새 때문이다. 그리고 공장 사장인 우라미 씨 때문이다.

황량한 주위 경치는 그에게 왜 아직 이 업계에서 일하는지 다시 한번 떠올리고 질문할 수밖에 없게 한다. 그는 고등학교를 마치고 1년 동안 사이프러스에서 일했다. 그런 다음 대학에 가서 수의사 공부를 하기로 마음먹었다. 아버지도 찬성했고 만족스러워했다. 하지만 대학에 입학하고 얼마 지나지 않아 동물 바이러스가 크게 번졌다. 그는 집으로 돌아왔다. 아버지가 정신이 나갔기 때문이다. 의사들은 노인성 치매로 진단했지만, 그는 아버지가 '변이'를 받아들이지 못했다는 걸 알았다. 많은 사람이 급성 우울증으로 고생하다 삶을 포기했는데, 어떤 이들은 현실과 자신을 분리한 채 살았고 또 다른 일부는 그냥 자살해버리고 말았다.

'히후 가죽 공장, 3km'라는 안내판이 보인다. 공장의 일본인 사장인 우라미 씨는 세상의 모든 걸 멸시하지만, 가죽만은 특별히 사랑한다.

차를 타고 텅 빈 도로를 달리던 그는 기억을 떠올리고 싶지 않아 천천히 고개를 좌우로 흔든다. 하지만 기억은 떠오른다. 밤이면 책들이 자신을 지켜본다고 말하던 아버지, 이웃 사람들이 킬러가 되어 목숨을 위협했다고 주장하던 아버지, 죽은 어머니와 춤을 추었다던 아버지, 속옷 바람으로 들판을 헤매고 다니다 나무를 향해 국가(國歌)를 불러주던 아버지. 아버지가 요양원에 들어간 뒤 집을 팔지 않고도 빚을 갚을 수 있도록 육류 가공 공장을 남에게 넘긴 일. 지금도 만나러 가면 그를 바라보는 아버지의 멍한 눈길.

가죽 공장으로 들어서는데 뭔가 가슴을 때리는 느낌이 든다. 가죽의 분해 과정을 멈추는 화학약품 냄새 때문이다. 냄새는 그의 목을 조른다. 직원들은 아무 소리도 내지 않고 일하고 있다. 언뜻 보면 초자연적인 느낌이 들 정도로 조용해서 마치 선원(禪院)에라도 온 것처럼 느껴지지만, 모든 건 사실 위층 사무실에서 내려다보는 우라미 사장 때문이다. 우라미 사장은 직원들을 직접 지켜보며 일하는 모습을 감시할 뿐만 아니라 공장 전체에 카메라까지 잔뜩 설치해두었다.

그는 우라미 사장의 사무실로 올라간다. 기다릴 필요는 전혀 없다. 언제나 그렇듯 두 명의 일본인 비서가 인사를 건네고 의사는 묻지도 않은 채 투명 머그잔에 담은 홍차를 내어준다. 그는 우라미 사장이 사람들을 그냥 바라보는 것이 아니라 평가하면서 본다는 생각이 든다. 가죽 공장 사장은 늘 웃고 있는데, 그럴 때마다 속으로는 상대방을 관찰하면서 죽여서 살을 발라내고 벗겨낸 가죽이 얼마나 넓을지 계산하는 것 같다는 느낌을 준다.

사무실은 단순하면서도 세련된 모습인데, 벽에는 미켈란젤로의 〈최후의 심판〉을 복제한 싸구려 그림이 걸려 있다.

그는 그림을 여러 번 봤음에도 오늘 처음 그림 속 한 사람이 벗겨낸 사람 가죽을 들고 있다는 사실을 알아차린다. 그를 보던 우라미 사장은 그의 얼굴에 떠오른 당혹스러운 표정을 보고 그의 생각을 알아차렸는지 그림 속 인물이 성 바돌로매이며 산 채로 가죽이 벗겨진 순교자라고 설명하고는 색감이 섬세하지 않느냐고 묻는다. 그는 고개를 끄덕이지만 아무 말도 하지 않는다. 불필요할 정도로 섬세한 표현이라고 생각하기 때문이다.

우라미 사장은 마치 논란의 여지가 없는 일련의 진실을 많은 청중 앞에서 연설하는 것처럼 말한다. 입술이 침으로 번들거린다. 물고기나 두꺼비 입처럼 보인다. 축축해 보이는 입이 이리저리 움직인다. 우라미 사장은 왠지 장어처럼 보이는 사람이다. 그가 할 수 있는 행동이라고는 그저 아무 말 없이 가죽 공장 사장을 지켜보는 것뿐이다. 매번 만날 때마다 기본적으로 같은 이야기를 듣기 때문이다. 그는 우라미 사장이 언어가 자신이 사는 세상을 창조하고 유지하기라도 하는 것처럼, 자신의 말을 통해 현실을 재확인할 필요가 있는 사람이라고 생각한다. 아무 말 없이 그런 상상을 하고 있는데 사무실 벽이 천천히 사라지더니 바닥이 녹아내리고 일본인 비서들이 공기 속으로 증발하기 시작한다. 그런 모습이 보이는 건 그가 그걸 원하기 때문이지만, 그런 일은 절대 벌어질 수가 없다. 왜냐하면 우라미 사장이 숫자에 관해, 요즘 공장에서 실험하는 새 화학약품과 염료에 관해 말하고 있기 때문이다. 우라미는 그가 뻔히 아는 내용, 그러니까 요즘 상품이 얼마나 다루기 힘든지, 그래서 소가죽을 다루던 때가 얼마나 그리운지 말하고 있다. 하지만 우라미는 사람 가죽이 입자가 가장 미세해 자연에서 제일 부드러운 가죽이라고 말한다. 우라미가 전화기를 들더니 일본어로 뭔가 말한다. 비서 한 명이 커다란 서류철을 들고 들어온다. 우라미 사장이 서류철을 열고 서로 다른 가죽 샘플들을 보여준다. 그러더니 마치 가죽 샘플이 의식용 물품이라도 되는 것처럼 어루만지면서 제품이 운송 중에 상처가 나 불량품이 되지 않도록 하는 방법을 설명한다. 인간 피부는 연약해서 그런 일이 벌어질 수도 있다. 우라미 사장이 그에게 샘플을 보여준 것은 이번이 처음이다. 그는 앞에 놓인 가죽 샘플을 보기만 할 뿐 만지지 않는다. 우라미 사장은 손가락으로 매우 하얗고, 따로 표시해둔 샘플을 가리킨다. 우라미는 그것이 가장 비싼 가죽이지만 깊게 상처가 나서 많은 양을 폐기해야만 했다고 설명한다. 감출 수 있으려면 상처가 깊지 않아야 한다고 재차 말한다. 우라미는 그를 위해 특별히 샘플을 만들었다면서 육류 가공 공장과 사육장에서 일하는 사람들에게 가져가 보여주면 좋겠다고 말한다. 그러면 가장 조심해 다뤄야 하는 가죽을 사람들이 알아볼 수 있으리라면서. 우라미 사장이 일어서더니 서랍에서 인쇄

물을 꺼내 넘겨주며 이미 보낸 바 있는 새 디자인인데 앞으로 더 완벽하게 만들 예정이라고 설명한다. 가죽을 벗길 때 칼을 잘못 대면 가죽을 많이 버린다면서 꼭 대칭 모양으로 가죽을 벗겨내야 한다고 설명한다. 우라미 사장은 다시 전화기를 든다. 비서 한 명이 투명한 찻주전자를 들고 들어온다. 우라미가 손짓하자 비서가 차를 더 따른다. 우라미 사장은 신중하게 고른 조화로운 단어들로 계속 말을 잇는다. 그는 차를 마시고 싶은 생각이 전혀 없지만, 머그잔을 들어 입에 댄다. 우라미 사장이 하는 말들이 만들어낸, 작고 통제된 세상은 균열로 가득 차 있다. 그런 세상은 부적절한 단어 하나로도 부서질 수 있다. 우라미는 박피기의 본질적인 중요성을 말하면서 만일 기계가 정확한 두께로 가죽을 벗겨내지 않으면 가죽이 찢어질 수 있다는 얘기, 육류 가공 공장에서 보내온 새 가죽은 나중에 남은 살점들을 제거할 때 번거로워지지 않도록 냉장 상태로 보관해야 한다는 얘기, 작업을 마친 가죽이 마르고 갈라지지 않도록 수분을 잘 공급해주어야 한다는 얘기, 사육장 사람들에게도 수분에 관해 설명하고 미리 유동식을 먹이도록 해야 한다는 얘기, 상품을 조심스럽게 도살하지 않으면 그 결과가 가죽에 드러난다면서 기절시킬 때 정확해야만 한다는 얘기를 늘어놓는다. 그렇지 않으면 가죽이 질겨지고 이후 작업이 어려워진다면서 이렇게 덧붙인다.

"몸에서 가장 큰 기관인 피부에 모든 것이 반영되기 때문이죠."

과장된 스페인어 발음으로 말하는 우라미 사장의 얼굴에서는 웃음이 떠나는 법이 없다. 그렇게 연설이 끝나자 신중하게 계산된 침묵이 찾아온다.

그는 상대방에게 토를 달지 말고 장단만 맞춰야 한다는 사실을 잘 알고 있다. 하지만 그의 머리를 때리며 축적되어 손상을 입히는 말들이 있다. 그는 잔혹함, 무자비함, 지나침, 사디즘이라는 말을 우라미 사장에게 꺼내고 싶다. 그런 말들이 우라미의 웃음을 찢어버리고 통제된 침묵에 구멍을 내고 숨이 막힐 때까지 공기를 짓누르길 원한다.

그러나 그는 아무 말도 하지 않고 웃는다.

우라미 사장은 지금까지 한 번도 그를 배웅한 적이 없다. 하지만 이번에는 두 사람이 함께 아래층으로 내려온다. 그가 공장을 미처 빠져나오기 전에 우라미 사장은 여전히 털로 덮인 가죽을 다루는 직원을 살펴보기 위해 석회유 탱크 옆에 멈춰 선다. 사육장에서 받아온 가죽이 분명하다고 그는 생각한다. 육류 가공 공장에서 납품하는 가죽은 털을 완벽하게 제거하기 때문이다. 우라미 사장이 손을 흔들어 보인다. 관리자가 나타나 생가죽에서 살점을 제거하는 직원에게 소리를 지른다. 아마 일을 제대로 하지 못해 그러는 것 같다. 직원의 서툰 솜씨를 변명하려는 듯 관리자는 우라미 사장에게 살점을 제거하는 탈육기의 롤러가 고장 났는데, 직원들이 수작업에 익숙하지 않아 그렇다고 설명한다. 우라미 사장은 다시 손을 흔들어 관리자의 설명을 막는다. 관리자는 고개를 숙여 보이고는 사라진다.

다음으로 두 사람은 무두질 드럼으로 걸어간다. 우라미 사장은 멈춰 서더니 검은색 가죽이 있으면 좋겠다고 말한다. 느닷없이 나온 말에는 아무런 추가 설명도 없다. 그는 곧 검은색 상품들이 공장에 들어올 예정이라고 거짓말한다. 우라미 사장은 고개를 끄덕이고 작별 인사를 건넨다.

가죽 공장을 나서기 전에 그는 늘 담배를 피운다. 그럴 때마다 그곳 직원이 한 명 다가와 우라미 사장에 관한 끔찍한 얘기를 들려주곤 한다. 소문에 따르면 우라미는 변이 이전에도 사람들을 죽여 가죽을 벗겼는데, 사는 집 모든 벽이 사람 가죽으로 덮였다고 한다. 또 지하실에 사람들을 가둬 두고 있으며 우라미가 산 채로 사람들 가죽을 벗기면서 즐거워한다는 식의 이야기를 한다. 그는 직원들이 왜 이런 이야기를 하는지 이해할 수가 없다. 전부 진짜일 수 있다는 생각도 들지만, 그가 확실하게 아는 유일한 사실은 우라미 사장이 공포 정치를 통해 사업체를 운영하고 있으며 그 방식이 먹히고 있다는 것뿐이다.

그는 가죽 공장을 나서면서 안도감을 느낀다. 그러나 그 순간 왜 스스로 이런 일을 겪어내는지 또 의문을 품는다. 대답은 언제나 같다. 그는 자신이 왜 이런 직업을 가졌는지 알고 있다. 자신의 실력이 최고이며 보수도 그에 걸맞게 받고 있기 때문이다. 게다가 달리 할 수 있는 일이라곤 없고, 아버지의 건강이 그가 버는 돈에 달렸기 때문이기도 하다.

누구나 세상의 무게를 견뎌야만 하는 때가 있는 법이다.

3

육류 가공 공장은 여러 사육장과 거래하지만, 그는 납품 물량이 가장 많은 업체만 방문한다. 전에는 '게레로 이라올라' 사육장이 출장 대상이었지만 요즘 그곳에서 보내오는 상품의 질이 떨어졌다. 그들이 납품하는 상품에 폭력적인 행동을 보이는 개체가 섞여서 오기 시작했는데, 폭력적인 개체는 기절시키기 더 어렵다. '토드 볼델리그' 사육장에는 처음 납품 계약을 맺을 때 와본 적이 있었지만, 영업 출장으로 이곳을 방문하는 건 이번이 처음이다.

사육장에 들어가기 전에 그는 아버지가 입원해 있는 요양원에 전화를 건다. 넬리다라는 이름의 여자가 전화를 받는다. 넬리다는 그녀가 맡은 일에 별 신경을 쓰지 않지만,

마치 그러는 것처럼 열정적으로 과장해 말하곤 한다. 그녀는 불안해하는 것 같은 목소리를 내는데, 잘 들어보면 그녀를 침식하고 소모시키는 권태를 느낄 수 있다. 그녀는 그녀가 아르만도 님이라고 부르는, 그의 아버지가 잘 지내고 있다고 말한다. 그는 넬리다에게 조만간 한 번 들를 예정이고 이번 달 요양비는 이미 송금했다고 말한다. 그를 "자기야"라고 부르며 친근하게 대하는 넬리다가 말한다.

"자기는 걱정할 것 없어. 아르만도 님은 차분하게 지내셔. 가끔 그럴 때가 있긴 하지만, 차분해."

그는 '그럴 때'라는 말이 발작을 뜻하는 거냐고 묻는다. 그녀는 요양원에서 다룰 수 있는 수준이니까 걱정할 것 없다고 답한다.

통화가 끝나고도 그는 차에서 한참 동안 내리지 않는다. 여동생의 전화번호를 찾아 전화를 걸려다가 이내 마음을 바꾼다.

그는 사육장으로 들어간다. 사육장 토드 볼델리그의 사장인 엘 그링고는 독일에서 상품을 대규모로 구매하려는 고객이 와 있는데 사육장을 둘러보게 해줘야 한다면서 그에게 사과한다. 고객이 이쪽 분야가 처음이라 아는 것이 전혀 없어 사업에 관해 설명을 해줘야 한다는 것이다. 워낙 갑작스러운 방문이어서 그에게 미리 연락할 수가 없었다고 한다. 그는 함께 둘러보면서 이야기하면 되니 걱정할 것 없다고 말한다.

엘 그링고는 움직임이 투박하다. 마치 주위 공기가 너무 걸쭉한 것처럼 몸을 움직인다. 자신의 몸뚱이 크기를 제대로 가늠할 수가 없는지 사람들이나 물건에 자꾸 부딪힌다. 그리고 땀을 흘린다. 아주 많이.

처음 만났을 때 그는 엘 그링고가 운영하는 사육장과 거래하는 건 실수라고 생각했다. 하지만 엘 그링고는 유능했고, 상품과 관련해 발생하는 많은 문제를 결국 해결해내는 몇 안 되는 사람들 가운데 한 명이었다. 따로 가르쳐주지 않아도 머리가 팽팽 돌아가는 사람이다.

엘 그링고는 그를 독일에서 온 사내에게 소개한다. 에그몬트 슈라이. 두 사람은 악수한다. 에그몬트는 그의 눈을 보지 않는다. 에그몬트는 새것으로 보이는 청바지와 지나칠 정도로 깨끗한 셔츠를 입었고 하얀색 운동화를 신었다. 다려 입은 셔츠에, 머리에 붙여 빗어 넘긴 금발은 장소와 어울리지 않는다. 하지만 에그몬트는 이곳이 어떤 곳인지 알고 있다. 알고 있기에 아무 말도 하지 않는다. 이런 곳에 한 번도 와보지 않은 사람처럼 보이는 에그몬트의 옷차림은 협상을 앞둔 사람으로서 주위와 정확히 필요한 거리만큼 떨어져 있을 수 있도록 하는 데 도움을 준다.

엘 그링고는 자동 통역기를 꺼낸다. 통역기는 익숙한 물건이지만 그는 지금까지 그걸 사용할 이유가 전혀 없었다.

외국에 가본 적이 한 번도 없기 때문이다. 서너 가지 언어만 통역할 수 있는 걸 보니 오래된 모델 같다. 엘 그링고가 마이크에 대고 말하자 기계는 자동으로 모든 말을 독일어로 통역한다. 기계는 에그몬트에게 이제부터 사육장 시설을 소개할 것이며 종축장부터 시작한다고 알려준다. 에그몬트는 고개를 끄덕이기만 할 뿐 뒷짐 진 채 양손을 앞으로 드러내지 않는다.

그들은 천으로 덮인 채 줄지어 놓인 여러 개의 우리 사이로 걸어간다. 엘 그링고는 에그몬트에게 사육장은 살아 있는 대규모 고기 창고라고 말하더니 사업의 열쇠를 건네는 것처럼 양팔을 들어 올린다. 에그몬트는 이해하는 것처럼 보이지 않는다. 엘 그링고는 과장된 표현을 피하고 기초부터 시작한다. 각 개체를 분리된 우리에 넣어서 격렬하게 서로 충돌하는 상황을 방지하고 다치거나 그들끼리 잡아먹는 걸 막는 방법을 설명한다. 통역기는 기계적인 여자 목소리로 통역한다.

그는 에그몬트가 고개를 끄덕이는 모습을 보면서 역설적이라는 생각을 하지 않을 수가 없다. 고기가 고기를 잡아먹다니.

엘 그링고가 씨수컷의 우리 문을 연다. 바닥에는 깔끔해 보이는 짚이 깔렸고, 바닥에 박은 막대에 고정된 금속 그릇 두 개가 보인다. 한쪽 그릇에는 물이 담겼다. 다른 쪽은 비어 있는데 먹이 그릇이다. 엘 그링고는 통역 기계에 대고 아주 어릴 때부터 키운 씨수컷이며 '순종 1세대'라고 설명한다. 독일인은 호기심 어린 눈으로 씨수컷 개체를 바라본다. 그러더니 자신의 신제품 자동 통역기를 꺼낸다. 독일인은 '순종'이 뭔지 묻는다. 엘 그링고는 순종 1세대, 다시 말해 FGP(First Generation Pure)는 태어날 때부터 가둬서 따로 키운 개체들로 성장 속도를 높이기 위해 유전자를 변형하거나 주사를 맞히지 않은 것들이라고 설명한다. 에그몬트는 이해한 듯 아무 말도 하지 않는다. 엘 그링고는 원래 얘기로 돌아가 자신이 더 재미있어하는 주제로 넘어가더니 씨수컷들은 유전적 품질에 따라 구매한다고 설명한다. 여기 있는 개체는 골라내기용 씨수컷인데, 거세하지 않았고 암컷과 교미를 시키기도 하지만 번식에는 사용하지 않는다. 엘 그링고는 독일인에게 자신이 이 개체를 골라내기용 씨수컷이라고 부르는 이유는 녀석이 임신 준비가 된 암컷들을 알아낼 수 있기 때문이라고 설명한다. 다른 씨수컷들은 정액으로 깡통을 채울 운명이고, 깡통에 받아둔 정액은 인공 수정을 위해 모으게 된다. 기계가 내용을 번역한다.

에그몬트는 우리 안으로 들어가려다가 멈춘다. 씨수컷 개체가 움직이며 바라보자 에그몬트는 뒤로 한 걸음 물러선다. 엘 그링고는 독일인이 얼마나 불편한지 깨닫지 못한 채 계속 이야기를 이어나간다. 씨수컷을 사들일 때는 사료

요구율(동물이 섭취한 사료를 얼마나 고기로 변환할 수 있는지 나타내는 효율-옮긴이)과 근육 조직의 품질을 보고 결정하지만 엘 그링고는 이 녀석을 사지 않고 어릴 때부터 길렀다고 자랑스럽게 얘기하며 재차 설명한다. 엘 그링고는 질병 예방을 위해 인공 수정이 기본이며 다른 무엇보다 그래야만 균일한 품질의 개체를 더 많이 생산해 육류 가공 공장에 납품할 수 있다고 말한다. 엘 그링고는 독일인에게 윙크하며 이렇게 말하는 것으로 설명을 마무리한다.

"투자를 제대로 하려면 100두 이상을 길러야 합니다. 왜냐하면 시설과 전문 인력을 유지하려면 아주 많은 돈이 들어가거든요."

독일인이 기계에 대고 이들은 돼지나 말이 아니고 인간인데 이곳에서 왜 골라내기용 씨수컷을 사용하는지, 그리고 왜 씨수컷이 암컷에게 올라타도 그냥 두는지 알고 싶다고 말한다. 그런 행동은 비위생적이므로 허락해서는 안 된다는 것이다. 기계는 남자 목소리로 통역한다. 여자 목소리보다 훨씬 자연스럽다.

엘 그링고는 불편한 듯 살짝 웃는다. 이곳에서는 아무도 그것들을 인간이라고 부르지 않는다. 이곳에서는 금지된 말이다.

"그렇죠. 물론 그것들은 돼지가 아니지만, 유전적으로는 비슷합니다. 그렇지만 바이러스를 갖고 있지는 않아요."

침묵이 흐르더니 통역기의 목소리가 갈라진 채 흘러나온다. 엘 그링고가 통역기를 들여다본다. 살짝 두드리자 기계가 통역을 시작한다.

"이 수컷은 암컷이 미약 발정(영양 불량, 환경 영향 등으로 어미 개체의 번식 생리가 방해받아 발정 징후가 매우 미약하게 나타나는 현상-옮긴이) 상태일 때 알아차릴 수 있고, 암컷을 최적의 상태로 유지해둘 수 있습니다. 수컷이 암컷에 올라타면 암컷이 임신하려는 의지가 강해진다는 걸 알아냈습니다. 하지만 이 수컷은 정관 절제 수술을 받은 상태여서 교미를 해도 암컷을 임신시킬 수가 없습니다. 유전적인 조절을 해야 하거든요. 어쨌든 수컷은 주기적으로 검사를 받습니다. 이 수컷은 아무 병도 없고 백신도 맞았습니다."

그는 엘 그링고의 말로 공간이 채워지는 모습을 본다. 엘 그링고의 가벼운 말에서는 무게가 전혀 느껴지지 않는다. 그 말들이 기계가 뱉어내는 이해할 수 없고 인위적인 목소리의 말과 섞이는 느낌이 든다. 기계 목소리는 이 모든 말이 그를 뒤덮고 심지어 질식시킬 수도 있다는 걸 알지 못한다.

독일인은 아무 말 없이 씨수컷을 바라보고 있는데, 눈빛에서 부러움이나 존경심 같은 것이 보인다.

독일인은 미소를 지은 후 말한다. "이 친구, 뭐 그렇게 나쁜 삶은 아닌 것 같네요."

기계가 통역한다. 엘 그링고는 놀라 에그몬트를 바라보

더니 짜증 섞인 혐오감을 숨기려고 웃는다.

에그몬트에게 대꾸하는 엘 그링고를 지켜보던 그는 엘 그링고의 머릿속에서 떠오른 의문이 엉겨 붙는 모습을 본다. 에그몬트는 어쩌다 스스로 이런 것과 자신을 비교하게 된 거지? 이 친구는 어쩌다가 한 마리의 동물이 되고 싶어진 거야?

한참 동안 불편하게 침묵을 지키던 엘 그링고가 대답한다. "수명이 짧습니다. 씨수컷으로서 소용이 없어지면 나머지처럼 육류 가공 공장으로 보내게 됩니다."

엘 그링고는 달리 방법이 없다는 듯 입을 멈추지 않고 계속 말한다. 불안해진 토드 볼델리그 사육장의 사장 이마에서 흘러내리던 땀방울이 얼굴의 굴곡진 부분에 잠시 멈춰 매달려 있다. 에그몬트는 개체들이 말을 하는지 묻는다. 주위가 너무 조용해 놀랐기 때문이다. 엘 그링고는 개체들이 어릴 때는 인큐베이터에, 그리고 더 자란 뒤에는 우리 안에 넣어 따로 분리해둔다고 설명한다. 엘 그링고는 개체들을 좀 더 쉽게 통제하기 위해 성대를 제거한다고 말한다.

"아무도 그들이 말하는 걸 원하지 않습니다. 고기는 말하지 않으니까요." 엘 그링고는 말한다. "그들도 의사소통은 할 수 있습니다. 하지만 아주 간단하게 내는 소리를 통해서죠. 춥거나 더운 것처럼 기본적인 의사 표현은 우리도 알아들을 수 있습니다."

씨수컷이 고환을 긁는다. 녀석의 이마에는 'T'자와 'V'자를 겹쳐 만든 사육장 로고를 달군 쇠로 새긴 낙인이 보인다. 사육장에 있는 모든 개체와 마찬가지로 녀석도 발가벗고 있다. 말을 하지 못한다는 사실 뒤에 광기가 도사리고 있기라도 한 것처럼 녀석의 눈길은 불투명하다.

"내년에는 녀석을 협동조합 대회에 내보낼 겁니다." 엘 그링고는 의기양양한 목소리로 말하고는 마치 쥐가 벽을 긁어대는 것 같은 소리를 내며 웃는다.

에그몬트는 무슨 말인지 이해하지 못한 채 엘 그링고를 바라보고 엘 그링고는 협동조합에서 대회를 열어 최고의 순종을 뽑아 상을 준다고 설명한다.

그들은 줄지어 설치된 우리 앞을 걷는다. 엘 그링고는 에그몬트와 떨어져 그에게 가까이 다가온다. 그는 이곳 우리에 최소 200두 이상의 개체가 있다는 생각을 하던 중이다. 게다가 이곳에만 우리들이 설치되어 있는 것이 아니다. 엘 그링고는 한 손을 그의 어깨에 올린다. 손은 묵직하다. 그는 열기와 땀을 느낀다. 어깨 위 손이 그의 셔츠를 적시기 시작한다.

엘 그링고는 낮은 목소리로 말한다. "테호, 잘 들어봐. 다음 주에 새로 기른 녀석들을 보낼 거야. 수출용 품질의 최고급 고기라고. FGP도 몇 마리 섞여 있을 거고."

그는 엘 그링고의 쌕쌕거리는 숨결을 귓가에서 느낄 수

있다.

"지난달에 납품된 물량 가운데 병든 놈들이 둘이나 있었어요. 식품표준국(Food Standard Agency, FSA)에서 상품 포장 허가가 안 났다고요. 그놈들을 스캐빈저들에게 던져줘야 했어요. 크레이그는 그런 일이 또 벌어지면 다른 곳이랑 거래하겠다고 전하라고 했습니다."

"일단 에그몬트를 보내고 나서 얘기를 해보자고." 엘 그링고는 고개를 끄덕이며 말하고는 두 사람을 사무실로 안내한다.

사무실에는 일본인 비서도 없고 홍차도 없다. 사무실이라고는 하지만 공간이 그다지 넓지 않고 벽은 전부 합판으로 꾸며져 있다. 그가 그런 생각을 하고 있을 때 엘 그링고가 그에게 홍보 책자를 건네주며 말한다.

"여기, 테호. 이걸 읽어보라고."

그러고는 에그몬트에게 임신한 암컷들 가운데 특별한 개체들한테서 뽑아낸 혈액을 수출한다고 설명한다. 혈액에 특별한 속성이 있다는 것이다. 홍보 책자의 커다란 붉은색 글자는 이런 방식으로 상품의 생산성을 높일 수 있다고 설명하고 있다.

그는 생각한다. 상품이라는 말은 세상을 이해하기 어렵게 만드는 또 다른 단어다.

엘 그링고는 여전히 말하고 있다. 임신한 암컷의 피는 사용처가 무궁무진하다고 한다. 과거에는 혈액 사업이 불법이었기 때문에 용도가 제대로 개발되지 않았다는 것이다. 그리고 암컷으로부터 혈액을 빼내면 당연히 빈혈 상태가 되어 유산하기 때문에 그렇게 모은 혈액은 엄청나게 비싸다고 말한다. 기계가 통역한다. 당황스러울 정도로 무게감이 느껴지는 말들이 테이블에 떨어진다. 엘 그링고는 에그몬트에게 이건 투자할 가치가 있는 사업이라고 말한다.

에그몬트는 아무 말도 하지 않는다. 다른 두 사람도 마찬가지다. 엘 그링고는 셔츠 소매로 이마를 닦는다. 그들은 사무실에서 나온다.

그들은 젖을 짜는 용도의 개체들이 있는 구역을 지난다. 유축기들이 암컷들의 젖통을 빨아들이고 있다.

엘 그링고는 젖통이라고 부르며 통역기에 대고 말한다. "여기 젖통에서 뽑아내는 유즙은 최고로 품질이 좋습니다."

엘 그링고는 두 사람에게 유리컵을 내밀지만, 에그몬트만 "갓 짜낸 거군요"라고 말하며 컵을 받아든다. 엘 그링고는 이곳 암컷들은 예민하고 생산 수명이 짧다고 설명한다. 젖을 짜내는 개체들은 스트레스를 쉽게 받기 때문에 나중에 젖을 짜낼 수 없게 되면 패스트푸드용 재료로 고기를 공급하는 다른 육류 가공 공장으로 따로 보내는데, 그래야 사육장의 이익을 최대화할 수 있다고 한다.

독일인은 고개를 끄덕이고는 말한다. "세어 슈마카프트."

그러자 기계가 통역한다. "아주 맛있습니다."

출구 쪽으로 가면서 그들은 임신한 암컷들이 있는 건물을 지난다. 일부는 우리 안에 갇혀 있고 일부는 테이블 위에 누워 있다. 테이블 위 암컷 개체들은 팔다리가 없다.

그는 고개를 돌린다. 많은 사육장에서 임신한 암컷들의 팔다리를 자르는 것이 일상이라는 건 그도 알고 있다. 그러지 않으면 암컷들은 우리 쇠창살에 배를 일부러 부딪히거나 사료를 먹지 않는 등 아기가 태어나 육류 가공 공장에서 죽는 걸 막으려 무슨 짓이든 저지르기 때문이다. 무슨 일이 벌어질지 아는 것처럼 말이지. 그는 생각한다.

엘 그링고는 발걸음을 재촉하면서 임신한 암컷들에게 눈길을 주지 않는 에그몬트에게 뭔가 말한다.

바로 옆 건물에는 어린 개체들이 인큐베이터에 들어 있다. 독일인은 멈춰 서서 인큐베이터를 바라본다. 그리고 사진을 찍는다.

"테호." 엘 그링고가 다가오며 말을 거는데 끈적거리며 흐르는 땀에서 역겨운 냄새가 난다. "아까 FSA 얘기가 좀 신경 쓰이는군. 내가 내일 전문가들을 불러 여기 개체들을 검사하라고 하겠네. 혹시 또 폐기 상품이 나오면 알려달라고. 그만큼은 할인해줄 테니까."

의술을 공부한 전문가들이겠지. 그는 생각한다. 의술을 공부했지만 하는 일이 사육장 개체를 검사하는 일이기에 그들을 의사라고 부르는 사람은 아무도 없다.

"또 있어요, 그리고. 화물차 비용 아끼는 짓 좀 그만두세요. 지난번에는 두 개체가 거의 죽은 상태로 실려 왔단 말이에요."

엘 그리고는 고개를 끄덕인다.

"일등석에 앉혀 보내라는 게 아닙니다. 하지만 밀가루 포대처럼 쌓아서 보내면 기절하거나 서로 머리를 부딪치잖아요. 그러다 죽으면 누가 책임집니까? 그리고 상처라도 나면 가죽 공장에서도 값을 제대로 쳐주지 않는다고요. 저희 사장님도 기분이 좋을 리 없고요."

그는 엘 그리고에게 우라미 사장이 준 샘플 서류철을 건네준다.

"피부가 하얀 개체는 특별히 신경 좀 써주세요. 이 서류철은 여기에 몇 주 놔둘 테니까 샘플마다 단가가 어떻게 되는지 보시고 가장 비싼 가죽이 눈에 띄면 특별히 관리 좀 해주세요."

엘 그리고는 얼굴이 벌게진다. "알았다니까. 다시는 그런 일 없도록 하지. 트럭 한 대가 고장 나는 바람에 물량을 맞추려다 보니 평소보다 좀 많이 실어서 보낸 것뿐이야."

세 사람은 또 다른 건물 내부를 가로질러 지난다. 엘 그리고가 우리 가운데 하나를 연다. 그러더니 목에 밧줄을 감은 암컷을 하나 끌어낸다.

엘 그링고는 암컷의 입을 벌린다. 추워 보이는 암컷은 몸을 떨고 있다.

"여기 이빨을 좀 보세요. 완벽하게 건강합니다." 엘 그링고가 말한다. 그리고 암컷의 양팔을 들어 올리고 다리를 벌려 보인다. 에그몬트는 가까이 다가가 살펴본다. 엘 그링고는 통역기에 대고 말한다. "개체들의 건강을 유지할 수 있도록 백신과 약품에 투자하는 것이 중요합니다. 항생제도 많이 쓰고요. 관리하는 모든 개체는 관련 서류를 최신으로 잘 유지하고 있습니다."

독일인이 암컷을 자세히 살펴본다. 암컷의 주위를 한 바퀴 돌고 웅크리고 앉아 암컷의 발을 보고 발가락을 벌려본다. 독일인이 기계에 대고 말하자 통역이 시작된다.

"이 암컷도 순종 1세대인가요?"

엘 그링고는 웃음을 꾹 참는다. "아뇨, 이건 순종이 아닙니다. 아주 빠르게 자라도록 유전자를 개량했고, 특별한 먹이와 약물 주사로 보완했습니다."

"그러면 맛이 달라지지 않나요?"

"이 암컷의 고기는 아주 맛있습니다. 물론 FGP의 고기가 더 품질이 좋지만, 이런 정도의 고기도 아주 훌륭합니다."

엘 그링고는 튜브 모양 장비를 꺼낸다. 테호도 잘 아는 물건이다. 그 역시 육류 가공 공장에서 같은 장비를 사용한다. 엘 그링고는 튜브의 한쪽 끝을 암컷의 팔에 댄다. 버튼을 누르자 암컷이 고통으로 입을 벌린다. 튜브 끝이 팔에 남긴 1밀리미터 정도의 아주 작은 상처에서 피가 흐른다. 엘 그링고가 손을 흔들자 직원 한 명이 다가와 암컷의 상처에 소독약을 바른다.

튜브를 열어보니 안에는 암컷의 팔에서 뽑아낸 약간의 살덩어리가 들어 있다. 길쭉한 모양의 아주 작은 살덩어리는 겨우 손가락 반 정도의 크기다. 엘 그링고는 살점을 독일인에게 건네주며 맛을 보라고 말한다. 독일인은 머뭇거린다. 하지만 잠시 후 살을 입에 넣더니 미소를 짓는다.

"정말 맛있죠? 게다가 아주 단단한 단백질 덩어리이기도 합니다."

엘 그링고가 기계에 대고 말하자 통역이 이루어진다.

독일인이 고개를 끄덕인다.

"이건 최고 등급 고기라고, 테호." 엘 그링고는 그에게 다가오며 작은 목소리로 말한다.

"질긴 고기를 보내더라도 한두 개체 정도면 내가 어떻게 해볼 수 있잖아요. 우리 사장님이라면 기절시킬 때 발생한 문제 때문이라고 생각할 수 있지만, FSA는 그냥 넘어가는 법이 없어요."

"그럼, 물론이지."

"그 친구들은 돼지랑 소를 다룰 때는 뇌물이 먹혔는데, 요즘은 어림도 없어요. 바이러스 때문에 그쪽에서 지나칠 정도로 겁먹는 것도 이해해야 해요. 걔들이 이 공장에 문제가 있다고 판단하면 여기 문 닫아야 합니다."

엘 그링고는 고개를 끄덕이더니 밧줄을 잡아끌어 암컷을 다시 우리에 넣는다. 암컷은 비틀거리다 건초 위로 쓰러진다. 어딘가에서 바비큐 냄새가 난다. 휴게 공간에 가보니 직원들이 꼬챙이에 뭔 고깃덩이를 굽고 있다.

엘 그링고는 에그몬트에게 직원들이 아침 8시부터 준비했다고 말한다. "입에서 살살 녹습니다." 직원들이 굽는 건 아주 어린 개체의 고기다. "어린 고기가 제일 부드럽죠. 아주 조금밖에 안 나와요. 왜냐하면 어린 개체들은 송아지만큼도 무게가 나가지 않거든요. 직원 중에 이번에 아버지가 된 사람이 있어서 축하하는 겁니다. 샌드위치 하나 드시겠습니까?"

에그몬트는 고개를 끄덕이고 그는 사양한다. 그러자 다른 두 사람이 놀라며 그를 바라본다. 이런 고기를 마다할 사람은 없다. 이런 고기를 먹으려면 한 달 월급 정도의 돈이 들 것이다. 엘 그링고는 아무 말도 하지 않는다. '크레이그 육류 가공 공장'의 구매량에 자신의 매출이 달렸다는 걸 알고 있기 때문이다. 직원 한 명이 어린 개체의 고기를 한 조각 잘라내 샌드위치 두 개를 만든다. 그리고 샌드위치에 매콤한 주황색 소스를 뿌린다.

그들은 한 작은 건물로 걸어간다. 엘 그링고가 또 다른 우리를 열더니 두 사람에게 와보라며 손짓한다. 그리고 통역기에 대고 말한다.

"살이 많이 찐 개체를 키우기 시작했어요. 일부러 많이 먹여서 지방이 특별히 풍부한 상품으로 육류 가공 공장에 팔려고요. 이런 고기는 뭐든 만들 수 있습니다. 고급 크래커도 만들 수 있어요."

독일인은 샌드위치를 먹으려고 조금 멀리 떨어진다. 옷을 더럽히고 싶지 않은지 허리를 구부린다. 소스가 운동화와 아주 가까운 곳에 떨어진다. 엘 그링고가 다가가 손수건을 내밀었더니 에그몬트는 괜찮은 듯 샌드위치가 훌륭하다는 손짓을 해 보인다. 독일인은 선 채로 한참 샌드위치를 먹는다.

"그링고, 검은색 가죽이 필요해요."

"실은 아프리카에서 상품을 들여오려고 협상하는 중이야, 테호. 다른 거래처에서도 같은 요청이 있었거든."

"수량은 나중에 확인해서 알려드리죠."

"아무래도 유명한 디자이너가 검은색 가죽으로 옷을 만들려나 봐. 아마 겨울이 되면 수요가 치솟을 거야."

이제 그는 떠나야 한다. 엘 그링고의 목소리를 더는 감당할 수가 없다. 엘 그링고의 말이 허공에 쌓이는 걸 견뎌낼 수가 없다.

그들은 새로 지은 하얀색 건물을 지난다. 사육장에 들어

올 때는 보지 못한 곳이다. 엘 그링고는 그곳을 가리키며 통역기에 대고 말한다. 새로운 사업에 투자하고 있는데, 장기 이식에 필요한 개체들을 기르고 있다고 한다. 에그몬트는 관심이 있는 듯 가까이 다가온다.

엘 그링고는 샌드위치를 한 입 베어 물더니 입에 고기를 가득 넣은 채 말한다. "마침내 법안이 통과되었거든요. 추가로 허가도 받아야 하고 검사도 해야 하지만, 이익을 더 낼수 있습니다. 투자할 만한 또 다른 사업이죠."

그는 엘 그링고의 말을 더는 듣고 싶지 않아 작별 인사를 건넨다. 독일인이 악수를 청하려다가 샌드위치 때문에 자기 손에 기름이 묻은 걸 보더니 멈춘다. 대신 미안하다는 손짓을 해 보이며 속삭이듯 "엔출디궁(미안합니다)"이라고 말하고 웃는다. 통역기는 통역하지 않는다.

독일인의 입가에서 오렌지 소스가 천천히 흘러내리더니 신고 있는 하얀색 운동화 위에 떨어지기 시작한다.

4

그는 일찍 일어난다. 거래하는 정육점을 방문해야 하기 때문이다. 아내는 여전히 처가에서 돌아오지 않고 있다.

그는 한가운데 아기 침대만 덩그러니 하나 놓여 있는 텅 빈 방에 들어간다. 아기 침대의 하얀 나무를 만진다. 침대 머리 판에는 서로 껴안은 곰과 오리의 그림이 그려져 있다. 그 주위를 다람쥐들과 나비들, 나무와 웃음 짓는 태양이 둘러싸고 있다. 구름이나 인간은 보이지 않는다. 옛날 그가 어렸을 때 썼고 그의 아들이 사용한 침대다. 요새는 다정하고 착한 동물이 그려진 물건은 팔리지 않는다. 동물은 작은 배나 예쁜 꽃, 요정 따위로 바뀌었다. 아내가 돌아오기 전에 침대를 부숴 태워 없애야 한다는 걸 그는 알고 있다. 하지만 그럴 수가 없다.

그의 집은 매우 외진 곳에 있다. 가장 가까운 이웃집도 2킬로미터 떨어진 곳에 있다. 이웃집에 가려면 평소 잠가두는 정문을 열고 양쪽에 유칼립투스 나무를 심은 길을 따라 한참 가야 한다. 그런데 정문을 지나 마당까지 들어온 트럭 소리나 구름처럼 일어나는 먼지를 미리 눈치채지 못했다는 사실에 그는 놀랐다. 예전에는 집에서 기르던 개들이 집을 찾아온 차를 따라 뛰며 짖어대기도 했다. 개들이 없어 생기는 완벽한 고요함에 숨이 막히는 것 같다.

누군가 문을 두드리며 그의 이름을 부르고 있다.

"안녕하세요, 테호 씨?"

"네, 접니다."

"엘 그링고라는 분이 선물을 보내셨습니다. 여기 서명 좀 해주실래요?"

그는 아무 생각 없이 서명한다. 사내는 그에게 봉투 하나를 내밀더니 트럭으로 걸어간다. 사내가 트럭의 뒷문을 열고 짐칸으로 들어가 암컷 하나를 꺼낸다.

"뭔가요?"

"암컷 FGP입니다."

"다시 가져가세요, 네? 당장."

사내는 어찌할 바를 모른 채 그 자리에 서서 혼란스러운 듯 그를 보고 있다. 이런 선물을 마다할 사람은 없다. 암컷을 팔면 제법 큰 돈을 만질 수 있다. 어째야 할지 알 수 없는 사내는 암컷의 목에 두른 밧줄을 당긴다. 암컷은 유순하게 밧줄을 따라 움직인다.

"안 됩니다. 이걸 다시 가져가면 엘 그링고 씨가 절 죽일 겁니다."

사내는 밧줄을 단단히 붙잡고 한쪽 끝을 내민다. 그러나 그는 밧줄로 손을 뻗지 않는다. 사내는 밧줄을 그대로 땅에 내려놓더니 재빨리 뒤로 몇 걸음 물러나 트럭에 올라타고 떠나버린다.

5

"그리고, 뭘 보내신 거예요?"

"선물이지."

"난 도살업자지 키우는 사람이 아니에요, 알죠?"

"그냥 며칠 갖고 있어. 그러다가 우리 같이 바비큐나 하자고."

"며칠 동안이나 갖고 있을 시간도, 방법도 없어요. 없었으면 좋겠어요."

"내가 내일 직원들 보내서 잡아줄게."

"잡고 싶으면 내가 직접 잡을 수 있어요."

"그럼 됐네. 혹시 팔아버리고 싶으면 내가 필요한 서류를 챙겨서 보낼게. 몸도 건강한 상품이고 백신도 전부 최근 것

들로 맞혔어. 다른 놈이랑 교배를 시켜도 되고. 번식하기에
도 딱 좋은 나이니까. 하지만 무엇보다 중요한 건 FGP라는
사실이야."

그는 대답하지 않는다. 엘 그링고는 이 암컷이 아주 고급
품이라면서 그가 그게 무슨 말인지 모르기라도 하는 것처
럼 순수한 유전자를 갖고 있다고 반복해 말한다. 그리고 지
금까지 1년 넘게 아몬드가 섞인 먹이를 주며 키워온 위탁
사육 상품이라고 말한다.

"요구 조건이 까다로운 한 고객이 따로 주문해 키운 고기
였어."

엘 그링고는 주문을 받은 뒤 혹시라도 상품이 죽을까 봐
몇 두를 추가로 키워둔 것이라고 설명한다. 엘 그링고는 작
별 인사 전에 자신이 크레이그 육류 가공 공장과의 사업을
얼마나 소중하게 생각하고 있는지 알아달라는 뜻에서 선물
을 보낸 거라는 점을 명확히 설명한다.

"알았어요. 감사합니다." 그는 이렇게 대답하고는 화가
난 채로 전화를 끊는다.

속으로는 엘 그링고와 받은 선물을 저주하고 있다. 그는
자리에 앉아 시간을 확인한다. 이러다가는 늦을 것 같다. 그
는 나무에 묶어둔 암컷의 밧줄을 풀어주기 위해 밖으로 나
간다. 암컷은 목에 걸린 밧줄을 풀어내지 않았다. 어떻게 푸
는지 모르니 당연한 일이라고 그는 생각한다. 그가 다가가

자 암컷은 몸을 떨기 시작한다. 암컷이 땅바닥을 본다. 오줌을 지린다. 그는 암컷을 헛간으로 데려가 망가진 채 녹슨 트럭 문짝에 묶어둔다.

그는 집에 들어가 암컷에게 먹일 만한 것을 찾는다. 엘 그링고는 사료를 함께 보내지 않았다. 보낸 거라고는 문젯거리뿐이다. 그는 냉장고를 연다. 레몬 한 개. 맥주 세 병. 토마토 두 개. 절반 남은 오이 한 개. 언제 먹었는지 모를 식사에서 남은 음식을 담은 냄비. 냄새를 맡아보니 아직 상하지 않은 것 같다. 흰 쌀밥이다.

그는 그릇 하나에 물을 담고 다른 그릇에 찬밥을 가득 담아 헛간으로 가져다준다. 그리고 헛간 문을 잠그고 집으로 돌아간다.

6

영업 출장 일정 가운데 가장 힘든 건 정육점이다. 이유는 시내로 들어가야 하고 스파넬을 만나야 하고 콘크리트가 내뿜는 열기에 숨을 쉬기가 어렵고 통금 시간을 지켜야 하기 때문이다. 게다가 건물과 광장, 도로를 보면 한때 거기에 사람이 훨씬 많았다는 생각이 떠오르기 때문이다.

변이 이전 정육점에서 일하는 사람들은 월급이 형편없이 적었다. 주인들은 유통기한이 지나 상해도 팔 수 있도록 고기에 불순물을 섞으라고 직원들에게 강요하기도 했다. 아버지의 육류 가공 공장에서 일할 때 만났던 정육점 직원에게 들은 얘기다.

"우리가 파는 물건은 죽은 거라서 당연히 상하는데, 사람들은 그걸 받아들일 수가 없나 봐." 직원은 마테차를 홀짝 거리면서 고기가 신선해 보이고 냄새가 나지 않도록 처리하는 비법을 말해주었다. "포장육에는 일산화탄소를 사용하고, 진열대에 올리는 고기는 아주 낮은 온도를 유지하면서 표백제, 탄산수소나트륨, 식초, 양념, 후추를 잔뜩 넣으면 돼."

사람들은 늘 그에게 비밀을 털어놓는다. 그가 남들 이야기를 잘 들어주고 자기 얘기를 하는 데는 관심이 없어서 그러는 것 같다. 정육점 직원은 자기가 일하는 가게 사장이 FSA에서 몰수한 고기를 몰래 사들여 판매하는 방식으로 손해를 메우고 있다고 설명했다. 직원은 죽은 지 오래되어 벌레가 생긴 고기를 작업해 팔아야 했다고 말했다. 직원은 '작업한다'는 말이 고기를 냉장고에 오래 보관해 냄새를 없앤다는 뜻이라고 설명했다. 사장이 누런 반점이 생긴, 병든 고기를 팔라고 해서 상한 부분을 잘라내야 했다고도 했다. 직원은 정육점을 그만두고 평판이 좋은 사이프러스 육류 가공 공장에서 일하고 싶다고 말했다. 직원은 그저 양심적으로 일하면서 가족을 먹여 살리고 싶을 뿐이었다. 표백제 냄새를 참을 수가 없고, 썩어가는 닭고기 냄새에 토할 것 같아 더는 그렇게 끔찍하게 살 수 없다면서. 그리고 밀라네사(빵가루 입힌 고기를 튀긴 남아메리카 음식-옮긴이)를 만들기 위해 제일 싸구려 고기를 찾는, 어떻게든 살림을 꾸려보려는 주부 손님들의 눈을 똑바로 볼 수 없었다고 했다. 사장이 보지 않을 때는 가장 신선한 고기를 팔았다. 사장이 있으면 상한 고기를 팔아야 했고 시간이 흐른 뒤에도 죄책감으로 잠을 이루지 못했다. 정육점 일은 직원 사내의 삶을 야금야금 갉아먹었다. 그는 직원이 털어놓은 모든 이야기를 아버지에게 전했다. 아버지는 그 정육점에 고기를 납품하지 않기로 했고 문제의 직원을 공장으로 데려와 자기 밑에서 일하게 했다.

그의 아버지는 성실한 사람이었고 그래서 정신이 나가버렸다.

그는 차에 올라타 한숨을 내쉰다. 그러나 이내 스파넬을 만난다는 생각에 웃음이 난다. 그녀를 보면 늘 마음이 복잡하다.

운전하는 동안 머릿속에 이미지 하나가 퍼뜩 떠오른다. 헛간에 넣어둔 암컷은 지금 뭘 하고 있을까? 먹을 것이 충분히 남아 있을까? 추울까? 이런 생각을 하던 그는 조용히 엘 그링고를 저주한다.

그는 스파넬 정육점에 도착해 차에서 내린다. 개들이 없어서 도시의 도로 위는 예전보다 깨끗하다. 그리고 텅 비었다. 도시에서는 모든 것이 극단적이다. 격렬하다.

변이 이후 정육점들은 문을 닫았고 인육 소비가 합법화되고 나서 그 가운데 일부가 다시 문을 열었다. 새로 생긴 정육점들은 소유주들이 직접 일하며 소수의 소비자들만을 대상으로 운영되었고, 매우 높은 품질의 제품만을 요구했다. 2호점을 열 수 있는 정육점은 거의 없었고, 있다고 해도 친척이나 완벽히 믿을 수 있는 사람에게만 운영을 맡겼다.

정육점에서 판매하는 특별 고기는 가격이 도저히 감당할 수 없는 수준이었고 그래서 저렴한 상품을 사고파는 암시장이 생겼다. 검사를 받거나 백신을 맞힐 필요가 없는 암시장 고기는 사람의 이름이 붙은, 쉽게 구한 고기였다. 통행금지 시간에 구해 만들어낸 불법 고기를 그렇게 불렀다. 그러나 그런 고기는 유전자 조작을 통해 더 부드럽고 맛있고 중독성이 있도록 관리할 도리가 없었다.

스파넬은 누구보다 먼저 다시 정육점을 열었다. 그는 그녀가 세상에 무관심하다는 걸 안다. 그녀가 할 수 있는 유일한 일은 고기를 써는 것이고, 그녀는 외과 의사처럼 냉랭하게 그런 일을 해낸다. 끈적거리는 에너지, 냄새마저 잠시 멈추는 차가운 공기, 위생 상태를 확인하는 듯한 하얀색 타일, 피로 더러워진 앞치마까지. 그녀에게는 달라진 것이 전혀 없었다. 스파넬은 한때 살아 숨 쉬던 대상을 만지고 조각내고 갈고 가공하고 뼈를 발라내고 자르는 일을 무의식적으로 정밀하게 수행한다. 그녀는 침착하고 계산된 열정으로 일한다.

특별 고기를 다루기 위해서는 새로운 방식의 칼질, 새로운 계량법, 새로운 미각이 필요했다. 스파넬은 누구보다 먼저 새로운 방식을 익힐 수 있었다. 예전부터 냉정하고 무심하게 고기를 다뤄왔기 때문이다. 처음에는 손님이 적었다. 대부분 부잣집에서 일하는 가정부들이었다. 사업을 보는 눈이 밝았던 그녀가 첫 번째 가게를 부자 동네에서 오픈했기 때문이다. 고기를 사러 온 가정부들은 혐오감을 드러내고 혼란스러워하면서 늘 일하는 집주인들이 보내서 왔다는 걸 드러내 말하곤 했다. 마치 그렇게 말해야만 하는 것처럼. 스파넬은 그런 여자들을 보며 얼굴을 찌푸렸지만 이해할 수 있다는 태도를 보였고, 가정부들은 모두 고기를 사러 다시 가게를 찾았다. 그렇게 신뢰가 커지더니 더는 주인들이 보내서 왔다는 설명을 덧붙이지 않았다. 시간이 지나면서 손님들은 점점 더 자주 정육점을 찾았다. 여자가 가게를 운영한다는 사실에 다들 마음이 편했던 모양이었다.

하지만 손님들 가운데 가게 주인 여자가 무슨 생각을 하는지 아는 사람은 아무도 없었다. 그를 제외하고는. 그는 그녀를 잘 알았다. 그녀가 과거에 아버지가 운영하던 육류 가공 공장에서 일했기 때문이다.

스파넬은 담배를 피우면서 그에게 이상한 얘기를 하곤 했다. 그는 최대한 빨리 정육점 볼일을 마쳤으면 하는 마음이다. 그녀의 얼음장 같은 열정이 그를 불편하게 하기 때문이다. 스파넬은 그가 정육점을 찾아갈 때마다 그를 붙잡고 놓아주지 않는다. 그가 아버지 공장에서 처음 일하기 시작했을 때, 그녀는 직원들이 모두 퇴근하면 그를 작업실로 데리고 가곤 했는데 지금도 꼭 그때처럼 군다.

그는 그녀가 이야기 나눌 상대나 생각을 공유할 사람이 아무도 없다고 생각한다. 그는 스파넬이 고기 손질 테이블 위에 기꺼이 다시 누워 그가 숫총각이었을 때 그랬던 것처럼 지극히 효율적이고 냉담하게 몸을 내주리라 생각하기도 한다. 아닐 수도 있다. 이제 취약해지고 연약해진 그녀는 그가 그녀의 차가운 눈빛 너머로 들어갈 수 있도록 눈을 뜰 수도 있다.

정육점에는 조수로 일하는 사내가 한 명 있는데 단 한마디도 말하는 걸 들어본 적이 없다. 조수 사내는 힘들고 단조로운 일을 맡고 있다. 지육을 냉장창고 안으로 옮기고 가게를 청소하는 일이다. 사내의 눈길은 개를 닮았는데, 조건 없는 충성심과 절제된 포악함이 담겨 있다. 그는 조수 사내의 이름을 모른다. 스파넬이 한 번도 사내의 이름을 부른 적이 없기 때문이다. 그가 정육점을 방문할 때면 '엘 페로'(개라는 뜻의 스페인어-옮긴이) 사내는 대개 모습을 드러내지 않는다.

처음에 스파넬은 전통적인 소고기 정형 방식을 택했고 그래서 변화가 두드러지지는 않았다. 가게에 들어선 고객은 과거의 정육점과 다른 점을 찾을 수 없었다. 시간이 지나면서 정육점은 조금씩, 그러나 끊임없이 변화했다. 처음에는 포장한 팔이었는데, 스파넬은 그걸 프로방스식 밀라네사와 삼각살, 콩팥 사이에 잘 보이지 않도록 진열해두었다. 라벨은 그냥 '특별 고기'라고 붙였지만, 스파넬은 상품의 다른 쪽에 손이라는 단어를 교묘하게 피해 '상지(上肢) 말단'이라는 부위 명칭을 표기했다. 다음에는 포장한 발 상품을 추가했는데, 바닥에 상추를 깔고 포장한 다음 라벨에는 '하지 말단'이라고 표기했다. 나중에는 혀와 음경, 코, 고환을 모아 포장한 다음 '스파넬이 선택한 별미'라는 라벨을 붙였다.

오래 지나지 않아 사람들은 앞다리 족발이나 뒷다리 족발을 찾기 시작했는데, 그건 원래 돼지 앞다리와 뒷다리 부위를 일컫는 말이었다. 업계에서는 이걸 소비자들의 허락으로 받아들였고, 상품에 이런 식으로 완곡한 표현을 해 사람들의 두려움을 없앴다.

요즘 스파넬은 귀와 손가락을 꼬치로 만들어 파는데 그걸 '모둠꼬치 세트'라고 이름 붙였다. 눈알로 담근 술과 비네그레트소스를 곁들인 혀도 판매하고 있다.

그녀는 그를 가게 안쪽에 있는, 나무 테이블과 의자 두 개가 있는 방으로 데려간다. 테이블과 의자를 둘러싸고 있는 냉장고 안에는 절반으로 자른 지육이 걸려 있고 그녀는 지육을 냉장창고에서 꺼내 작게 잘라 판다. 도살해 팔과 다리를 잘라낸 인간의 몸통도 '지육(枝肉)'이라고 부른다. 혹시라도 '절반으로 자른 몸통'이라고 부를 일은 없다. 냉장창고 안에는 잘라낸 팔과 다리도 따로 보관되어 있다.

스파넬은 그에게 앉으라고 하더니 전통적인 제조법에 따라 발로 밟아 으깬 포도로 만든 와인을 한 잔 내어준다. 술이 필요한 그는 와인을 마신다. 그래야 그녀의 눈을 볼 수 있다. 그래야 그녀가 보통은 소 내장으로 뒤덮여 있던, 하지만 그때는 수술대처럼 깨끗하게 치운 모습이던 테이블 위로 그를 밀어붙이고 아무 말도 없이 그의 바지를 끌어 내리던 그녀를 떠올리지 않을 수 있다. 여전히 피가 묻어 지저분한 자신의 앞치마를 들어 올리고 그가 벌거벗은 채 누운 테이블 위에 올라서서 고깃덩이를 매다는 천장 고리를 붙잡고 조심스럽게 몸을 낮추던 그녀의 모습.

스파넬이 위험하거나 미쳤다고 생각하는 것도 아니고 그녀의 벌거벗은 몸을 상상하는 것도 아니다. (한 번도 그녀의 벗은 몸을 본 적이 없다.) 여자 정육업자를 많이 만나보지 못했지만, 그들 모두가 이해할 수 없고 판독할 수 없는 존재라는 말도 아니다. 그의 머리를 파고드는 듯한 그녀의 말을 차분하게 들을 수 있으려면 와인이 필요하다는 뜻이다. 그녀가 하는 말은 찌르는 듯 냉랭하다. 그가 그녀의 앞치마를 벗기고 그녀 몸에 손대려고 시도하며 그녀의 머리를 쓸어넘기자 오히려 그의 양팔을 테이블 위로 거칠게 밀어붙이면서 "아니야"라고 말했을 때처럼. 다음 날 그녀를 만나러 갔더니 아무 설명도 없이 키스도 해주지 않은 채 떠나면서 그에게 "안녕"이라고 말했던 것처럼. 나중에야 그는 그녀가 약간의 재산을 물려받아 정육점을 차리게 되었다는 소문을 들었다.

그는 크레이그 육류 가공 회사 규정에 따라 작업하고 고기에 불순물을 섞지 않겠다고 다짐하는 서약서를 그녀에게 내민다. 요즘 특별 고기에 그런 짓을 하는 사람은 없기에 서류와 서명은 그저 형식적인 절차에 지나지 않는다.

스파넬은 서류에 서명하고 와인을 한 모금 마신다. 오전 10시다.

그녀는 담배를 하나 권하더니 불을 붙여준다. 함께 담배를 피우는 동안 그녀가 말한다.

"난 왜 사람들의 웃는 모습이 매력적이라는 건지 모르겠어. 웃으면 그 사람 해골이 보이잖아."

그는 그녀가 웃는 모습을 한 번도 본 적이 없다는 사실을 깨닫는다. 천장에 매달린 고리를 붙잡고 고개를 젖히고 쾌감으로 울부짖을 때조차도. 잔인한 동시에 어두운 단 한 번의 울부짖음이었다.

"내가 죽으면 누군가 내 몸을 암시장에 팔겠지. 알아. 재수 없는 먼 친척 가운데 한 사람이겠지. 그래서 내가 담배 피우고 술을 마시는 거야. 그래야 내 몸이 맛이 없고 내 죽음으로 아무도 즐거울 수 없을 테니까." 그녀는 재빨리 담배를 한 모금 빨더니 말한다. "내가 오늘은 푸주한이지만,

내일은 고깃덩이 신세가 될 수 있는 거지."

그는 와인을 마시고 돈이 있는데 죽었을 때 고기 신세가 되지 않도록 왜 미리 조치해두지 않는지 이해가 되지 않는다고 말한다. 요즘에는 많이들 그렇게 한다. 그녀는 동정하는 듯한 표정으로 그를 바라본다.

"뭐든 확실하게 해둘 수 있는 사람은 없어. 날 먹으라고 해. 내가 아주 끔찍한 복통을 안겨줄 테니까." 그녀는 치아가 드러나지 않게 입을 벌리더니 목구멍 깊숙한 곳에서 소리를 낸다. 깔깔대며 웃는 소리일 수도 있지만 그렇지 않다. "난 온종일 죽음에 둘러싸여 있어." 그녀는 냉장창고 속 지육 덩이들을 가리키며 말한다. "모든 것이 내 운명은 저 안에 있다고 말하고 있어. 아니, 그럼 당신은 우리가 이런 짓을 하고도 대가를 치르지 않으리라 생각해?"

"그러면 그냥 그만두면 되잖아? 가게 팔고 다른 일 하면 안 돼?"

그녀는 그를 보더니 길게 담배 연기를 빨아들인다. 그리고 잠시 아무 말도 하지 않는다. 마치 답이 뻔하기에 아무 말도 필요 없다는 것처럼. 그러더니 천천히 담배 연기를 내뱉고 말한다.

"누가 알아? 어쩌면 언젠가 내가 당신 갈비를 좋은 가격에 팔게 될지. 하지만 팔기 전에 내가 한번 먹어봐야겠지."

그는 와인을 조금 더 마시고 말한다. "먹어보는 게 좋을 거야. 당연히 난 맛있을 테니까."

그리고 그는 그녀를 향해 활짝 웃으며 해골을 드러내 보인다. 그녀는 차가운 눈빛으로 그를 바라본다. 그녀가 진지하다는 걸 알 수 있다. 이런 식의 대화는 금지되어 있으며 두 사람 모두에게 큰 문제를 일으킬 수 있다. 그러나 그는 누구하고도 하지 못할 얘기를 나눌 사람이 필요하다.

가게 출입문에 달린 벨이 울린다. 손님이다. 스파넬이 밖으로 나가고 그는 처리해야 할 업무를 본다.

엘 페로 사내가 나타나더니 그에게는 눈길도 보내지 않고 냉장창고에서 절반짜리 지육 덩어리 하나를 꺼내 유리문으로 연결된 옆 작업실로 가져간다. 그는 엘 페로가 하는 작업을 모두 볼 수 있다. 사내는 지육이 오염되지 않도록 천장 고리에 걸고 농림축산부 인증 마크를 떼어내더니 고기를 자르기 시작한다. 사내는 갈비를 깔끔하게 분리한 다음 스테이크용 가슴살을 잘라낸다.

엘 페로를 지켜보던 그는 예전에 익숙했던 고기 손질법이 이제 기억나지 않는다는 생각을 한다. 정육점에서 다루는 새로운 고기에는 소고기 부위 명칭과 돼지고기 명칭이 많이 뒤섞여 사용되었다. 특별 고기를 손질하는 데 필요한 새로운 안내 책자와 설명이 붙은 대형 그림이 따로 제작되어 배포되었다. 그런 교본은 일반인은 절대 볼 수 없다. 엘 페로가 톱을 꺼내 목덜미를 잘랐다.

스파넬이 들어와 와인을 더 따른다. 의자에 앉은 그녀는 요즘 사람들이 골을 더 많이 주문하기 시작했다고 말한다. 어떤 의사가 머릿속 골을 먹으면 무슨 무슨 어려운 이름의 병에 걸린다고 말한 적이 있는데, 최근 다른 의사들과 여러 대학에서 그럴 일은 없다고 발표한 것 같다. 그녀는 끈적거리는 골수가 머릿속에 있을 때나 좋은 것이라 생각한다. 하지만 사람들이 골을 먹고 싶어 하니 사서 잘라 팔 것이다. 골은 미끈거려서 다루기 쉽지 않다고 그녀가 말한다. 그러면서 이번 주 주문에 골을 추가할 수 있는지 묻지만, 그의 대답은 기다리지도 않는다. 그녀는 펜을 들더니 뭔가 쓰기 시작한다. 그는 온라인으로 주문할 수 있다고 말해주지 않는다. 그는 스파넬이 글 쓰는 모습을 보는 게 좋다. 그녀는 조용히 심각하게 집중한다.

그는 그녀가 주문서를 마무리하는 걸 자세히 살펴본다. 그녀가 쓰는 글씨들은 **빽빽**하게 이어진다. 스파넬은 억눌린 아름다움을 갖고 있다. 잔인한 분위기 속에서 그녀가 어떻게든 드러내 보이려고 하는 어떤 여성스러움이 그를 불편하게 만든다. 그녀의 인위적인 무관심 속에는 감탄할 만한 뭔가가 있다.

그녀에게는 그가 부수고 싶은 뭔가가 있다.

7

변이 이후 거래 업체에 출장을 나가면 늘 시내로 들어가 호텔에서 하룻밤을 보내고 다음 날 수렵장으로 곧장 갔다. 그렇게 하면 길에서 몇 시간을 버리지 않아도 되었다. 그러나 집 헛간에 암컷을 두고 왔으니 집으로 돌아가야만 한다.

도시를 떠나기 전 그는 집에서 키우는 개체에게 먹이려고 특별하게 만든 사료를 산다.

집에 도착하니 밤이다. 차에서 내려 곧장 헛간으로 가면서 엘 그링고를 저주한다. 하필이면 지금, 한창 출장을 다녀야 할 시기의 주중에 엘 그링고는 그에게 골칫거리를 배송한 셈이다. 세실리아도 집에 없는 때에.

그는 헛간을 연다. 암컷은 태아 자세로 웅크린 채 바닥에 누워 있다. 잠든 암컷은 열기가 느껴지는 날씨 속에서도 추워 보인다. 밥과 물은 사라지고 없다. 발로 살짝 건드리자 암컷이 펄쩍 깨어난다. 암컷은 머리를 양손으로 덮고 더 웅크린다.

집으로 들어가 오래된 담요를 꺼내 헛간으로 가져와 암컷 옆에 놓아준다. 그리고 그릇 두 개를 집으로 가져가 새로 채워 다시 헛간으로 가져온다. 그는 건초 더미 위에 앉아 암컷을 바라본다. 암컷은 그릇 위로 몸을 숙이더니 물을 조금 마신다.

암컷은 그를 쳐다보지 않는다. 삶 자체가 두려움이로군. 그는 생각한다.

그는 암컷을 집에서 기를 수 있으며 그것이 적법하다는 걸 안다. 그렇게 하는 사람들이 있다는 것도 안다. 사람들은 개체를 집에 두고 기르면서 산 채로 조금씩 먹는다. 사람들 말로는 그러면 고기 맛이 더 좋다고, 진짜 신선하다고 말한다. 언제 어떻게 어느 부위를 썰어내야 개체가 금방 죽지 않는지 설명하는 교재도 구할 수 있다.

노예를 소유하는 것은 금지되어 있다. 어떤 가족이 몰래 작업장을 차려두고 암컷 노예를 열 명이나 부리다가 들켜 결국 기소된 일도 있었다. 노예 암컷들에게는 낙인이 찍혀 있었다. 그 가족은 암컷들을 사육장에서 구입해 일을 가르쳤다. 그들은 모두 시립 도살장으로 끌려갔다. 암컷들과 가족 모두가 특별 고기가 되었다. 언론은 이 사건을 두고 몇 주 동안 떠들어댔다. 그는 모든 사람이 겁에 질려 반복해서 말하던 문장을 잊지 않고 있다.

"노예라니 야만적이야."

내게는 아무 소용도 없는 암컷이 헛간에 있어. 그는 생각한다. 암컷을 어떻게 해야 할지 알 수가 없다. 암컷의 몸은 더럽다. 언젠가는 씻겨야 할 것이다.

그는 헛간 문을 닫고 집으로 간다. 집으로 들어간 그는 옷을 벗고 샤워실로 간다. 암컷을 팔아 문제를 없애버릴 수도 있다. 계속 키우면서 수정을 시켜 여러 마리로 만든 다음 사업을 벌여 육류 가공 공장을 그만둘 수도 있다. 아버지와 아내, 죽은 아이, 부서지기를 기다리는 아기 침대를 모두 버리고 탈출할 수도 있다.

8

넬리다의 전화에 잠을 깬다.

"아르만도 님이 발작을 일으켰어, 자기야. 심각한 건 아니지만 자기가 알고 있어야 할 것 같아서. 올 필요는 없지만, 혹시 올 수 있으면 좋겠네. 알다시피 아버님도 자기 보면 좋아하시잖아. 늘 알아보시는 건 아니지만. 자기가 면회 왔다 가면 그 뒤로 며칠은 별일 없거든."

그는 연락해줘서 고맙다고, 조만간 한 번 들르겠다고 말한다. 전화를 끊고 다시 침대에 누운 그는 하루가 시작되지 않았으면 좋겠다고 생각한다.

일단 주전자를 불 위에 올리고 옷을 입는다. 마테차를 한 모금 마시면서 수렵장에 전화를 건다. 그리고 집에 급한 일이 생겼다고 설명하고 나중에 연락해 다시 일정을 잡겠다고 말한다. 그런 다음 크레이그 사장에게 전화해 거래처 출장을 전부 마치려면 좀 더 시간이 필요하다고 설명한다. 크레이그는 얼마든지 필요한 만큼 시간을 써도 되지만 공장에 와서 입사 지원자 두 사람의 면접을 봐줬으면 좋겠다고 말한다.

잠시 생각하던 그는 여동생에게 전화를 건다. 그는 여동생에게 아버지가 잘 지내고 있지만 너도 면회를 한 번 가야 할 것 같다고 말한다. 여동생은 두 아이를 키우며 살림까지 하느라 바쁜 탓에 영 시간을 낼 수 없지만 조만간 한 번 가겠다고 말한다. 동생은 도시에 살고 있어 멀리 떨어진 요양원에 가기가 더 힘들다고 말하면서 통금 시간 전에 집에 돌아올 수 있을지 겁난다고 말한다. 그녀는 경멸스럽다는 말투로 그럴 수밖에 없는 세상 탓을 한다. 그러다가 목소리를 바꾸더니 서로 본 지 너무 오래되었으니 그와 세실리아를 저녁 식사에 초대하고 싶다면서 세실리아가 잘 지내고 있는지, 여전히 친정에 머물고 있는지 묻는다. 그는 나중에 다시 연락하겠다며 전화를 끊는다.

그는 헛간 문을 연다. 암컷은 담요 위에 누워 있다. 깜짝 놀라며 잠에서 깬다. 그는 그릇을 가져가 물과 사료를 채워 가져온다. 그 순간 그는 암컷이 배설한 흔적을 발견한다. 집에 돌아오면 이것부터 치워야겠군. 그는 피곤하게 생각한다. 그는 골칫거리인 암컷에게, 벌거벗은 채 그의 집 헛간에 있는 여자에게 거의 눈길조차 주지 않는다.

차에 올라탄 그는 곧장 요양원으로 간다. 그는 절대로 넬리다에게 미리 연락하고 요양원을 방문하지 않는다. 이 지역에서 가장 비싸고 시설이 좋은 요양원에 돈을 내는 그는 미리 알리지 않고 불쑥 방문하는 것도 자신의 권리라는 느낌이 든다.

요양원은 그의 집과 도시 중간쯤에 있다. 출입구가 별도로 있는 폐쇄형 주거 지역 안에 들어 있다. 아버지를 찾아갈 때마다 그는 집에서 몇 킬로미터 떨어진 한 장소에 들른다.

그는 차를 세우고 버려진 동물원 입구로 걸어간다. 출입문을 잠글 때 사용한 쇠사슬은 끊어져 있다. 잔디는 무성하게 웃자랐고 동물 우리들은 전부 비었다.

풀려난 채 돌아다니는 짐승이 있을 수 있어 동물원에 가는 일은 위험하다. 그도 그걸 알지만, 신경 쓰지 않는다. 도시마다 동물의 대량 학살이 벌어졌지만, 오랜 세월 반려동물과 의지하며 살아온 사람들은 그렇게 할 수가 없었다. 그런 사람들 가운데 일부가 바이러스에 감염되어 죽었다는 소문도 있었다. 어떤 사람들은 개나 고양이나 말을 시골 아무 곳에나 풀어주었다. 지금까지 그는 아무 일도 겪은 바 없지만, 사람들은 무기 없이 혼자 밖에 돌아다니는 일이 위험하다고 말한다. 배고픈 상태로 무리를 지어 돌아다니는 짐승들도 있다.

그는 사자 우리로 걸어간다. 우리 앞에 도착한 그는 돌로 만든 난간에 앉는다. 담배를 피워 물고 텅 빈 우리 안을 바라본다.

아버지가 여기 데려왔던 때를 생각한다. 아버지는 엄마가 죽은 뒤 울지 않고 아예 입도 여는 법이 없는 아들을 어떻게 해야 할지 몰랐다. 여동생은 그때 아기여서 보모에게 맡겨진 채 상황을 전혀 알지 못했다.

아버지는 그를 영화관과 광장, 서커스처럼 집에서, 건축학과 졸업장을 들고 웃는 어머니의 사진에서, 여전히 옷장 속에 걸린 옷들에서, 어머니가 직접 골라 침대 위에 걸어둔 샤갈의 그림에서 먼 곳이라면 어디든 데려갔다. 샤갈의 그림 〈창문을 통해 본 파리〉 속에는 사람 얼굴을 한 고양이, 삼각형 모양의 낙하산을 타고 하늘을 나는 남자, 여러 색깔이 섞인 창문, 어두운색 옷을 입은 남녀, 손에 하트가 새겨진 두 얼굴의 남자가 그려져 있었다. 웬지 전부 심각하지만 가끔은 즐겁고 잔혹한 세상의 광기를 말하는 것처럼 보인다. 지금도 그림은 그의 침실에 걸려 있다.

동물원은 가족들과 캐러멜 바른 사과와 분홍색 노란색 파란색 솜사탕과 웃음, 풍선으로 가득 찼고, 우리 안에는 캥거루, 고래, 곰들이 있었다.

아버지는 말하곤 했다. "봐라, 마르코스, 원숭이야. 봐라,

마르코스, 산호뱀이야. 봐라, 마르코스, 호랑이야."

그는 아무 말도 하지 않고 보기만 했다. 아버지가 아무 말도 하지 않았거나 아버지가 한 말이 실제로는 존재하지 않는다는 느낌이 들었기 때문이다. 확신이 들지는 않지만 아버지가 하는 말들이 가늘다가는 투명한 실로 하나로 연결되어 있고, 곧 부서져 내릴 거라는 사실을 직관적으로 알 수 있었다.

두 사람이 사자 우리 앞에 도착했을 때 아버지는 우리 안을 보기만 할 뿐 아무 말도 하지 않았다. 암사자 여러 마리가 햇빛 아래 늘어져 있었다. 수사자는 보이지 않았다. 누군가 동물 먹이용 과자를 들고 있다가 우리 안으로 던져 넣었다. 암사자들은 무관심하게 바라보았다. 그는 사자들과 너무 멀리 떨어져 있다는 생각이 들었다. 그 순간 그가 원하는 건 우리 안으로 뛰어들어 암사자들과 함께 누워 잠들고 싶은 것뿐이었다. 사자들을 어루만졌으면 좋겠다는 생각이었다. 아이들은 소리치고 으르렁거리며 사자 울음소리를 냈고, 사람들은 서로 "미안합니다"라고 말하며 한곳으로 몰려들었다. 그러나 그 순간 갑자기 모두 입을 다물었다. 수사자가 그늘 속 동굴에서 나오더니 천천히 걷기 시작했다.

그는 아버지를 보고 말했다. "아빠, 수사자요. 저기 수사자가 나왔어요, 보여요?"

그러나 고개를 숙인 아버지의 모습은 사람들 속에서 뿌

옇게 보였다. 그는 울고 있지 않았지만, 그가 꺼낼 수 없는 말 뒤로 눈물이 흘렀다.

다 피운 담배를 꺼서 우리 안으로 던져 넣는다. 그리고 일어선다.

바지 주머니에 손을 넣은 채 천천히 걸어 차로 돌아온다. 뭔가 길게 우는 소리가 들린다. 가까운 곳이 아니다. 멈춰 서서 혹시라도 뭔가 있는지 주위를 둘러본다.

그는 '신새벽' 요양원에 도착한다. 벤치와 나무, 분수가 있는, 잘 가꾼 부지에 둘러싸인 큰 건물이다. 전에는 인공연못에 오리들이 살았다는 이야기를 들었다. 지금은 연못이 없다. 오리들도 마찬가지다.

벨을 누르자 간호사가 나온다. 그는 간호사들의 이름을 도무지 외우지 못하지만, 그들은 모두 그의 이름을 기억한다.

"마르코스 씨, 잘 지내셨어요? 들어오세요. 아르만도 님을 얼른 모셔올게요."

그는 근무자가 모두 간호사 자격을 갖춘 요양원을 선택했다. 교육이나 훈련을 받지 않은 간병인이나 야간 근무만 하는 직원들이 일하는 곳은 믿을 수 없었다. 이 요양원에서 세실리아를 만났다.

요양원에 들어설 때마다 가장 먼저 느끼는 건 오줌과 약품의 희미한 냄새다. 여기 있는 사람들이 계속 숨 쉴 수 있도록 해주는 화학약품의 인공적인 냄새. 나무랄 데 없이 깨끗한 곳이지만 노인들이 기저귀를 차고 있어 오줌 냄새는 도저히 없앨 수가 없다는 걸 그는 안다. 그는 이곳 환자들을 절대 할아버지라고 부르지 않는다.

이곳 환자들 모두가 손자가 있지도 않고 앞으로 그렇게 될 수도 없다. 모두 그냥 노인이고 오래 살아온 사람들이고 어쩌면 그것이 이들이 유일하게 이뤄낸 것일지도 모른다.

간호사는 그를 대기실로 안내하더니 음료를 내어준다. 그는 정원을 향해 난 거대한 창문 앞에 놓인 팔걸이의자에 앉는다. 보호 장비 없이는 아무도 산책하러 정원에 나가지 않는다. 어떤 사람들은 우산을 사용한다. 새들이 공격적이진 않지만, 사람들은 새가 주위에 있으면 어쩔 줄을 모른다. 검은 새 한 마리가 작은 덤불 가지 위에 앉아 있다. 누군가 숨을 몰아쉬는 소리가 들린다. 요양원 환자인 노파 한 사람이 두려움에 차 새를 바라보고 있다. 새는 어디론가 날아가고 노인은 마치 말로 스스로를 보호할 수 있기라도 한 것처럼 뭔가 중얼거린다. 그러더니 금세 자리에 앉은 채 잠든다. 노인은 이제 막 목욕을 마친 것 같은 모습이다.

그는 히치콕 감독의 영화 〈새〉를 봤을 때 받았던 충격이 얼마나 컸는지, 그 영화가 상영 금지되지 않았더라면 얼마나 좋았을지 생각한다.

세실리아를 만났던 때를 떠올린다. 그는 지금 앉은 의자에 앉아 기다리고 있었다. 넬리다가 자리에 없어서 세실리아가 그를 아버지에게 안내했다. 그때만 해도 아버지는 걷고 말할 수 있었고, 그가 면회를 오면 의식이 조금이나마 또렷해졌다. 의자에서 일어나 세실리아를 봤을 때 그는 별로 특별한 감정을 느끼지 않았다. 그냥 간호사였다. 하지만 그녀가 말하기 시작하자 관심이 쏠렸다. 목소리였다. 세실리아는 아르만도 님을 위해 특별한 식단을 제공하고 있고 혈압을 비롯해 여러 가지 사항을 주기적으로 챙기고 있으며 지금은 훨씬 안정적이라고 설명했다. 그는 무한한 빛이 두 사람 주위를 채우고 있으며 세실리아의 목소리가 그를 정신적으로 북돋아줄 수 있을 거라는 느낌이 들었다. 그녀의 목소리는 세상 밖으로 나가는 출구였다.

하지만 아이가 잘못된 뒤로 세실리아가 하는 말은 블랙홀이 되었고, 두 사람은 블랙홀 속으로 빠져들어 사라지기 시작했다.

소리를 죽인 채 틀어둔 TV가 보인다. TV에서는 참가자들이 몽둥이로 고양이를 때려죽이는 옛날 프로그램을 재방송하고 있다. 사람들이 상품으로 자동차를 타기 위해 목숨 걸고 고양이와 맞서고 있다. 관객들이 손뼉을 친다.

요양원을 소개하는 안내 책자를 집어 든다. 안내 책자는 테이블 위 잡지들 옆에 놓여 있다. 표지에는 한 남자와 여자가 웃고 있다. 두 사람은 노인이지만 많이 늙어 보이지는 않는다. 과거의 안내 책자는 노인들이 들판에서 즐겁게 뛰

거나 녹색 숲에 둘러싸인 공원에 앉아 있는 사진을 사용하
곤 했다. 요즘 사진 속 배경은 애매하게 중립적인 모습이다.
하지만 노인들은 언제나 그랬던 것처럼 활짝 웃고 있다. 원
모양 안에 붉은 글자로 '24시간 안전 보장'이라고 쓰여 있
다. 공공 요양원에서 노인들이 자연적으로, 또는 치료 중단
으로 사망하면 시신이 암시장으로 팔려나간다는 건 공공연
한 사실이다. 판매되는 특별 고기 가운데 가장 저렴한 종류
인데, 병들고 메마른 데다 약물에 절어 있기 때문이다. 이름
이 붙은 고기인 셈이다. 죽은 노인의 유족이 사설 또는 공공
요양원에 죽은 노인의 몸을 팔아 그들이 남긴 빚을 청산하
도록 허락하는 일도 벌어진다. 요즘은 장례 절차가 존재하
지 않는다. 시신을 땅에서 파내 먹어 치우지 않도록 보장하
기가 쉽지 않기 때문이다. 많은 묘지가 다른 용도로 팔리거
나 버려지는 것 역시 그런 이유 때문이다. 과거에 죽은 자들
이 영면에 들던 시대를 보여주는 유물로 일부 묘지만이 남
아 있을 뿐이다.

그는 아버지의 시신이 잘려 팔리도록 두지 않을 것이다.

대기실에서는 노인들이 쉬는 휴게실이 보인다. 노인들이
모여 앉아 TV를 보고 있다. 대부분 시간을 그렇게 보낸다.
TV를 보며 죽기를 기다린다.

요양원의 환자들 수는 많지 않다. 그것 역시 미리 확실하
게 확인한 사항이다. 버려진 노인들로 북적거리는 요양원

에 아버지를 보내고 싶지 않았다. 그러나 노인들이 많지 않은 이유는 이곳이 주변에서 가장 비싼 시설이기 때문이다.

이곳에서의 시간은 숨이 막힌다. 1초씩, 한 시간씩 흐르는 시간이 피부를 찌르고 꿰뚫는다. 흘러가는 시간을 무시하는 편이 좋지만 그건 불가능하다.

"안녕, 마르코스. 어떻게 지냈어? 다시 보니 정말 반갑네, 자기야."

넬리다가 휠체어에 앉은 아버지를 데려왔다. 그를 좋아하는 넬리다는 그를 끌어안는다. 아버지에게 헌신적인 아들이면서 이곳 간호사 가운데 한 명을 구원해 결혼한 남자의 이야기를 모르는 간호사는 없다. 아기가 죽은 뒤부터 넬리다는 그를 만나면 끌어안기 시작했다.

그는 허리를 숙이고 아버지의 눈을 들여다보면서 손을 잡는다. "아버지, 저예요."

아버지의 텅 빈 눈빛은 황량해 보인다.

"아버지, 좀 괜찮아요?" 그는 허리를 펴며 말한다. "왜 발작을 일으켰는지 아세요?"

넬리다는 그에게 의자에 앉으라고 말한다. 그녀는 아버지가 앉은 휠체어를 팔걸이의자 옆에 나란히 놓아 아버지가 밖을 바라볼 수 있게 한다. 두 사람은 의자 두 개가 놓인 테이블 주위에 모여 앉는다.

"아르만도 님이 또 발작을 일으켰어. 어제 옷을 몽땅 벗더니 야간 근무였던 마르타 간호사가 다른 환자들을 돌보러 간 사이 주방에 가서 이번에 아흔 살 되는 다른 할아버지를 위해 준비해둔 생일 케이크를 몽땅 먹어버리셨어."

그는 새어 나오는 웃음을 감춘다. 아까 그 검은 새가 날아와 다른 덤불에 앉는다. 아버지가 즐거운 듯 새를 손으로 가리킨다. 그는 일어나 휠체어를 창문 가까운 곳으로 밀고 간다. 그가 다시 의자에 앉자 넬리다가 사랑과 동정이 어린 시선으로 그를 바라본다.

"마르코스, 아버지를 밤에는 다시 묶어둬야 할 것 같아." 그녀의 말에 그는 고개를 끄덕인다. "자기가 동의서에 서명해야 해. 아르만도 님을 위해서야. 내가 이러고 싶지 않다는 건 알 거야. 하지만 아버지가 예민하셔서 말이야. 아무거나 닥치는 대로 드시면 안 되거든. 몸에 좋지 않아. 이번에는 케이크였지만 다음엔 칼을 입에 넣을 수도 있잖아."

넬리다는 동의서 양식을 가지러 간다.

아버지는 이제 거의 말을 하지 않는다. 그냥 소리를 낸다. 불만스러워하는 소리. 새어 나오는 소리 안에 말이 압축되어 있다. 광기 뒤에서 썩어가는 말.

그는 팔걸이의자에 앉아 창문 밖을 내다본다. 그러다 아버지의 손을 잡는다. 아버지는 누군지 모르는 듯 그를 바라보지만, 손을 잡아 빼지는 않는다.

9

그는 육류 가공 공장에 도착한다. 공장은 외진 곳에 따로 떨어져 있고 공장 건물 주위를 전기 철조망이 둘러싸고 있다. 스캐빈저들이 늘 쳐들어오려고 해서 전기 철조망을 설치해야 했다. 철조망에 전기를 흘리기 전에는 스캐빈저들이 신선한 고기를 얻기 위해 몸을 다쳐가며 철조망을 뚫거나 넘어왔다. 지금은 판매 불가능한 저질 부산물과 병들어 죽은 고기처럼 놈들 말고는 아무도 먹지 않을 것들로 만족하고 있다.

공장으로 들어가기 전에 그는 차에 앉아 잠시 공장 건물을 바라보고 있다. 빽빽하게 들어선 건물은 하얗고 효율적이다. 건물 안에서 사람들이 살해되고 있다는 걸 보여주는 건 아무것도 없다. 그는 어머니가 보여준, 건축가 프란시스코 살라모네의 작품인 도살장의 사진들을 기억한다. 건물은 파괴되었지만 외벽은 그대로 남았는데, 그곳에 세워져 있는 '도살장'이라는 글자가 침묵 속에서 충격으로 다가온다. 거대하게 홀로 남은 간판은 사라지지 않고 견뎌내고 있다. 도살장 간판은 거친 날씨나 돌을 뚫는 바람, 외벽을 갉아먹는 기후의 영향에도 무너지기를 거부한 채 저항해 살아남았다. 어머니의 설명에 따르면 간판이 아르 데코 양식의 영향을 받았다고 했다. 잿빛 글씨가 하늘을 배경으로 우뚝 서 있다. 하늘이 어떤 모습이든 상관없다. 위압적인 파란색이든, 구름으로 가득하든, 극단적으로 어두컴컴하든 상관없이 글자는 남아 있다. 아름다운 건물 뒤쪽에서 글자는 무자비한 진실을 이야기하고 있다. 도살 행위가 벌어지는 곳이기에 '도살장'이라고 크게 글자를 만들어 세워둔 것이다. 어머니는 사이프러스 육류 가공 공장의 외벽을 새롭게 바꾸고 싶어 했지만, 아버지는 동의하지 않았다. 아버지는 도살장은 눈에 띄지 않고 풍경과 섞여야 한다고, 그래서 실제 그곳의 이름으로 불러서는 절대 안 된다고 했다.

오전에 근무하는 경비원 오스카르가 신문을 읽고 있다. 오스카르는 그가 차에 앉아 있는 모습을 보자마자 얼른 신문을 접고 불안한 듯 그에게 손을 흔든다. 오스카르가 그를 위해 출입문을 열더니 약간 억지스러운 목소리로 말한다.

"안녕하십니까? 좋은 아침입니다, 테호 씨."

그는 인사 대신 경비원에게 고개를 끄덕여 보인다.

그는 차에서 내린다. 안에 들어가기 전에 담배를 피우면서 양팔을 차 지붕에 올린 채 가만히 공장 건물을 바라본다. 이마에 흐르는 땀을 닦아낸다.

육류 가공 공장 주변에는 아무것도 없다. 맨눈으로는 보이는 것이 전혀 없다. 홀로 선 나무 몇 그루와 썩은 내를 풍기는 개천을 빼면 아무것도 없는 공간이 공장 주위를 둘러싸고 있다. 그는 더운 날씨에도 담배를 느릿느릿 피우며 공장에 들어갈 시간을 일부러 늦추고 있다.

그는 곧장 크레이그의 사무실로 간다. 가는 길에 만난 직원 몇 명이 인사를 건넨다. 그는 직원들을 거의 쳐다보지도 않는다. 그는 사장 비서로 일하는 마리의 뺨에 입을 맞추며 인사한다.

그녀는 커피를 권하며 말한다. "금방 가져다줄게요, 마르코스. 만나서 정말 기뻐요. 크레이그 씨가 긴장하시기 시작했어요. 당신이 출장만 떠나면 늘 그러신다니까."

그는 노크도 하지 않고 사무실에 들어가 허락을 구하지도 않고 의자에 앉는다. 크레이그는 전화하는 중이다. 통화하면서 조금만 기다리라는 듯 그를 향해 손짓한다.

크레이그는 직설적이지만 말수가 적다. 적게 말하고 느리게 말한다.

크레이그는 평범한 생활에 어울리지 않는 사람이다. 얼굴은 마치 전부 망쳐버린 그림처럼 보인다. 화가가 구겨 쓰레기통에 던져 넣은 그림. 어디에 가도 도무지 어울리지 않는 사람이다. 인간관계에는 관심이 없고 그래서 자신의 사무실을 개조했다. 우선 사무실을 동떨어진 공간으로 만들어 비서만 자신의 모습을 보고 목소리를 들을 수 있도록 했다. 그런 다음 뒤쪽에 문을 하나 더 만들었다. 문에 계단이 연결되어 있는데, 그 계단을 통해 곧장 공장 뒤쪽 개인 주차장으로 내려갈 수 있다. 직원들이 크레이그를 보는 일은 아예 없거나 아주 드물다.

크레이그 밑에서 일하며 그는 사람이 어떻게 사업을 완벽하게 운영할 수 있는지 알게 되었다. 숫자와 거래에 관한 한 크레이그는 최고였다. 난해한 개념이나 시장 분석, 통계에도 뛰어났다. 크레이그는 오직 먹을 수 있는 인간, 개체, 상품에만 관심이 있었다. 대신 사람들에게는 관심이 없었다. 사람들에게 인사를 건네는 일이나 추위나 더위에 관해 잡담을 나누는 일, 상대방의 문제가 뭔지 듣고 그들의 이름을 기억하는 일, 누가 휴가를 떠났고 아이가 있는지 파악하는 일을 끔찍하게 싫어했다. 그래서 크레이그는 그가 필요했다. 직원 모두가 존중하고 좋아하는 사람은 그였다. 그들 가운데 아무도 그를 진정으로 알지 못하기 때문이다. 그가 아이를 잃었고 아내가 떠났고 아버지가 제정신을 잃고 어두운 침묵 속으로 굴러떨어진 사실을 아는 사람은 거의 없다.

그가 집 헛간에 있는 암컷을 죽이지 못한다는 사실은 아무도 모른다.

10

크레이그가 전화를 끊으며 말한다. "입사 지원자 두 명이 기다리고 있어. 들어오다 못 봤나?"

"못 봤어요."

"자네가 시험을 좀 해봤으면 좋겠어. 난 두 사람 가운데 더 나은 친구 한 명만 채용할 생각이거든."

"그러죠."

"끝나면 알려줘. 이게 더 급한 일이니까."

그가 일어나서 나오려는데 크레이그는 다시 앉으라며 손짓한다.

"다른 건이 있어. 직원 하나가 암컷과 같이 있다 들켰어."

"누구요?"

"야간 경비원이야."

"제가 할 수 있는 일이 없잖아요. 경비원은 제 소관이 아닙니다."

"경비 회사를 또 바꿔야 할 것 같아서 자네한테 알려주는 거야."

"어떻게 잡았답니까?"

"보안 카메라 영상으로. 최근부터 매일 아침 확인하기 시작했거든."

"암컷은요?"

"죽을 지경으로 강간당했어. 그 자식이 강간한 다음 암컷을 다른 상품들이 있는 대형 우리에 던져 넣었어. 엉뚱한 우리에다 넣어버린 거야, 멍청한 자식."

"이제 어떻게 되는 겁니까?"

"FSA에 신고도 했고, 경찰이 재물손괴 혐의로 입건했어."

"경비 회사가 암컷의 가치만큼 배상해야겠군요."

"그야 그렇지. 게다가 암컷이 FGP였거든."

일어서서 나오려던 그는 마리가 커피를 들고 들어오는 모습을 발견한다. 연약해 보이는 그녀지만 그는 이 여자가 한 트럭 가득 들어오는 상품을 모두 도살하라고 하면 혼자서 눈썹도 꿈쩍하지 않고 해치울 수 있다는 사실을 잘 안다. 그는 마리에게 커피는 됐다고 손짓하면서 입사 지원자들이 어디 있는지 묻는다.

"대기실에서 기다리고 있어요. 들어오다 못 봤어요?"

그녀가 묻더니 대기실로 안내하겠다고 말한다. 그는 혼자 가겠다고 말한다.

젊은 남자 두 명이 조용히 기다리고 있다. 그는 자신을 소개하고 두 사람에게 따라오라고 하고는 그들에게 간단하게 공장 견학을 시켜주겠다고 말한다. 함께 하역장으로 걸어가면서 두 사람에게 왜 지원했는지 묻는다. 정성스러운 대답을 기대하지는 않는다. 그는 공장이 지원자가 늘 부족하고 일하러 왔던 사람들도 금세 그만두며 애초에 이런 곳에서 일할 수 있는 사람이 별로 없다는 걸 안다. 돈을 벌기 위해 어쩔 수 없이 찾아왔을 것이다. 이런 일이 급여가 높다는 걸 알고 왔겠지. 그러나 사람들은 돈이 전부가 아니라는 걸 금세 알게 된다. 인간의 내장을 치우는 일을 그만두고 돈을 덜 버는 편이 낫다고 생각하게 될 것이다.

두 지원자 가운데 키가 큰 쪽은 여자친구가 임신해 저축을 시작해야 해서 돈이 필요하다고 말한다. 다른 사내는 무거운 침묵을 지키며 둘러보고만 있다. 사내는 바로 대답하지 않더니 햄버거 공장에서 일하는 친구가 지원해보랬다고 말한다. 그는 사내의 말을 조금도 믿지 않는다.

그들은 하역장에 도착한다. 직원들이 최근 도착한 상품들이 남긴 배설물을 막대기를 이용해 봉투에 담고 있다. 다른 직원들은 물을 뿜어내는 호스로 운송용 우리와 바닥을 씻어내고 있다. 모두 하얀색 작업복과 무릎까지 올라오는 검은색 고무장화를 신고 있다. 직원들이 그에게 인사한다. 그는 웃지 않은 채 고개를 끄덕인다. 키가 큰 지원자가 코를 손으로 쥐더니 얼른 손을 내리고 왜 배설물을 모으는지 묻는다. 다른 지원자는 조용히 지켜보고 있다.

"거름으로 씁니다." 그는 지원자에게 말한다.

그리고 이곳이 상품이 하역되어 무게를 측정하고 낙인을 찍는 장소라고 설명한다. 털도 판매할 수 있어서 도착한 개체의 털을 모두 깎는다. 그런 다음 개체들은 휴식용 우리로 옮겨져 하루를 편하게 쉰다.

"스트레스를 받은 상품에서 나온 고기는 질기거나 맛이 덜해서 등급을 낮게 받습니다." 그는 지원자들에게 말한다. "이곳에서 도살 전 검사가 이루어집니다."

"무슨 검사요?" 키 큰 지원자가 묻는다.

그는 혹시라도 병에 걸린 것 같은 상품이 있으면 제거해야 한다고 설명한다. 지원자는 고개를 끄덕인다.

"병에 걸린 상품은 분리된 특별한 우리에 넣습니다. 몸이 좋아지면 다시 도살 과정으로 돌려보내고 그렇지 못하면 폐기되는 거죠."

"폐기된다, 는 것은 그들도 죽인다는 뜻인가요?" 키 큰 사내가 묻는다.

"네."

"왜 사육장으로 돌려보내지 않죠?"

"운송 비용이 많이 들기 때문입니다. 우리 쪽에서 폐기한 두수를 사육장에 통보하면 그만큼 나중에 할인을 받게 됩니다."

"왜 치료하지 않죠?"

"너무 큰 투자이기 때문입니다."

"죽은 채로 도착하는 개체도 있었나요?" 키 큰 지원자가 계속 묻는다.

그는 살짝 놀라며 질문한 지원자를 바라본다. 취업 지원자는 대개 이런 식의 질문을 하지 않기 때문에 키 큰 지원자의 행동이 그에게 호기심을 불러일으킨다.

"죽어서 오는 경우는 거의 없지만 가끔 발생하는 일입니다. 그런 일이 벌어지면 FSA에 보고하고요. 그러면 그쪽에서 와서 가져갑니다."

그는 자신이 말한 내용이 공식적인 대응이며 그러므로 비교적 진실에 가깝다고 생각한다. 그는 직원들이 그렇게 죽은 일부 개체를 스캐빈저들에게 넘겨준다는 걸 알고 있다(자신이 그러라고 지시했기 때문이다). 스캐빈저들은 넘겨받은 개체를 마체테 칼로 잘라서 나눠 먹는다. 스캐빈저는 개체가 병에 걸렸거나 말거나 신경 쓰지 않는다. 그들은 어차피 고기를 사 먹을 수 없기에 위험을 무릅쓴다. 그는 그런 일을 방치하면서 자비심에서 우러난 일종의 자선 행위라고 생각하려 애쓴다. 하지만 동시에 스캐빈저들과 그들의 굶주림을 무마하는 수단으로 그렇게 하기도 한다. 고기를 향한 갈망은 위험하다.

휴식용 우리가 있는 쪽으로 걸어가는 동안 그는 두 사람에게 처음에는 간단한 업무를 맡아 청소나 쓰레기 수거 같은 일을 하게 될 거라고 말한다. 일단 능력과 성실함을 보여주면 다른 업무를 배울 수 있을 것이다.

휴식용 우리 구역에서는 벽을 날카롭게 뚫고 나오는 듯한 냄새가 느껴진다. 그는 두려움의 냄새라고 생각한다. 세 사람은 계단을 타고 위쪽에 매달린 발코니로 올라간다. 그곳에서 하역 과정을 볼 수 있다. 그는 개체들이 차분함을 유지할 수 있도록 큰 소리로 말하지 말라고 부탁한다. 갑자기 소리가 나면 개체들이 불안해하고, 신경이 날카로워진 그들을 다루기는 더 어렵다. 그들이 있는 발코니 아래에 우리들이 줄지어 놓여 있다. 개체들은 오전 이른 시간에 하역 작업이 이루어지고 있는데도 여행을 마친 뒤라 여전히 흥분한 상태다. 그들은 겁을 집어먹은 것처럼 움직인다.

그는 개체들이 도착하면 물을 뿌려 씻고 검사한다고 설명한다. 빠른 속도로 진행한 뒤 유동식을 먹여 위장 속 내용물을 줄이고 도살 후 오염될 가능성을 줄여야 한다고 덧붙인다. 그는 지금까지 살면서 똑같은 이야기를 몇 번 했는지 세어본다.

키 작은 지원자가 녹색 십자 모양의 낙인이 찍힌 개체들을 가리킨다. "가슴에 찍은 녹색 표시는 뭐죠?"

"녹색 낙인이 찍힌 것들은 수렵장에 보내기로 했다는 뜻입니다. 전문가가 검사해서 최고의 신체 조건을 가진 개체를 뽑죠. 사냥꾼들은 그들에게 도전하는 사냥감이 필요하거든요. 사냥꾼들은 가만히 앉아 있는 사냥감에는 관심이 없습니다. 그들은 사냥감을 뒤쫓길 원합니다."

"그래서 대부분 수컷인 거군요." 키 큰 사내가 말한다.

"그렇죠. 암컷들은 대개 유순하니까. 임신한 암컷들로도 해봤는데 결과는 전혀 달랐어요. 격하게 사나워졌거든요. 아주 가끔 임신한 암컷들을 보내달라는 요청이 옵니다."

"그럼 검은색 십자 낙인은 무슨 뜻이죠?" 키 작은 사내가 묻는다.

"그들은 연구소로 갈 겁니다."

사내가 뭔가 다른 질문을 하려고 하지만 그는 계속 걷는다. 그는 발카 연구소에 관해서는 아무것도 말하고 싶지 않다. 말하고 싶다고 해도 입에 담을 수 없는 얘기다. 하역한 상품을 검사하던 직원들이 우리 쪽에서 그에게 인사한다.

"내일이면 지금 도착한 개체들은 파란색 우리로 옮겨지고 그곳에서 바로 도살 단계로 넘어가게 됩니다."

그는 지원자들에게 말하면서 계단을 내려가 타격 구역으로 걸어간다.

키가 작은 사내가 걸음을 늦추더니 파란색 우리 안 개체들을 보면서 그에게 와보라고 손짓한다. 사내는 우리 안 개체들이 오늘 도살되는지 알고 싶어 한다.

"그래요."

그가 대답하자 사내는 그들을 조용히 바라본다.

타격 구역으로 가는 길에 세 사람은 빨간색 특별 우리 앞을 지난다. 커다란 우리 안에 상품이 한 개체씩 들어 있다. 지원자들이 묻기도 전에 그는 우리 안에는 수출용 품질의 고기가 들어 있고, 모두 순종 1세대라고 설명한다.

"순종 1세대는 시장에서 가장 비싼 고기인데, 기르는 데 오랜 시간이 걸리기 때문입니다."

그 외 다른 고기는 전부 유전자 변형을 통해 더 빨리 자라 수익을 많이 낼 수 있다고 설명한다.

"그럼 우리가 먹는 고기는 완전히 인공이라는 건가요? 합성고기예요?" 키 큰 지원자가 묻는다.

"아, 그건 아니에요. 고기가 인공이거나 합성이라는 뜻이 아닙니다. 맛은 FGP 고기와 그렇게 다르지 않아요. 하지만 FGP가 세련된 미각에 더 어울리는 상등품입니다."

두 지원자는 아무 말도 하지 않은 채 서서 온몸에 FGP라는 글자를 새긴 개체들이 들어 있는 우리를 바라보고 있다. 한 해가 지나 나이를 먹을 때마다 몸에 찍힌 낙인은 한 개씩 늘어난다.

그는 키 큰 지원자의 얼굴이 살짝 창백해진 걸 알아차린다. 다음에 볼 광경을 사내는 견뎌낼 수 없을 것 같다는 생각이 든다. 아마도 토하거나 정신을 잃을 것 같다. 사내에게 괜찮으냐고 묻는다.

"네, 괜찮아요. 아무렇지도 않습니다." 사내가 대답한다.

정신력이 강하지 못한 지원자가 올 때마다 같은 일이 반복된다. 돈이 필요하다지만 돈으로 해결할 수 없는 문제도 있다.

너무 피곤해 죽을 것 같지만 그는 계속 걷는다.

11

그들은 타격 구역에 들어선 다음 휴게실에서 멈춘다. 그 곳에서는 커다란 창문을 통해 타격실을 볼 수 있다. 타격실은 실내가 너무 하얘서 눈을 뜨고 바라보기 어려울 정도다.

두 사람에게 그곳에서 기다리라고 말하자 키 작은 사내는 왜 안에 들어갈 수 없는지 묻는다. 키 큰 사내는 자리를 잡고 앉는다. 그는 적절한 복장을 갖춰 입은 허가받은 직원만 안에 들어갈 수 있으며, 고기가 오염되지 않도록 모든 필요한 조치를 하고 있다고 설명한다.

타격 담당 가운데 한 사람인 세르히오가 그에게 손을 흔들더니 휴게실로 들어온다. 하얀색 작업복과 검은색 장화, 마스크, 비닐 앞치마에 헬멧과 장갑까지 갖춰 입은 모습이다. 세르히오는 그를 껴안는다.

"테호, 한참 안 보이더군, 친구."

"영업 출장 갔었어요. 고객들과 공급 거래처 좀 만나느라고. 여기 소개 좀 할게요."

그는 가끔 세르히오와 맥주를 마시기도 한다. 그는 세르히오가 진실한 사람이며 그가 사장 오른팔이라고 해서 공연히 억지로 웃거나 그에게서 뭔가를 바라는 사람이 아니라고 생각한다. 또 속내를 털어놓아도 문제가 될 리 없는 사람이라고 생각한다. 아이가 죽었을 때 세르히오는 그를 불쌍한 눈으로 보며 '레오는 이제 아기 천사가 된 거야'라고 말하지 않았다. 그의 곁에서 침묵을 지키거나 어찌할 바를 모르거나 그를 피하지도 않았고, 그를 평소와 다르게 대하지도 않았다. 세르히오는 그를 껴안아주고 그를 술집에 데려가 취하게 하고 쉴 틈 없이 농담을 들려주었다. 결국 두 사람은 울부짖을 지경이 될 때까지 웃어야 했다. 여전히 고통스러웠지만, 세르히오가 친구라는 사실은 확인할 수 있었다. 한번은 그에게 왜 도살장에서 일하느냐고 물었다. 세르히오는 개체들과 가족 중에서 선택해야 하기 때문이라고 말했다. 자신이 할 줄 아는 일은 이것뿐이고 돈도 많이 벌 수 있다고 했다. 양심의 가책을 느낄 때면 아이들을 생각하고 일해 버는 돈으로 아이들에게 더 나은 삶을 줄 수 있다는 걸 생각한다고 했다. 동물 고기 금지가 인구 과잉과 가난, 기아를 없애지는 못했지만, 그에 맞서 싸우는 데 도움은 되었다고 말했다. 또 모든 것에는 쓰임새가 있는데 고기의 목적은 도살당해 먹히는 데 있다고도 했다. 세르히오는 자기가 하는 일과 사람들이 고기를 먹을 수 있다는 사실에 감사하며 자랑스럽게 여긴다고 했다. 세르히오는 계속 말하고 있었지만, 그는 더 들어줄 수가 없었다.

세르히오의 장녀가 대학에 입학했을 때 두 사람이 함께 축하한 적이 있다. 그는 함께 축배를 들고 술잔을 기울이면서 세르히오의 아이들을 교육시키기 위해 얼마나 많은 개체가 필요했을지, 세르히오는 살면서 몽둥이를 몇 번이나 휘둘렀을지 속으로 생각했다. 그는 세르히오에게 자기 밑에서 사무직으로 일할 자리를 만들어줄 수도 있다고 제안했는데 세르히오는 퉁명스럽게 대꾸했다.

"난 지금 일이 더 좋아."

그는 상대방의 대답을 존중했고 따로 설명을 요구하지 않았다. 세르히오의 말이 간단하고 명확했기 때문이다. 세르히오가 하는 말은 날카롭게 날이 서 있지 않았다.

세르히오는 지원자들에게 다가가 악수를 청한다.

"이 사람이 하는 일은 머리에 타격을 가하는 것으로 가장 중요합니다. 머리를 때려 정신을 잃게 해야 목을 딸 수 있습니다. 자, 들어가서 시범을 보여주세요, 세르히오."

그는 세르히오에게 말하고 지원자들이 창문 아래 설치된

계단에 올라서도록 안내한다. 계단에 서면 타격실 내부에서 어떤 상황이 벌어지는지 볼 수 있다.

세르히오는 타격실에 들어가 작업대 위에 올라서서 몽둥이를 든다. 그리고 소리친다. "다음 들여보내!"

단두대처럼 생긴 출입문이 위로 열리더니 스무 살 정도로밖에 보이지 않는 벌거벗은 암컷 하나가 걸어 들어온다. 몸은 젖었고 양손은 케이블타이를 이용해 뒤로 묶여 있다. 온몸의 털을 모두 깎아낸 모습이다. 타격실 내부는 매우 좁다. 암컷은 거의 움직일 수가 없을 정도다. 세르히오는 수직으로 선 기둥에 연결된 스테인리스스틸 재질의 쇠고랑을 암컷의 목에 두르고 단단히 잠근다. 암컷은 몸을 살짝 떨며 벗어나려 애쓴다. 암컷이 입을 연다.

세르히오가 암컷의 눈을 보며 마치 애무하는 것처럼 머리를 몇 번 어루만진다. 그런 다음 암컷의 귀에 대고 그들에게 들리지 않도록 뭔가 말하거나 노래한다. 암컷이 차분해지며 움직임을 멈춘다. 세르히오는 방망이를 들더니 암컷의 이마를 때린다. 날카로운 가격이다. 너무 빠르고 조용해 믿어지지 않을 정도다. 암컷은 정신을 잃은 채 쓰러진다. 축 늘어진 암컷의 몸은 세르히오가 쇠고랑을 풀자 바닥으로 무너져 내린다. 자동문이 바깥쪽으로 열리고 몸을 내보내기 위해 실내 바닥이 기울어지자 암컷의 몸이 바닥을 따라 미끄러진다.

직원 한 명이 들어와 암컷의 두 발을 체인에 연결된 끈으로 묶는다. 그리고 양손을 묶은 케이블타이를 자르고 버튼을 누른다. 쓰러진 몸은 위로 끌려 올라가면서 레일 시스템을 통해 거꾸로 매달린 채 다른 방으로 옮겨진다. 직원이 휴게실 안을 보더니 그를 향해 손을 흔든다. 그는 직원의 이름은 기억나지 않지만, 몇 달 전에 자신이 직접 채용했다는 걸 알고 있다.

직원이 호스에서 흘러나오는 물로 타격실 바닥에 흩어진 배설물을 씻어낸다.

키가 큰 지원자가 계단에서 내려오더니 의자에 앉아 고개를 푹 숙인다. 금방 토하겠군. 그는 생각한다. 하지만 사내는 일어서서 정신을 차린다. 세르히오는 시범이 자랑스러웠는지 미소를 띤 채 휴게실로 들어온다.

"자, 어때요? 해보고 싶은 사람 있어요?" 세르히오가 말한다.

키 작은 지원자가 앞으로 나서며 말한다. "저요."

세르히오는 크게 웃으며 말한다. "그렇게 빨리는 안 돼, 친구. 이런 일을 하려면 한참 배워야지." 사내는 실망한 것처럼 보인다. "내가 몇 가지 설명을 해주지. 만일 때렸는데 죽으면 고기를 망치게 돼. 그리고 한 방에 기절시키지 못하면 도살장에 산 채로 들어가게 되니까 마찬가지로 고기를 망치는 거고. 알겠나?" 세르히오는 사내를 껴안더니 살짝 몸을 흔들어주며 웃는다. "요즘 젊은 친구들이 이렇다니까, 테호. 세상을 차지할 태세지만 제대로 걷지도 못한다고."

키 작은 지원자를 제외하고 모두 웃음을 터뜨린다.

세르히오는 초보자들은 도살총을 사용한다고 설명한다. "도살총을 쓰면 실수할 가능성은 줄어들겠지? 대신 육질이 부드럽지 않아. 지금 밖에서 쉬고 있는 리카르도도 타격 담당인데, 도살총을 쓰면서 몽둥이 쓰는 법을 배우고 있어. 그 친구는 여기서 일한 지 6개월 됐지." 세르히오는 이런 말로 마무리한다. "일을 제대로 할 줄 아는 사람들이라면 몽둥이만 쓰는 법이야."

키 큰 사내가 세르히오에게 때리기 전에 고기에게 무슨 말을 들려주었느냐고, 왜 그랬느냐고 묻는다. 모두가 세르히오의 대답을 기다리는 동안 그는 왜 사내가 기절한 암컷을 개체나 상품이라고 하지 않고 '고기'라고 부르는지 놀란 동시에 궁금한 생각이 든다. 그 순간 세르히오는 작업자마다 개체를 차분하게 만드는 비법이 있다고 말한다. 새로 들어온 직원은 자신만의 방법을 찾아야만 한다고 말한다.

"왜 비명도 안 지르죠?" 사내가 묻는다.

그는 대답하고 싶지 않다. 그는 자신이 다른 곳에 있었으면 하고 바라지만, 그는 그곳에 있다.

입을 연 사람은 세르히오다. "성대가 없거든."

키 작은 지원자는 계단 위로 올라가 다시 타격실 안을 들여다본다. 사내는 양손을 유리창에 댄다. 열의가 느껴지는 눈빛이다. 눈빛 속에서 조급함이 느껴진다.

그는 사내가 위험하다고 생각한다. 누군가를 죽이고 싶어 하는 사람은 불안정한 사람이고, 죽이는 걸 일상적인 업무로 받아들일 수 없는 사람이고, 감정에 좌우되지 않는 행동을 통해 인간을 기계적으로 죽일 수 없는 사람이다.

12

그들은 휴게실을 나선다. 그는 두 사람에게 이제 도살 구역으로 이동한다고 말한다.

"저희도 안에 들어가나요?" 키 작은 사내가 묻는다.

그는 엄격한 눈빛으로 사내를 본다. "아뇨, 우린 안 들어갑니다. 이미 말했지만 우리 복장이 규정에 맞지 않아요."

사내는 바닥을 내려다보며 대꾸하지 않더니 조바심이 나는지 양손을 바지 주머니에 찔러 넣는다. 그는 사내가 가짜로 지원한 것이 아닌지 의심스럽다. 사람들은 가끔 도살 장면을 볼 수 있다는 생각에 지원자인 척하기도 한다. 그런 과정을 보며 즐기는 사람들이다. 그런 사람들에게 도살장 풍경은 호기심의 대상이며 그들 삶에 추가되는 재미난 일화가 된다. 그는 그런 사람들은 이런 일의 무게를 받아들이고 짊어질 용기가 없다고 생각한다.

그들은 방혈실이 바로 보이는 넓은 창이 설치된 복도를 지나며 걷는다. 직원들은 하얀색 작업복을 입고 하얀 공간 안에서 일하고 있다. 그러나 겉보기에만 깔끔한 실내는 어마어마하게 쏟아져 나와 홈통을 따라 흐르면서 벽과 작업복, 바닥, 손에 튀는 피로 더럽혀진다.

개체들은 천장의 자동 레일에 매달려 안으로 들어온다. 세 개의 몸통이 머리를 아래로 한 채 매달려 있다. 첫 번째는 목을 칼로 가른 상태이고 나머지 둘은 순서를 기다리고 있다. 둘 가운데 하나는 조금 전 세르히오가 기절시킨 바로 그 암컷이다. 작업자가 버튼을 누르자 방혈이 끝난 몸은 레일이 움직이는 대로 이동하고 다음 개체가 홈통 위 작업 위치로 옮겨진다. 작업자는 재빠른 움직임으로 개체의 목을 칼로 가른다. 몸이 살짝 꿈틀거린다. 홈통으로 피가 쏟아진다. 피가 작업자의 앞치마와 바지, 장화를 더럽힌다.

키 작은 사내는 피를 모아 어디에 쓰는지 묻는다. 그는 사내를 무시하기로 한다.

키 큰 지원자가 그를 대신해 대답한다. "비료를 만드는 데 사용해요."

그가 바라보자 키 큰 사내는 웃으며 아버지가 예전에 잠깐 과거에 존재했던 육류 가공 공장에서 일한 적이 있어 조금 들었다고 말한다. 사내는 "과거에 존재했던"이라고 말하면서 고개를 숙이고 목소리를 낮춘다. 마치 슬픔이나 체념을 느끼는 것처럼.

"소의 피는 비료를 만들 때 사용했죠. 여기서 나온 피는 다른 용도가 있습니다." 그는 키 큰 사내에게 말하지만, 용도가 뭔지는 말하지 않는다.

"맛 좋은 소시지라도 만드는 모양이군요. 그런가요?" 키 작은 사내가 말한다.

그는 사내를 노려볼 뿐 대답은 하지 않는다.

그는 방혈실 안을 보며 작업자가 다른 직원과 산만하게 잡담하는 모습을 지켜본다. 너무 시간을 지체하는군. 그는 생각한다. 세르히오가 기절시킨 암컷이 움직이기 시작한다. 작업자는 개체의 움직임을 보지 못한다. 암컷은 처음에는 천천히, 그리고 좀 더 확실하게 몸을 뒤튼다. 움직임이 격렬해지고 암컷은 자신의 발을 묶은 끈이 느슨해지자 스스로 몸을 푼다. 쿵 소리와 함께 몸이 바닥에 떨어진다. 바닥에서 몸을 떠는 암컷의 하얀 피부는 먼저 목이 잘린 개체들이 쏟아낸 피에 젖는다. 암컷이 한쪽 팔을 들어 올린다. 일어서려고 애쓴다. 작업자가 돌아서더니 아무렇지 않은 표정으로 바라본다. 작업자는 도살총을 손에 쥐고 암컷의 이마에 대더니 방아쇠를 당긴다. 그리고 다시 암컷을 레일에 달린 고리에 매단다.

키 작은 지원자는 창문으로 다가가 얼굴에 능글맞은 웃음을 띠고 그 광경을 바라본다. 키 큰 사내는 입을 손으로 막는다.

지원자들이 서서 지켜보는 가운데 그는 창문 유리를 두드린다. 작업자가 펄쩍 뛰며 놀란다. 작업자는 창문 너머로 상사를 본 것이 처음이지만 실수를 저지르면 공장에서 잘릴 수도 있다는 건 알고 있다. 그는 작업자에게 밖으로 나오라며 손짓한다. 작업자 사내는 자기 대신 일할 직원을 부르고 방혈실에서 밖으로 나온다. 그는 작업자의 이름을 부르면서 방금 있었던 일이 다시 일어나서는 안 된다고 말한다.

"이 고기는 두려움 속에서 죽었고 맛이 나쁠 거야. 자네가 너무 시간을 끄는 통에 세르히오가 해낸 일을 망쳤어."

작업자는 바닥을 내려다보며 실수였다고 사과하고 다시는 그런 일이 없도록 하겠다고 말한다. 그는 사내에게 나중에 따로 지시할 때까지 내장 처리실에서 일하라고 지시한다. 사내는 구역질이 난다는 표정을 숨기지 못하지만 고개를 끄덕인다.

세르히오가 기절시킨 암컷은 이제 피가 모두 제거된 상태다. 아직 목을 갈라야 하는 개체가 하나 남아 있다.

그는 키 큰 사내가 몸을 웅크리고 양손으로 머리를 감싸 쥔 모습을 발견한다. 그는 꼼짝도 하지 않는 사내에게 다가가 등을 두드리며 괜찮은지 묻는다. 사내는 대답하지 않은 채 그저 시간이 좀 필요하다는 손짓만 해 보인다. 다른 지원자는 매료된 모습으로 뒤에서 무슨 일이 벌어지는지 알아차리지도 못한 채 계속 지켜보고 있다. 키 큰 사내가 일어선다. 얼굴은 하얘졌고 땀방울이 이마에 맺혀 있다. 그러나 그는 정신을 차리고 다시 지켜보기 시작한다.

그들은 방혈이 끝난 암컷의 몸이 레일을 따라 움직이다가 작업자가 두 발을 묶은 끈을 풀어내자 다른 개체들이 둥둥 떠 있는 탕박(뜨거운 물에 도체를 담가 가금류의 깃털이나 돼지의 피모를 간편하게 제거하는 공정-옮긴이) 탱크의 끓는 물속으로 떨어지는 모습을 지켜본다. 다른 직원이 개체의 몸이 뜨거운 물에 잠기도록 막대기로 찍어 누른다. 키 큰 지원자는 물속에 잠기면 폐에 오염된 물이 들어가지 않느냐고 묻는다.

'똑똑한 친구로군.' 그는 생각한다.

그리고 사내에게 물론 그렇지만 개체가 숨을 쉬지 않기 때문에 들어가는 물의 양이 매우 적다고 말한다. 그는 공장의 다음 투자 사업 분야는 고온수 분사형 탕박 장치가 될 거라고 말해준다.

"그런 식의 장치를 사용하면 한번에 한 개체씩 레일에 매단 채 탕박을 할 수 있습니다." 그는 설명한다.

작업자가 물에 떠 있는 개체 가운데 하나를 적재 용기 선반 위로 옮기자 적재 용기는 위로 올라가며 개체를 탈모기

속으로 던져 넣는다. 그곳에서 개체는 회전하기 시작하고 스크레이퍼가 달린 롤러 시스템이 털을 제거한다. 도살 과정 중에서 이 부분은 그에게 여전히 괴롭게 느껴진다. 빠른 속도로 돌아가는 몸뚱이들. 마치 이상하고 비밀스러운 춤을 추는 것처럼 보인다.

13

그는 지원자들에게 따라오라고 손짓한다. 다음에 소개할
곳은 내장 처리실이다. 그들은 아주 천천히 그리로 걸어가
고, 그는 두 사람에게 상품은 어느 부분도 버리지 않고 거의
전부 사용한다고 말한다.

"버리는 게 거의 없어요." 그는 말한다.

키 작은 지원자가 멈춰 서서 탕박한 개체를 토치를 이용
해 불로 지지는 작업을 지켜본다. 일단 털을 모두 없애야 내
장을 제거할 수 있다.

그리로 가던 중 그들은 절단실을 지난다. 모든 작업 공간
이 레일을 통해 연결되어 있어 개체들은 자동으로 단계별
로 이동할 수 있다. 그들은 넓은 유리창을 통해 세르히오가

기절시킨 암컷의 머리와 팔다리를 톱으로 자르는 모습을 지켜볼 수 있다.

그들은 잠시 멈춰 구경한다.

작업자 한 명이 암컷의 잘린 머리를 들더니 다른 작업용 테이블로 가져가고 그곳에서 눈알을 파내 '눈알'이라고 적은 라벨이 붙은 쟁반에 올려놓는다. 그리고 암컷의 입을 벌리고 혀를 잘라 '혀'라는 라벨이 붙은 쟁반에 올려놓는다. 또 귀 두 개를 잘라 '귀'라는 라벨이 붙은 쟁반에 올려놓는다. 작업자는 송곳과 망치를 들더니 조심스럽게 머리 아래쪽을 두드린다. 그렇게 두개골 일부를 깨뜨린 작업자는 뇌를 꺼내 '골'이라는 라벨이 붙은 쟁반에 올려놓는다.

속이 텅 빈 머리는 '머리'라고 쓰인 얼음 깔린 서랍에 넣는다.

"속이 빈 머리로는 뭘 하는 거죠?" 키 작은 지원자가 흥분을 감추지 못한 채 묻는다.

그는 자신도 모르게 대답한다. "여러 가지로 쓰입니다. 예를 들면 요즘도 과거처럼 머리를 땅에 판 구덩이 속에 넣고 요리해 먹는 지역으로 보내는 겁니다."

키 큰 지원자가 말한다. "전 그런 식으로 머리를 요리해 본 적이 없는데, 듣기로는 맛이 아주 좋다고 하더군요. 살이 많지는 않지만 저렴하고 잘 익히면 맛이 좋대요."

다른 작업자는 이미 암컷의 두 손과 발을 모아 씻은 뒤

각각 이름이 붙은 서랍에 넣었다. 팔과 다리는 몸통에 붙은 채로 정육점으로 팔려나간다. 그는 지육은 냉장 전에 전부 세척하고 감독관의 확인을 받는다고 설명한다. 그는 작업자들과 같은 복장이지만 서류철을 들고 뭔가 적으면서 가끔 큼직한 확인 도장을 꺼내 찍는 사내를 가리켜 보인다.

세르히오가 기절시킨 암컷은 이제 가죽이 벗겨져 알아볼 수가 없다. 피부와 손발이 사라진 그녀는 이제 지육이 되었다. 그들은 한 작업자가 기계를 이용해 벗긴 가죽을 조심스럽게 펴서 커다란 서랍에 넣는 모습을 지켜본다.

그들은 계속 걷는다. 넓은 창문을 통해 이제 절단실이 보인다. 가죽을 벗긴 지육은 레일을 따라 움직인다. 작업자들은 치골에서 명치까지 정확하게 배를 가른다. 키가 큰 지원자는 왜 지육 하나에 작업자가 두 명씩 붙어 있는지 묻는다. 그는 한 사람은 배를 가르고 다른 사람은 불순물이 나와 상품을 오염시키지 않도록 항문을 꿰맨다고 설명한다.

키가 작은 지원자가 웃더니 말한다. "저 일은 하고 싶지 않네요."

그는 키 작은 사내를 채용해서는 안 되겠다고 생각한다. 키 큰 지원자도 어지간히 짜증이 나는지 다른 사내를 경멸스러운 눈으로 바라본다.

스테인리스스틸 테이블 위로 쏟아지는 창자와 위, 췌장을 직원들이 내장 처리실로 가져간다.

배를 가른 상태의 지육이 레일을 따라 움직인다. 다른 테이블 위에서는 한 작업자가 몸속에서 신장과 간을 꺼내고 갈비뼈를 분리하고 심장과 식도, 폐를 잘라낸다.

그들은 계속 걷는다. 내장 처리실에 가니 스테인리스스틸 테이블이 여러 개 보인다. 연결된 튜브를 통해 테이블 위로 물이 계속 흘러나오고 있다. 테이블 위에 하얀색 내장들이 쌓여 있다. 작업자들은 물로 씻어낸 내장을 이리저리 밀어낸다. 마치 천천히 끓는 바다가 자신만의 박자에 맞춰 움직이는 것처럼 보인다. 내장은 검사하고 청소하고 씻어내고 떼어내고 등급을 매기고 자르고 무게를 잰 뒤 저장한다. 세 사람은 작업자들이 창자를 따로 분리해 위에 소금을 잔뜩 뿌린 다음 서랍에 넣는 모습을 지켜본다. 그들은 작업자들이 장간막 사이 지방을 긁어내는 모습을 지켜본다. 작업자들이 창자에 구멍이 나지 않은 걸 확인하기 위해 압축 공기를 불어 넣는 모습을 지켜본다. 또 작업자들이 위를 세척하고 가른 다음 안에 든 녹갈색 걸쭉한 물질을 꺼내 버리는 모습을 본다. 그들은 작업자들이 속이 빈 위장을 칼로 자르고 다시 세척하고 물기를 제거한 다음 크기가 줄어들면 길게 자르고 눌러 먹을 수 있는 스펀지 모양으로 만드는 모습을 지켜본다.

다른 쪽 더 좁은 공간에는 천장 고리에 빨간 장기들이 매달려 있다. 작업자들이 그것들을 검사하고 세척하고 등급을 매겨 저장하고 있다.

그는 온종일 인간의 심장을 상자에 넣으며 시간을 보내는 건 어떨지 늘 스스로에게 묻는다. 작업자들은 무슨 생각을 할까? 그들이 손에 들고 있는 것이 조금 전까지 뛰고 있었다는 사실을 알까? 신경이나 쓸까? 그러다 자신이 실제로 자신이 내린 지시에 따라 남자와 여자의 목을 베고 배를 가르는 한 무리의 사람들을 감독하며 인생 대부분을 보냈다는 생각을 한다. 마치 그런 일이 완벽하게 자연스러운 것처럼. 사람은 거의 모든 일에 익숙해질 수 있다. 아이가 죽는 것만 빼고는.

아버지의 요양원 비용을 매달 내려면 공장에서 한 달에 얼마나 많은 개체를 죽여야 할까? 레오를 침대에 눕히고 이불을 덮어주고 자장가를 불러주었는데 다음 날 가보니 자다 죽었다는 사실을 잊으려면 공장에서 몇 사람을 도살해야 하는 걸까? 고통이 뭔가 다른 것으로 바뀌려면 얼마나 많은 심장을 떼어내 저장해야 하는 걸까? 하지만 고통은 그가 숨 쉬는 유일한 이유라는 걸 그는 알고 있다.

슬픔 말고는 그에게 남은 것이 없다.

14

그는 두 지원자에게 이제 도살 과정의 끝에 가까워지고 있다고 말한다. 다음으로 지육을 부위마다 나누는 작업실을 살펴볼 것이다. 그들은 작고 네모난 창문을 통해 약간 좁지만 지금까지 본 작업 공간처럼 하얗고 조명을 잘 갖춘 작업실을 들여다본다. 전기톱을 든 두 사람이 지육을 절반으로 자르고 있다. 작업자들은 작업복 차림이지만 추가로 헬멧을 쓰고 검은색 비닐 장화를 신고 있다. 얼굴은 투명 플라스틱 가리개가 덮고 있다. 두 사람은 작업에 집중하고 있는 것으로 보인다. 다른 직원들은 지육을 절반으로 자르기 전에 제거해둔 척추를 검사하고 포장하고 있다.

톱을 들고 있는 작업자 가운데 한 명이 그를 보고도 알은

체를 하지 않는다. 사내의 이름은 페드로 만사니요다. 사내가 전기톱을 들더니 화가 나기라도 한 것처럼 거칠게 지육을 자른다. 하지만 잘린 고기의 단면은 깔끔하기만 하다. 만사니요는 그만 보면 신경을 곤두세운다. 그는 그걸 알기에 피할 수 없다는 걸 알면서도 만사니요와는 우연히라도 만나는 일이 없도록 하려고 애쓴다.

그는 지원자들에게 지육을 두 개로 자른 다음에는 세척하고 검사하고 진공 포장하고 무게를 측정하고 충분히 낮은 온도를 유지하기 위해 냉장실에 보관한다고 말한다.

"하지만 너무 저온에 두면 고기가 질겨지지 않나요?" 키 작은 지원자가 묻는다.

그는 낮은 온도에 넣어두고도 고기가 여전히 부드러울 수 있도록 하는 화학적 수단을 설명한다. 그는 젖산, 미오신, ATP, 글리코겐, 효소 같은 단어들을 사용한다. 키 작은 지원자는 이해한 척 고개를 끄덕인다.

"각기 다른 부위인 상품이 제각각 목적지에 운송되고 나면 우리가 맡은 일은 끝나게 됩니다." 그는 말한다.

이제 그는 견학을 마치고 담배를 피우러 갈 수 있다.

만사니요는 전기톱을 테이블에 내려놓고 그를 다시 바라본다. 그는 상대방의 눈길을 피하지 않는다. 자신이 한 일은 필요한 것이었고 그래서 죄책감을 느끼지 않는다는 걸 알기 때문이다. 만사니요는 다른 전기톱 전문가로 백과사전처럼 아는 게 많아 모든 사람이 '박사'라는 별명으로 불렸던 직원과 함께 일하곤 했다. 박사는 어려운 단어의 뜻을 잘 알았고 휴식 시간에도 늘 책을 읽었다. 처음에 사람들은 그런 박사를 비웃었는데, 그럴 때마다 박사는 자신이 읽는 책의 줄거리를 들려주면서 분위기를 휘어잡았다. 박사와 만나니 요는 형제와도 같았다. 두 사람은 같은 동네에 살았고 두 사람의 아내들과 아이들도 친구 사이였다. 그들은 차 한 대로 함께 출퇴근하는 단짝이었다. 하지만 박사는 변하기 시작했다. 조금씩. 처음 그걸 유일하게 눈치챈 사람은 박사의 상사였던 그였다. 박사는 말수가 준 것 같았다. 휴식 시간이 되면 공장에 온 지 얼마 지나지 않아 휴식용 우리에 들어가 있는 개체들을 멍하니 바라보곤 했다. 몸무게도 줄었다. 눈 아래에는 다크서클이 생겼다. 지육을 절반으로 자르기 전에 멈칫거리기 시작했다. 몸이 아파 결근하는 날도 많았다. 누군가 박사의 상황을 파악해야만 했고, 그는 어느 날 박사를 따로 불러 무슨 일이냐고 물었다. 박사는 아무것도 아니라고 했다. 다음 날이 되자 모든 것이 정상으로 돌아간 것 같았고, 잠시였지만 그 역시 박사에게 아무 문제도 없다고 생각했다. 그러나 그러던 어느 날 오후, 박사는 좀 쉬러 나간다면서 아무도 눈치채지 못하게 전기톱을 챙겼다. 박사는 휴식용 우리로 가서 개체들을 아무렇게나 톱으로 잘라 댔다. 직원들이 말리려고 해봤지만, 박사는 말리는 사람들을 전기톱으로 위협했다. 몇몇 개체는 달아나기도 했지만 대부분 우리 안에 그대로 남아 있었다. 그들은 혼란스럽고 겁에 질렸다.

박사는 소리치고 있었다. "너희는 동물이 아니야. 놈들이 너희를 죽일 거라고. 도망쳐. 달아나야 해."

박사는 마치 개체들이 자신의 말을 이해라도 하는 것처럼 굴었다. 누군가 간신히 머리를 몽둥이로 내리쳤고 박사는 의식을 잃고 쓰러졌다. 박사의 체제전복적인 행동은 그저 도살 과정을 몇 시간 늦췄을 뿐이다. 이득을 본 건 직원들뿐이었다. 그들은 일하지 않고 휴식을 취하며 소동을 구경했다. 우리 밖으로 달아난 개체들은 멀리 가지 못했고, 다시 붙잡혀 우리 안으로 돌아갔다.

그는 박사를 해고해야 했다. 망가진 사람은 고칠 수 없기 때문이다. 그는 사장인 크레이그에게 보고해 박사가 심리상담을 받을 수 있도록 주선하고 비용도 대신 내줄 수 있도록 조치했다. 그러나 한 달도 지나지 않아 박사는 총으로 자살했다. 박사의 아내와 아이들은 살던 동네를 떠나야 했고, 그때부터 만사니요는 그에게 순수한 증오의 눈길을 보내기 시작했다. 그는 그런 만사니요의 행동을 존중했다. 만사니요가 그를 이런 식으로 더는 보지 않을 때, 만사니요가 상황을 견뎌낼 수 있도록 증오가 더는 도움을 주지 못할 때야말로 진짜 문제가 되리라 그는 생각한다. 왜냐하면 증오는 견

녀낼 힘을 주기 때문이다. 증오는 연약한 구조가 지탱할 수 있도록 해주며, 실을 가로세로로 엮어서 공허함이 모든 걸 집어삼키지 못하도록 해주기 때문이다. 그는 아들의 죽음을 두고 누군가를 증오할 수 있으면 좋겠다고 생각한다. 그러나 느닷없이 죽은 아이를 두고 누굴 비난할 수 있단 말인가? 하느님을 증오하려고 해봤지만, 그는 하느님을 믿지 않았다. 연약하고 덧없는 삶을 사는 인간 전체를 증오하려 했지만, 모두를 증오하는 건 아무도 증오하지 않는 것과 같아 계속할 수 없었다. 그는 스스로 박사처럼 부서질 수 있으면 좋겠다고 생각했지만, 그는 절대 무너져 내리지 않았다.

키 작은 지원자는 아무 말 없이 얼굴을 창문에 붙인 채 두 개로 잘리는 몸통을 보고 있다. 이제는 굳이 숨기려고 하지도 않는 웃음이 얼굴에서 떠나지 않는다. 그는 자신도 이 사내처럼 느낄 수 있으면 좋겠다고 생각한다. 그는 바닥에 묻은 피를 씻어내는 일을 하던 직원이 부위별 분류나 장기를 상자에 넣은 일을 하는 자리로 진급했을 때 그들이 느끼는 행복이나 흥분을 그도 느낄 수 있으면 좋겠다고 생각한다. 아니면 적어도 모든 일에 무관심할 수 있었으면 좋겠다고 생각한다. 지원자 사내를 좀 더 자세히 보니 재킷 속에 휴대전화를 숨기고 있는 모습이 보인다. 경비원이 몸을 수색하고 공장 안에서 어떤 것도 사진으로 찍어서는 안 된다고 안내하는데 어떻게 이런 일이 벌어질 수 있단 말인가?

그는 사내에게 다가가 휴대전화기를 뺏어 든다. 그는 전화기를 땅에 내던져 부순다. 그리고 지원자 사내의 팔을 거칠게 붙잡고 화를 누르며 귀에 대고 말한다.

"다시는 여기 오지 마. 내가 아는 모든 공장에 당신 연락처와 사진을 보낼 테니까."

사내는 돌아서 그와 마주 서지만 놀라거나 창피해하지 않고 아무 말도 하지 않는다. 사내는 그를 보고 뻔뻔하게 웃을 뿐이다.

15

그는 두 지원자를 출구로 데려간다. 그러나 먼저 경비반
장에게 전화해 키 작은 사내를 데려가라고 말한다. 무슨 일
이 있었는지 설명하니 경비원은 알아서 할 테니 걱정하지
말라고 말한다. 그는 경비원에게 있어서는 안 될 일이 벌어
졌으니 나중에 따로 얘기하자고 말한다. 그는 이 건을 크레
이그와 논의해야겠다고 머릿속에 적어둔다. 외부 업체에 경
비를 맡기는 건 실수였고, 이미 크레이그에게 그런 의견을
말해둔 적이 있다. 그는 크레이그에게 다시 말해야만 한다.

키 작은 지원자는 이제 웃지도 않고 끌려 나가는 동안 저
항하지도 않는다.

그는 키 큰 지원자 사내에게 악수로 작별 인사를 하며 덧

붙인다. "저희가 연락드리겠습니다."

사내는 그에게 감사해하지만 뚜렷한 확신은 없어 보인
다. 늘 이런 식이야. 그는 생각한다. 하지만 조금이라도 다
른 반응을 보인다면 비정상일 것이다.

제정신인 사람이라면 이런 직장에 다니게 된 것을 행복
해할 리 없기 때문이다.

16

그는 크레이그에게 보고하러 올라가기 전에 담배를 피우러 밖으로 나간다. 휴대전화가 울린다. 장모님이다. 전화를 받고 화면은 보지도 않은 채 말한다.

"안녕하세요, 어머님."

상대방은 아무 말도 하지 않지만 심각하고 긴장된 느낌이 전해진다. 그는 그제야 전화 건 사람이 세실리아라는 걸 알아차린다.

"안녕, 마르코스."

처가로 가버린 뒤 처음 하는 전화다. 세실리아는 초췌한 얼굴이다.

"안녕."

그는 어려운 대화가 되리라는 걸 알기에 한 번 더 담배 연기를 빨아들인다.

"어떻게 지내?"

"공장에 있어. 당신은 어때?"

그녀는 대답하기까지 시간이 좀 걸린다. 꽤 긴 시간이다.

"당신 공장인 거 보여." 그녀는 화면을 보지도 않으면서 말한다. 잠시 그녀는 말이 없다. 그러더니 다시 말을 이어 가지만, 그녀는 그의 눈을 보지 않는다. "난 안 좋아, 여전히 좋지 않네. 돌아갈 준비가 되지 않은 것 같아."

"내가 그리로 가는 건 어때?"

"혼자 있고 싶어."

"보고 싶어."

말은 블랙홀이다. 모든 소리와 모든 입자, 모든 숨결을 흡수하는 구멍이다. 세실리아는 대답이 없다.

그는 말한다. "나도 같이 겪은 일이야. 나도 아이를 잃었다고."

세실리아는 나지막이 흐느낀다. 그녀가 한 손으로 화면을 덮어서 흐느끼는 소리를 들을 수만 있다. "난 더는 못 견디겠어."

구덩이가 입을 벌리고, 그는 수직으로 떨어진다. 사방이 삐쭉삐쭉 날카로운 구덩이 속으로. 세실리아는 전화기를 어머니에게 넘긴다.

"마르코스, 잘 지냈나? 세실리아가 정말 힘든 시간을 보내고 있어. 자네가 좀 이해해주게나."

"괜찮아요, 어머님."

"잘 지내게, 마르코스. 얘도 괜찮아질 거야."

그들은 통화를 마친다.

그는 그 자리에 선 채 잠시 더 머문다. 직원들이 옆으로 지나가며 그를 쳐다보지만, 그는 신경 쓰지 않는다. 그는 야외에 있는 휴게 공간에 있으니 담배를 피울 수 있다. 더위를 조금 식혀주는 바람에 흔들리는 나무들 꼭대기를 바라본다. 서로 부대끼는 나뭇잎들의 리듬과 소리가 마음에 든다. 나무는 몇 그루 안 된다. 네 그루밖에 없지만 서로 다닥다닥 붙어 있다.

그는 세실리아가 나아지지 않을 것임을 안다. 그녀는 망가졌고, 부서진 그녀의 조각들이 다시 붙을 리 없다는 것도 안다.

처음으로 드는 생각은 집 냉장고에 보관해둔 약이다. 냉장 보관 상태를 중단하지 않으려고 약을 특수 용기에 넣어 집으로 가져오느라 빚을 잔뜩 졌지만 흥분하던 일. 아내가 배에 처음 주사를 놓아달라고 하던 때가 생각난다. 아내는 직업상 수백만 번 아니, 헤아릴 수 없이 여러 번 주사를 놓아본 터였지만, 모든 일의 시작인 의식을 남편이 하게 하고 싶었다. 아내를 아프게 하고 싶지 않았던 그의 손이 살짝 떨렸고 아내는 이렇게 말했다.

"얼른, 여보. 괜찮아. 그냥 바늘을 찌르면 돼. 당신도 할수 있어. 별일 아니야."

그녀는 뱃살을 움켜쥐었고 바늘을 찌르는 그의 마음이 아팠다. 약물은 차가웠고 아내는 약물이 몸에 들어오는 걸느낄 수 있었지만 웃음으로 감췄다. 그건 가능성과 미래의 시작이었기 때문이다.

세실리아가 하는 말은 강물처럼 쏟아지는 빛이나 마구 쏟아져 내리는 공기, 빛나는 반딧불이 같았다. 그들 부부가 치료를 받아야만 한다는 사실을 모르던 시절, 그녀는 그에게 아이를 낳으면 눈은 아빠를, 코는 엄마를, 입은 아빠를, 머리칼은 엄마를 닮았으면 좋겠다고 말하곤 했다. 아내가 웃기에 그도 웃었고, 두 사람이 웃을 때면 그의 아버지도 요양원도 육류 가공 공장이나 개체들도, 핏물과 타격을 가하는 날카로운 몽둥이질도 사라지는 것 같았다.

폭발하는 것처럼 또 머리에 떠오르는 기억은 봉투를 열고 항뮬러관호르몬검사 결과지를 보던 세실리아의 얼굴이다. 그녀는 수치가 왜 그리 낮은지 이해할 수 없었다. 결과가 적힌 종이를 보던 그녀는 한참 동안 아무 말도 하지 못했다.

결국 아주 느린 말투로 말했다. "난 젊어. 난자가 훨씬 많아야 하는데."

하지만 간호사로서 젊음이 아무것도 보장하지 못한다는 걸 아는 그녀는 당황스러웠다. 그녀는 도움을 원하는 눈으로 그를 바라보았고, 그는 결과지를 건네받아 접어서 테이블에 올려놓고 모든 것이 잘될 테니 걱정하지 말라고 말했다. 그녀는 울기 시작했고, 그는 아내를 안고 이마와 얼굴에 키스하고 말했다.

"모든 일이 잘될 거야."

하지만 그는 그럴 수 없으리란 걸 알았다.

그다음 떠오르는 건 계속되는 주사, 약, 질이 안 좋은 난자, 화장실과 화면 속 벌거벗은 여자들, 플라스틱 컵을 정액으로 채워야 한다는 부담감, 그들이 참석하지 않은 남들 아기의 세례식, 지겹도록 반복되는 "첫째는 언제 낳을 거야?"라는 질문, 아내가 혼자라고 느끼지 않도록 옆에서 손을 잡아주고 싶지만, 그는 들어갈 수 없는 처치실, 추가 대출, 다른 사람들의 아기들, 아기를 낳을 수 있는 사람들의 아기들, 약물로 붓는 몸, 조울증, 입양 가능성에 관한 대화, 은행과의 통화, 어떻게든 피하고 싶은 어린아이들의 생일 파티, 호르몬 주사, 만성피로 그리고 수정되지 않은 난자, 눈물, 가슴 아픈 말들, 침묵 속에 지나가는 어머니날, 착상에 대한 희망, 미리 만들어둔 아기 이름들, 남자면 레오나르도, 여자면 아리아, 속절없이 쓰레기통으로 던져진 임신 테스트기, 말다툼, 난자를 기증해줄 사람 알아보기, 유전적 동일성에 관한 질문들, 은행의 독촉장, 기다림, 두려움, 모성은 염색체 문제가 아니라는 인식을 받아들인 일, 주택 담보 대출, 임신, 출산, 희열, 행복 그리고 죽음.

17

그는 집에 늦게 돌아온다.

헛간 문을 열었더니 암컷은 웅크린 채 자고 있다. 물을 새로 갈아주고 음식도 다시 놓아준다. 금속 그릇에 사료가 쏟아지자 그 소리에 암컷이 깜짝 놀라 잠에서 깬다. 암컷은 가까이 다가오지 않은 채 두려움에 차 그를 바라본다.

암컷을 씻겨야 한다는 생각이 들지만, 오늘 당장은 아니다. 오늘 그는 뭔가 해야 할 더 중요한 일이 있다.

그는 밖으로 나가면서 헛간 문을 열어둔다. 암컷이 천천히 그를 따라온다. 밧줄 때문에 암컷은 헛간 문가에서 멈춰 선다.

다시 집으로 들어온 그는 곧장 아들 방으로 간다. 아기 침대를 들고 마당으로 나간다. 그리고 헛간에서 도끼와 석유통을 들고나온다. 암컷은 일어선 채 바라보고 있다.

그는 별이 가득한 한밤중에 몸이 마비된 것처럼 아기 침대 옆에 서 있다. 소름이 끼칠 정도로 아름다운 모습으로 하늘을 채운 별빛이 그를 짓누른다. 그는 집 안으로 들어가 위스키를 한 병 꺼낸다.

이제 그는 다시 아기 침대 옆에 서 있다. 눈물은 흐르지 않는다. 그는 침대를 보며 병째로 위스키를 한 모금 마신다. 도끼를 휘둘러대며 침대를 부숴야 하는 필요성을 느낀다. 침대를 조각내던 그는 레오가 태어나자마자 손으로 만져본 작은 발이 생각난다.

부순 침대에 석유를 뿌리고 성냥불을 던진다. 다시 위스키 한 모금을 마신다. 하늘은 마치 잔잔해진 바다 같다.

그는 손으로 그린 그림이 사라지는 모습을 지켜본다. 서로 껴안은 곰과 오리의 모습이 불에 타 일그러지더니 증발하듯 사라진다.

암컷은 그를 지켜보고 있다. 그도 서 있는 암컷이 보인다. 암컷은 불빛에 사로잡힌 것처럼 보인다. 그는 헛간으로 들어가고 암컷은 두려움에 몸을 웅크린다. 그는 흔들리는 몸으로 그 자리에 서 있다. 암컷은 몸을 떤다. 암컷도 파괴한다면 어떨까? 암컷은 그의 소유물이므로 그는 원하는 그 어떤 짓도 할 수 있다. 죽일 수도 있고 도살할 수도 있고 고통을 줄 수도 있다. 그는 도끼를 집는다. 아무 말 없이 암 컷을 바라본다. 이 암컷은 문젯거리다. 도끼를 들어 올린다. 그리고 한 걸음 가까이 다가가 밧줄을 끊는다.

그는 헛간에서 나와 하늘 속 얼어붙은 채 죽은 수백만 개 별빛의 침묵 아래 풀밭에 눕는다. 하늘은 불투명하고 단단 한 유리로 이루어졌다. 달이 기묘한 신처럼 보인다.

그는 이제 암컷이 달아나든 말든 신경 쓰지 않는다. 이제 세실리아가 돌아오든 말든 신경 쓰지 않는다.

그가 마지막으로 본 것은 열린 헛간 문과 암컷, 그를 보 고 있는 그녀의 모습이다. 그녀는 울고 있는 것 같다. 그러 나 무슨 일이 벌어지는지 그녀가 이해할 리 없다. 아기 침대 가 뭔지도 모를 것이기 때문이다. 그녀는 아무것도 모른다.

이글거리는 숯덩이만 남았을 때 그는 이미 풀밭 위에서 잠들어 있다.

18

그는 눈을 떴다가 다시 감는다. 환한 빛이 고통스럽다. 머릿속이 쿵쿵 울린다. 덥다. 오른쪽 관자놀이에 찌르는 듯한 고통이 느껴진다. 그는 가만히 누워 자신이 왜 밖에 누워 있는지 기억하려 애쓴다. 그 순간 희미한 그림이 머리에 떠오른다. 가슴속 돌덩이 하나. 그런 그림이다. 그가 꾼 꿈이다. 눈을 감은 채 일어나 앉는다. 눈을 뜨려 애쓰지만 뜰 수가 없다. 잠시 양팔로 무릎을 끌어안고 그 위에 머리를 댄 채 꼼짝도 하지 않는다. 텅 빈 머릿속에서 꿈의 내용이 무시무시할 정도로 명확하게 떠오른다.

그는 벌거벗은 모습으로 빈방에 걸어 들어간다. 벽마다 축축하고 피처럼 보이는 갈색 느낌의 물질이 묻어 있다. 더러운 바닥은 부서져 있다. 아버지가 구석 나무 벤치에 앉아 있다. 아버지는 벌거벗은 채 바닥을 보고 있다. 아버지에게 다가가려 애쓰지만 움직일 수가 없다. 아버지를 부르려 안간힘을 쓰지만 말이 나오지 않는다. 다른 쪽 구석에서는 늑대 한 마리가 고기를 먹고 있다. 그가 늑대를 바라볼 때마다 짐승은 고개를 들고 으르렁거린다. 늑대는 이빨을 드러낸다. 늑대가 먹고 있는 움직이는 뭔가는 살아 있는 것이다. 더 자세히 살펴본다. 늑대의 먹이는 그의 아들인데, 울고 있지만 소리를 내지는 못한다. 그는 절박해진다. 아기를 구하고 싶지만 움직일 수도, 소리를 낼 수도 없다. 그는 소리치려 애쓴다. 아버지가 일어서더니 그에게는 눈길을 주지 않고, 늑대에게 갈기갈기 찢기고 있는 손자도 못 본 것처럼 원을 그리며 실내를 걸어 다닌다. 그는 울부짖지만 눈물이 흐르지 않는다. 소리를 내지르며 자신의 몸에서 빠져나가고 싶지만 그럴 수가 없다. 손에 톱을 든 사내가 나타난다. 사내는 만사니요처럼 보이기도 하는데, 얼굴이 잘 보이지 않는다. 얼굴이 흐릿하다. 천장에 매달린 해가 비추는 빛 때문이다. 태양은 움직이면서 노란색 빛의 타원을 만들어낸다. 그는 아들이 아예 존재한 적이 없었던 것처럼 아들에 관한 생각을 멈춘다. 만사니요일 수도 있는 사내가 그의 가슴을 가른다. 아무 느낌이 없다. 그냥 사내가 일을 제대로 해냈는지 확인할 뿐이다. 그는 만사니요에게 축하의 의미로 손을 내밀어 악수한다. 세르히오가 들어오더니 그를 자세히 살핀다. 세르히오는 매우 집중하고 있는 것처럼 보인다. 세르히오는 그에게 아무 말도 하지 않고 허리를 숙여 그의 가슴속에 손을 쑤셔 넣는다. 그러더니 가슴속에서 손가락을 움직여 찔러대며 확인한다. 세르히오는 심장을 홱 뽑아낸다. 그리고 한입 베어 먹는다. 세르히오의 입에서 피가 뿜어져 나온다. 세르히오는 여전히 뛰고 있는 심장을 바닥에 내던지고는 짓밟는다.

세르히오는 그의 귀에 대고 말한다. "자신을 볼 수 없는 것보다 더 끔찍한 건 없어."

세실리아가 검은 돌을 들고 들어온다. 얼굴은 스파넬이지만 그는 그녀가 아내라는 걸 안다. 그녀가 웃는다. 태양은 더 빠르게 움직인다. 타원형이 더 커진다. 돌이 반짝이며 두근거린다. 늑대가 울부짖는다. 아버지는 앉아 바닥을 내려다본다. 세실리아가 그의 갈라진 가슴을 더 벌리더니 돌을 가슴속에 넣는다. 그녀는 아름답다. 그렇게 빛나는 모습을 한 번도 본 적이 없다. 세실리아가 돌아서지만 그는 아내가 떠나는 걸 원하지 않는다. 아내를 부르려 하지만 그럴 수가 없다. 세실리아는 행복한 표정으로 그를 보며 몽둥이를 집어 들고 그의 이마 한가운데를 때린다. 그가 쓰러지는데 바닥이 열리고 그는 계속 아래로 떨어진다. 가슴속 돌덩이가 그를 하얀색 심연 속으로 가라앉히기 때문이다.

그는 고개를 들고 눈을 뜬다. 그러다가 다시 눈을 감는다. 이렇게 생생하게 꿈을 다시 기억해낸 적은 지금까지 단한 번도 없었다. 양손으로 목덜미를 잡는다. 그냥 꿈이었을뿐이라고 생각한다. 하지만 온몸을 불안감이 휩쓸고 지나간다. 태곳적 두려움.

한쪽을 보니 아기 침대가 타고 남은 재가 보인다. 다른쪽을 보니 암컷이 아주 가까운 곳에 누워 있다. 그는 깜짝놀라 일어서지만 제대로 서 있을 수 없어 다시 앉는다. 퍼뜩이런 생각이 든다. 내가 무슨 짓을 한 거지? 왜 암컷이 풀려나 있지? 암컷은 왜 달아나지 않았을까? 내 옆에서 뭘 하는거지?

암컷은 웅크린 채 자고 있다. 평화로워 보인다. 그녀의하얀색 피부가 햇빛 속에서 빛난다. 가까이 다가가 그녀를만지고 싶어 손을 뻗지만 꿈을 꾸는지 그녀가 몸을 꿈틀거리자 그는 손을 거둔다. 낙인이 찍힌 그녀의 이마를 본다.낙인은 재산이라는, 가치가 있다는 표시다.

곧게 자란 그녀의 머리칼을 본다. 아직 머리칼을 잘라 팔지 않았다. 머리칼은 길고 지저분하다.

말을 하지 못하는 이 존재에게는 특별한 순수함이 있다는 생각이 든다. 그는 그녀의 어깨와 팔, 엉덩이 다리를 따라가 발에 닿을 때까지 손가락으로 그녀의 몸 윤곽을 따라그려본다. 그녀의 몸에 손을 대지는 않는다. 손가락은 그녀의 피부에서 1센티미터 위에서, 그녀의 몸 전체에 흩어진 채 찍혀 있는 FGP라는 글자들과 1센티미터 떨어진 곳에서 거리를 유지하고 있다. 그녀가 아주 예쁘다고 생각하지만, 그녀의 아름다움은 쓸모가 없다. 아름답다고 해서 고기의 맛이 조금이라도 좋을 리는 없다. 그는 그런 생각에 놀라지도 않을뿐더러 다시 곱씹어보지도 않는다. 공장에서도 그런 생각을 할 때가 있기 때문이다. 매일 공장을 통과하는 많은 개체들 가운데 눈에 띄는 특이한 암컷은 늘 있다.

그는 그녀와 아주 가까운 곳에 눕지만, 그녀를 만지지는 않는다. 그녀 몸의 온기와 느리고 차분한 숨소리가 느껴진다. 조금 더 가까이 다가가 그녀와 박자를 맞춰 숨쉬기 시작한다. 천천히, 더 천천히. 그녀의 냄새가 느껴진다. 더러운 몸이 풍기는 심한 냄새지만 마음에 든다. 그를 취하게 하는 재스민 향은 거칠고 날카롭고 활기차다. 그의 숨소리가 빨라진다. 이런 상황이, 가까워진 거리가, 가능성이 왠지 그를 흥분하게 한다.

그는 불현듯 일어난다. 암컷이 깜짝 놀라 잠에서 깨더니 혼란스러운 표정으로 그를 바라본다. 그는 폭력적이지는 않지만 단호하게 그녀의 팔을 붙잡고 헛간으로 데려간다. 그리고 헛간 문을 닫고 집으로 걸어간다. 재빨리 샤워하고 이를 닦고 옷을 입고 아스피린 두 개를 먹고 차에 올라탄다.

회사는 쉬는 날이지만 그는 아무 생각 없이 멈추지도 않고 시내로 차를 몰고 달린다.

스파넬의 정육점에 도착했을 때는 아직 이른 시간이어서 가게가 문을 열지 않았다. 그러나 그는 그녀가 가게에서 생활한다는 걸 안다. 초인종을 누르자 엘 페로가 문을 연다. 그는 인사도 없이 조수 사내를 옆으로 밀치고 곧장 안쪽 방으로 간다. 그는 문을 닫고 잠근다.

스파넬은 나무 테이블 옆에 서 있다. 마치 그를 기다리고 있었다는 듯 느긋하게 보인다. 그녀는 손에 칼을 쥐고 고리에 매달린 팔을 썰어내던 중이다. 팔은 방금 잘라내기라도 한 듯 아주 신선해 보인다. 방혈도 가죽 제거도 하지 않은 걸 보니 육류 가공 공장에서 받은 팔이 아니다. 테이블 위, 그리고 바닥에 피가 떨어져 있다. 핏방울은 천천히 떨어진다. 테이블 위에 피가 고여 있고 실내에서 들리는 유일한 소리는 피가 테이블에서 바닥으로 떨어지며 튀는 소리뿐이다.

그는 뭔가 말하려는 것처럼 스파넬에게 다가가지만 한 손으로 그녀의 머리를 쓸어넘기다가 목덜미를 붙잡는다. 그는 목을 잡은 손에 힘을 주고 그녀에게 키스한다. 처음에는 분노에 가득 찬 탐욕스러운 키스로 시작한다. 스파넬은 저항하려 하지만 잠시뿐이다. 그는 피로 얼룩진 앞치마를 벗겨내고 그녀에게 다시 키스한다. 마치 그녀를 부숴버리려는 것처럼 키스하지만, 천천히 움직인다. 그녀의 목을 깨물면서 그녀가 입은 셔츠를 벗긴다. 그녀는 허리를 활처럼

굽히며 몸을 떨지만 아무 소리도 내지 않는다. 그녀의 몸을
테이블 쪽으로 돌리고 밀어붙인다. 그러곤 그녀의 바지를
내리고 속옷을 끌어 내린다. 그녀는 거친 숨을 내쉬며 기다
리지만, 그는 그녀에게 고통을 안겨주기로 한다. 그는 그녀
로부터 차갑게 거절하는 말을 들으면서 그녀를 갖고 싶다.
스파넬은 그에게 매달리며 애원하다시피 하지만 그는 무시
한다. 테이블 반대편으로 걸어가 그녀의 머리채를 붙잡고
그녀가 입으로 그의 바지 지퍼를 내리게 한다. 자른 팔에서
떨어지는 피가 테이블 모서리 바로 옆, 그녀의 입술과 그의
사타구니 사이로 떨어진다. 그는 신발을, 청바지를 그리고
셔츠를 벗는다. 벌거벗은 그는 테이블로 다가선다. 피가 그
의 몸에 떨어지며 그를 더럽힌다. 그는 어디를 깨끗하게 해
야 하는지 그녀에게 보여준다. 바로 딱딱해진 살덩이가 있
는 곳이다. 그녀는 복종해 그의 몸을 핥는다. 처음에는 조심
스럽게, 그리고 점점 필사적으로, 마치 모든 걸 더럽힌 피로
도 충분하지 않아 더 원하는 것처럼. 그는 머리채를 잡은 손
에 힘을 주면서 속도를 늦추게 한다. 그녀는 복종한다.

그는 그녀가 비명을 지르길, 그녀의 피부가 더는 고요하
고 텅 빈 바다가 아니길, 그녀의 말이 갈라지고 녹아내리길
원한다.

그는 테이블 반대편으로 돌아간다. 그녀의 바지를 벗겨
내고 팬티를 찢어버린 다음 두 다리를 벌린다. 그 순간 뭔가

소리가 들려서 보니 엘 페로가 문에 난 창을 통해 안을 들여다보고 있다. 잘됐군. 그는 생각한다. 충직한 짐승이나 주인을 보호하는 유순한 하인의 역할을 잘 수행하고 있으니. 그는 멍하니 바라보는 엘 페로의 시선에서, 사내가 그 자리에서 달려들 수도 있다는 가능성에서 즐거움을 느낀다.

그 순간 그는 몸을 밀어 넣는다. 딱 한 번, 신중하게. 그녀는 소리를 내지 않은 채 몸을 떨며 참아낸다. 피는 테이블에서 바닥으로 계속 떨어진다.

엘 페로는 문을 열려고 애쓴다. 문은 잠겨 있다. 사내의 분노가 눈에 보일 정도로 뚜렷하다. 엘 페로의 눈빛에서 송곳니가 튀어나온 걸 볼 수 있다. 그는 사내의 절망을 즐긴다. 그는 엘 페로를 노려보면서 스파넬의 머리채를 홱 잡아당긴다. 그녀가 아무 말 없이 테이블을 손으로 긁자 손톱 끝이 피로 물든다.

그는 스파넬의 몸을 반대로 돌리고 뒤로 몇 걸음 물러난다. 그리고 그녀를 바라본다. 그가 의자에 앉자 그녀는 그에게 다가와 그의 두 다리 바로 위에서 멈춘다. 그러다 그가 벌떡 일어서고 의자는 바닥으로 쓰러진다. 그는 그녀를 들어 올려 유리문에 대고 그녀를 밀어붙인다. 유리문 반대편에는 손들, 발들, 뇌가 하나 보인다. 그녀는 괴로워하며 엄숙하게 그에게 키스한다.

스파넬은 양다리로 그의 허리를 감고 두 손으로는 그의

목을 끌어안는다. 그는 유리에 대고 그녀를 더욱 세게 밀어붙인다. 그런 다음 그녀의 몸속으로 쑤시고 들어가면서 그녀의 얼굴을 손으로 붙잡고 눈을 똑바로 바라본다. 그는 눈길을 피하지 않은 채 몸을 천천히 움직인다. 그녀는 정신이 나간 것처럼 고개를 흔들며 빠져나가려 한다. 그러나 그는 놓아주지 않는다. 그는 마치 고통에 빠진 것 같은 그녀의 거친 숨결을 느낄 수 있다. 그녀가 몸부림을 멈추자 손으로 그녀의 살결을 쓰다듬고 키스하면서 계속 천천히 몸을 움직인다. 그 순간 스파넬이 날카로운 비명을 내지른다. 그녀는 마치 세상이 존재하지 않는 것처럼, 말들이 두 개로 쪼개져 모든 의미를 잃는 것처럼, 이 지옥 아래 다른 지옥이, 빠져나가고 싶지 않은 지옥이 있는 것처럼 비명을 내지른다.

그가 옷을 다시 입는 동안 스파넬은 벌거벗은 채 의자에 앉아 담배를 피운다. 그녀는 치아 전체를 드러내며 웃는다.

엘 페로는 여전히 창문을 통해 지켜보고 있다. 스파넬은 문밖에 사내가 있다는 걸 알지만 무시한다.

그는 작별 인사 없이 떠난다.

19

그는 차에 올라타 담배에 불을 붙인다. 그러나 시동을 켜기도 전에 휴대전화가 울린다. 여동생이다.

"아, 나야."

"마르코스 오빠, 어디야? 건물이 보이네? 시내에 왔어?"

"응. 할 일이 좀 있었어."

"그럼 우리 집에 와서 점심 먹어."

"안 돼. 일하러 가야지."

"오빠, 오늘 쉬는 날이라는 거 아주 잘 알아. 공장에서 전화 받은 여자가 그랬어. 너무 오래 못 봤잖아."

여동생을 만나느니 집에 있는 암컷에게 돌아가고 싶다.

"레몬과 허브에 잰 특별 콩팥 요리를 할 거야. 손가락을 빨면서 먹게 될걸."

"난 고기 안 먹어, 마리사."

여동생은 놀라움과 약간의 의심이 섞인 표정으로 그를
본다.

"오빠도 무슨 채식광인가, 뭐 그런 거야?"

"건강 때문이야. 의사가 고기 먹지 말래. 그냥 당분간."

"무슨 일 있는 거 아니지? 나 겁주지 마, 오빠."

"전혀 심각한 거 아니야. 콜레스테롤 수치가 좀 높은 것
뿐이야."

"내가 좀 생각하는 게 있어. 어쨌든 들러, 얼굴 보고 싶으
니까."

건강 문제 때문이 아니다. 아들이 죽은 뒤부터 그는 고기
를 먹을 수가 없다.

여동생을 만난다는 생각이 그를 짓누른다. 그녀를 만나
는 것은 그에게 다른 선택의 여지가 전혀 남지 않았을 때
처리해야 하는 일거리다. 그는 도무지 여동생이 어떤 사람
인지 알 수가 없다.

그는 천천히 도시를 차로 뚫고 지난다. 사람들이 보이기
는 하지만 버려진 곳처럼 보인다. 그저 인구가 줄어 그런 것
만은 아니다. 동물을 모두 없앤 뒤 아무도 들을 수 없는 침
묵이 생겨났고, 그 침묵은 늘 도시 전체에 울리고 있다. 날
카로운 침묵은 사람들 얼굴, 몸짓, 그들이 서로를 보는 방식

에서 드러난다. 마치 모두의 삶이 묶인 것 같고, 마치 모두가 악몽이 끝나길 기다리는 것 같다.

여동생네 집에 도착해 차에서 내린다. 살짝 체념한 그는 초인종을 누른다.

"마르키토스 오빠."

여동생의 말은 빈 종이로 가득 찬 상자 같다. 그녀는 활기도 없이 얼른 그를 안았다가 놓는다.

"우산 여기에 놔."

"우산 없어."

"미쳤어? 우산이 없다니 그게 무슨 말이야?"

"난 우산 안 가지고 다녀, 마리사. 난 시골에서 살고 새들은 아무 짓도 하지 않아. 편집증 걸린 사람처럼 구는 건 도시 사람들뿐이야."

"빨리 안으로 들어와."

여동생은 그를 집 안으로 밀어 넣으며 주위를 둘러본다. 그녀는 이웃 사람들이 우산도 없이 다니는 오빠를 볼까 봐 걱정한다.

그는 자질구레한 이야기들이 의례적으로 어떻게 흘러갈 것인지 잘 안다. 마리사가 아버지에 대한 책임을 분담하기가 쉽지 않다고 말하면 그는 걱정할 필요 없다고 말할 테고, 낯선 사람 같은 조카 두 명을 만나고 나면 여동생은 앞으로 6개월 동안 죄책감을 덜 수 있게 될 것이며, 그 모든 과정은 계속 반복된다.

두 사람은 주방으로 간다.

"어떻게 지냈어, 마르키토스?"

그는 여동생이 그를 마르키토스라고 부르는 것이 정말 싫다. 마리사의 그 호칭은 약간의 애정을 표현하는 것인데, 그녀에게 오빠를 향한 애정이라고는 없다.

"괜찮아."

"좀 나아졌어?"

그녀의 눈빛에서 연민과 우월감이 보인다. 그가 아들을 잃은 뒤로 여동생은 그런 식으로만 그를 바라본다. 대답하지 않은 채 그냥 담배에 불을 붙인다.

"미안하지만 집 안에서는 안 돼. 집에 담배 냄새가 밴단 말이야."

여동생의 말은 마치 하나 위에 다른 하나가 쌓이는 것 같다. 속에 폴더가 든 폴더들이 쌓여가는 것처럼. 그는 담배를 비벼 끈다.

그는 돌아가고 싶다.

"음식 준비는 다 됐어. 에스테반한테서 연락이 오기를 기다리는 중이야."

에스테반은 여동생의 남편이다. 그는 매부를 떠올릴 때마다 구부정하게 몸을 숙이고 얼굴에는 부정적 감정이 가득한데 그걸 숨기려는 의도로 늘 희미한 미소를 띤 사람이 생각난다. 그는 에스테반이 자신만의 상황에, 멍청함의 상징과도 같은 아내에, 선택한 걸 후회하는 인생에 갇혀버린 사람이라고 생각한다.

"아, 에스테반의 답장이 와 있었네. 이런, 일이 많아 같이 식사를 못 한다네."

"괜찮아."

"아이들은 학교 마치고 곧 올 거야."

여동생의 아이들. 조카는 둘이다. 그는 여동생이 모성에는 전혀 관심이 없다고 생각한다. 그녀가 아이들을 낳은 건 살면서 해야 하는 일이기 때문이다. 열다섯 번째 생일에 파티를 벌이거나 결혼하거나 집을 고치거나 고기를 먹는 것처럼.

그는 아무 말도 하지 않는다. 조카들을 보든 말든 별 상관이 없기 때문이다. 여동생은 민트를 넣은 레모네이드를 접시를 받친 유리컵에 담아 내어준다. 그는 한 모금 마시고 컵을 내려놓는다. 레모네이드에서는 인공의 맛이 난다.

"어떻게 지내고 있어, 마르키토스? 진짜로 말이야."

그녀는 그의 손을 살짝 만지고 고개를 기울이면서 솟구치는 동정심을 억누른다. 하지만 아예 감추진 않았는데, 그가 눈치채길 원하기 때문이다. 그는 여동생의 손가락이 자신의 손 위에 놓인 모습을 보면서 조금 전 그 손이 스파넬의 목덜미를 잡고 있었다는 걸 떠올린다.

"괜찮아."

"도대체 어떻게 우산을 안 가지고 다닐 수가 있어?"

그는 살짝 한숨을 내쉬고 나서 그들이 해마다 하는 논쟁을 또 벌이게 되리라는 생각을 한다.

"필요 없으니까. 누구도 우산은 필요 없어."

"누구나 우산이 필요해. 우릴 보호하는 지붕이 없는 곳이 있잖아. 죽고 싶어서 그래?"

"마리사, 새가 네 머리에 똥을 싸면 진짜로 네가 죽는다고 생각하는 거야?"

"그럼."

"다시 말할게, 마리사. 시골에서나 공장에서는 아무도 우산을 쓰지 않아. 우산을 쓰겠다고 생각하는 사람은 한 명도 없다고. 짐승을 문 적이 있는 모기에게 물리면 바이러스에 감염될 수도 있다고 믿는 편이 더 그럴듯하지 않아?"

"그렇지 않아. 정부가 모기는 위험하지 않다고 했어."

"정부는 널 속이고 싶은 거야. 정부가 존재하는 유일한 이유니까."

"여기서는 누구나 외출할 때 우산을 써. 그냥 논리적인 얘기야."

"혹시라도 우산 회사들이 기회를 포착했고 정부가 그걸 도와준 거라는 생각은 해본 적 없니?"

"오빠는 늘 존재하지도 않는 음모론을 들먹이잖아."

여동생이 발로 바닥을 두드리는 소리가 들린다. 느리고 거의 들리지 않을 정도의 소리지만, 그는 여동생이 한계에 도달하고 있으며 더는 이 문제로 논쟁할 수 없다는 걸 알고 있다. 다른 무엇보다 그녀는 스스로 생각을 하지 않기 때문이다. 자기 생각이 없으니 오랜 시간에 걸쳐 자신의 견해를 뒷받침할 수가 없다.

"다투지 말자고, 마르키토스."

"나야 좋지."

마리사가 손가락으로 주방 탁자 위에 가상 화면을 띄운다. 메뉴 한가운데로 조카들의 사진 하나가 떠오른다. 그녀가 사진을 손가락으로 터치하자 새로운 창이 하나 열린다. 화면 속에 이제 청소년에 가까운 두 아이가 압축 공기 우산을 쓰고 거리를 걷는 모습이 보인다.

"얼마나 더 있어야 오니?"

"거의 다 왔어."

그녀는 가상 화면을 닫더니 불안한 듯 오빠를 바라본다. 그녀는 무슨 말을 해야 할지 알 수가 없다.

"아이들이 쓴 우산은 할머니 할아버지가 선물로 주신 거야. 시부모님이 얼마나 아이들 버릇을 망쳐놓는지 몰라. 아이들이 몇 년 동안 사달라고 졸라댔는데 너무 비쌌거든. 공기를 뿜어내는 힘을 이용해 우산을 만들다니, 누가 그런 생각을 하겠어? 하지만 아이들은 행복해. 학교 친구들 사이에서 부러움의 대상이야."

그는 아무 말도 하지 않고 주방 벽에 걸린 화면을 바라본다. 화면 속에는 싸구려 정물화가 차례대로 나타난다. 바구니 속 과일, 테이블 위 오렌지, 누가 그렸는지 알 수 없는 여러 장의 그림들. 화면 가까운 곳 벽에 바퀴벌레가 보인다. 바퀴벌레는 싱크대 위로 내려와 빵 접시 뒤로 사라진다.

"할머니 할아버지가 아이들에게 사준 가상 현실 게임이 있는데 애들이 너무 좋아해. '리얼 펫'이라는 게임이야."

그는 아무것도 묻지 않는다. 여동생의 말에서는 억류당한 습기, 얽매임, 극심한 추위의 냄새가 난다. 그녀는 계속 이야기한다.

"자신만의 동물을 만들어 실제로 만질 수도 있고 놀 수도 있고 먹이를 줄 수도 있어. 내가 만든 건 하얀색 앙고라 고양이인데 이름이 미시야. 하지만 항상 새끼 고양이야. 내가 더 크는 걸 원하지 않기 때문이지. 난 다른 모든 사람처럼 새끼 고양이가 좋아."

그는 고양이라면 질색이다. 새끼 고양이도 마찬가지다. 그는 레모네이드를 한 모금 마시고 구역질을 숨긴 채 화면 속에서 바뀌는 그림을 바라본다. 정물화가 깜박거리더니 작은 조각으로 쪼개진다. 화면이 검은색으로 바뀐다.

"아이들은 용이랑 유니콘을 만들었어. 하지만 금세 또 지겹다고 할 걸 알아. 보비 때 그랬던 것처럼. 보비는 우리가 아이들에게 사준 로봇 강아지야. 오래 저축해서 사줬는데 몇 달 놀더니 지겨워하더라고. 보비는 전원을 꺼서 차고에 뒀어. 진짜 잘 만들었는데 진짜 개랑은 다르더라고."

여동생은 늘 돈이 많지 않다는 사실을 드러내려 애쓴다. 그들이 검소하게 살고 있다는 것이다. 거짓말인 걸 알지만 어느 쪽이든 상관없다고 생각한다. 그리고 여동생이 아버지를 보살피는 데 단 한 푼도 보태지 않는다고 해서 원한을 품지도 않는다.

"오빠를 위해서 채소와 밥을 곁들인 따뜻한 샐러드를 만들었어. 괜찮겠지?"

"그래."

기억에 없는 싱크대 근처 문이 눈에 띈다. 개체를 기르는 가정에서 볼 수 있는 종류의 문이다. 그가 보기에 문은 새것으로 사용한 흔적이 보이지 않는다. 문 안쪽은 냉장 공간이다. 이제야 그는 왜 여동생이 그를 초대했는지 눈치챈다. 그녀는 집에서 기를 개체를 싼 가격에 사고 싶은 것이다.

길거리 쪽에서 소리가 나더니 아이들이 들어온다.

20

아이들은 쌍둥이다. 여자애 하나 남자애 하나. 아이들은
별로 말을 하지 않는데, 말을 한다고 해도 둘이서만 서로 속
삭이면서 무슨 뜻인지 알 수 없는 암호와 비밀 단어들을 사
용한다. 그는 아이들이 한 개의 정신으로 조종되는, 서로 분
리된 두 마리의 이상한 짐승이라도 되는 것처럼 바라본다.
사람들은 두 아이를 '쌍둥이'라고 부르는데 여동생은 조카
들을 꼭 '애들'이라고 한다. 여동생에게는 그녀만의 바보 같
은 규칙들이 있다.

쌍둥이는 인사도 없이 식탁에 앉는다.

"마르키토스 삼촌한테 인사도 안 했잖아."

그는 주방 탁자에서 일어나 천천히 다이닝 룸으로 걸어

간다. 그가 원하는 것은 최대한 빨리 의무 방문을 끝내고 형식적인 절차를 마무리하는 것이다.

"안녕하세요, 마르키토스 삼촌."

아이들은 입을 맞춰 기계적으로 로봇을 흉내 내며 말한다. 둘이 웃음을 참고 있는 것이 눈에서 드러난다. 아이들은 눈을 깜박이지도 않고 반응을 기다리며 그를 바라본다. 하지만 그는 의자에 앉아 컵에 물을 따를 뿐 아이들에게 어떤 관심도 보여주지 않는다.

여동생은 아무것도 눈치채지 못하고 식사를 내온다. 그녀는 그의 물잔을 가져가고 레모네이드를 대신 준다.

"이걸 주방에 놓고 갔어, 마르키토스. 내가 오빠를 위해 만든 건데."

쌍둥이는 똑같이 생기지는 않았다. 하지만 두 사람 사이의 알 수 없지만 확고한 유대감이 불길한 느낌을 준다. 복제한 것 같은 무의식적인 몸짓, 똑같은 눈빛, 협정을 맺은 듯한 침묵은 다른 사람들을 불편하게 한다. 그는 아이들이 그들만의 비밀 언어를 갖고 있고 그건 아마 여동생도 해석하지 못하리라 생각한다. 둘만 이해할 수 있는 말은 다른 사람들을 외국인, 이방인이 되게 하고 그들을 문맹으로 만든다. 여동생의 아이들은 또 사악한 쌍둥이라는 클리셰이기도 하다.

여동생이 그에게 고기가 들어 있지 않은 음식을 덜어준다. 차갑다. 맛도 없다.

"괜찮아?"

"응."

쌍둥이는 레몬과 허브로 잰 특별 콩팥과 프로방스식으로 요리한 감자 그리고 완두콩을 먹는다. 아이들은 호기심에 찬 눈으로 그를 보면서 고기를 음미한다. 그는 사내아이인 에스테반시토가 여자애인 마루에게 손짓하는 걸 본다. 여동생이 만일 딸 둘이나 아들 둘을 얻었다고 했을 때 빠졌을 파국적 딜레마를 생각하면 그는 늘 웃음이 나곤 했다. 부모의 이름을 따서 아이들 이름을 짓는 건 아이들로부터 정체성을 박탈하고 그들이 누구 것인지 상기시키는 일이다.

쌍둥이는 서로 신호를 주고받고 속삭이며 웃는다. 두 아이 머리칼은 모두 지저분하고 기름기가 흐른다.

"얘들아, 지금 삼촌하고 같이 식사하고 있잖아. 무례하게 굴면 안 돼. 아빠랑 내가 얘기했지. 식사 자리에서는 속닥거리면 안 된다고. 어른처럼 얘기해야지, 알겠니?"

에스테반시토는 반짝이는 눈으로 그를 바라본다. 반짝이는 눈 속에는 갈라진 나무가 가득한 숲과 조용한 토네이도 같은 말들이 가득 찼다.

하지만 입을 연 사람은 마루다. "우린 마르키토스 삼촌의 맛이 어떨지 맞혀보려고 했어요."

여동생이 칼로 테이블을 쿵 찍는다. 소리는 격렬하면서도 재빠르다. "그만."

그녀는 느리게 말하면서 자신이 하는 말의 무게를 저울질하고 조절한다. 쌍둥이는 놀라 엄마를 바라본다. 그는 여동생이 이런 식으로 반응하는 걸 한 번도 본 적이 없다. 그는 여동생을 조용히 바라보며 차가운 밥을 한 번 더 씹고 모든 광경에 슬퍼한다.

"이런 농담은 신물이 나. 우린 사람을 먹지 않아. 너희가 무슨 야만인이라도 되는지 알아?"

여동생은 소리 지르며 묻는다. 그러더니 테이블에 꽂힌 칼을 보고 꿈에서 깨어나기라도 한 것처럼 화장실로 뛰어간다.

마루, 아니 여동생이 부르는 이름으로는 마리시타인 조카는 이제 막 입에 넣으려던 특별 콩팥 요리 조각을 바라보더니 웃음기를 머금고 쌍둥이 오빠에게 윙크를 보낸다. 조카의 말은 마치 엄청난 열기에 녹아내리는 유리 조각, 슬로모션으로 눈을 쪼아내는 까마귀 같다.

"엄마는 미쳤어."

조카는 입을 삐쭉 내밀고 어린 여자애 목소리로 말하면서 집게손가락을 관자놀이 쪽에 대고 빙빙 돌린다. 에스테반시토는 쌍둥이 동생을 보며 웃는다. 모든 일이 아주 재미있어 보이는 모양이다.

그러더니 말한다. "우아한 시체, 라는 게임이 있어요. 해볼래요?"

여동생이 돌아온다. 부끄러운 듯, 조금은 체념한 듯 그를 바라본다.

"내가 사과할게." 그녀가 말한다. "요새 유행하는 게임인데, 아이들은 그걸 플레이하면 안 된다는 걸 잘 몰라서 그래."

그는 물을 조금 마신다. 여동생은 말을 그치지 않는데, 요구하지도 않은 설명을 그가 원하고 있다고 생각하는 모양이다.

"문제는 소셜미디어와 아이들이 빠져 있는 작은 가상 모임이야. 그런 곳에서 이런 문제가 시작되거든. 오빠는 온라인 활동을 하지 않으니까 전혀 모르겠지만."

그녀는 칼이 여전히 테이블에 꽂혀 있는 걸 알아차리고는 마치 아무 일도 없었고 자신이 과민 반응을 보이지 않은 것처럼 재빨리 칼을 뽑아낸다.

그는 자신이 기분이 상해 일어나 떠나버리면 조만간 이 모든 과정을 다시 겪어야 한다는 걸 알고 있다. 여동생은 사과해야 한다면서 그에게 집으로 와달라고 끝없이 요구할 것이기 때문이다.

일어서는 대신 그는 참고 이렇게 말한다. "내 생각에 에스테반시토는 분명히 너무 오랫동안 살이 붙은 돼지처럼 고약한 맛이 날 거야. 마루는 홍송어랑 비슷한 맛일 텐데, 향은 조금 강할 수 있지만 맛있을 거야."

쌍둥이는 처음에는 무슨 말인지 몰라 그를 바라본다. 아이들은 돼지나 생선을 본 적이 없다. 그러더니 아이들은 기분이 좋은지 웃는다. 여동생은 그를 보면서 아무 말도 하지 않는다. 그저 물을 한 모금 더 마시고 음식을 먹을 뿐이다. 그녀의 말은 진공 포장된 비닐에 싸인 것처럼 그녀 안에 갇혀 있다.

"물어볼 게 있어, 오빠. 공장에서 개체를 나 같은 일반 가정에도 팔아?"

그는 채소인 것 같은 음식을 삼킨다. 색깔이나 맛으로는 뭘 먹고 있는지 알 수가 없다. 공기 중에서 시큼한 냄새가 난다. 그가 먹고 있는 음식 냄새인지 집에서 나는 냄새인지 알 수가 없다.

"내 말 듣고 있어?"

그는 대답하지 않은 채 여동생을 잠시 바라본다. 갑자기 이곳에 도착한 뒤로 여동생이 아버지에 관해 전혀 묻지 않았다는 생각이 든다.

"팔지 않아."

"공장 여직원이 했던 말이랑 다른데."

그는 이제 돌아가야 할 때라고 결정한다.

"아버지는 괜찮아, 마리사. 혹시 궁금해할까 봐 말하는 거야."

마리사는 눈을 내리깔면서 오빠가 더는 참지 않으리라는 걸 알아차린다.

"그건 참 다행이야."

"그래, 참 다행인 일이지."

그러나 그는 한 걸음 더 내딛기로 한다. 그러지 말아야 했는데 공장에 전화를 걸어 미리 물었을 때 여동생이 먼저 선을 넘었기 때문이다.

"아버지가 며칠 전에 발작을 일으켰어."

여동생은 입으로 가져가던 포크를 공중에 그대로 들고 있다. 마치 정말로 놀란 것처럼.

"아버지가?"

"그래. 괜찮으신데, 가끔 그럴 때도 있대."

"그래, 그렇겠지."

그는 포크를 들어 쌍둥이 조카들을 가리키며 살짝 목소리 높여 말한다. "애들 데리고 아버지를 보러 가긴 해?"

여동생은 놀라 화를 참는 표정으로 오빠를 바라본다. 두 사람 사이 무언의 계약에 따르면 오빠는 동생을 창피하게 만들면 안 되었고, 그는 늘 그걸 존중했다. 하지만 오늘은 달랐다.

"학교 가야지, 숙제도 해야지, 요양원은 멀고, 정말 힘들어. 게다가 통금 시간도 지켜야 하잖아." 마루가 뭔가 말하려 하지만 여동생이 딸의 손을 어루만지더니 계속 말을 잇는다. "애들이 최고로 좋은 학교에 입학했다는 걸 오빠도 이해해야만 해. 우수한 애들만 가는 곳이고 물론 국립이야.

사립은 끔찍하게 비싸거든. 하지만 계속 노력하지 않으면 학비를 내야 하는 학교로 전학을 가야 해. 우린 그런 상황을 감당할 수가 없어."

여동생의 말은 마치 구석에 쌓인 채 썩어가는 마른 이파리 같다.

"물론 그렇겠지, 마리사. 내가 네 가족 모두를 대신해 아버지께 인사를 전할게, 됐지?"

그는 일어나 조카들을 향해 웃어 보이지만 작별 인사는 하지 않는다.

마루가 그에게 도전적인 표정을 지어 보인다. 아이는 특별 콩팥을 한입 깨물더니 입을 벌린 채 소리치듯 말한다. "난 할아버지 보러 가고 싶어, 엄마."

에스테반시토가 쌍둥이 동생을 보더니 즐거운 표정을 지으며 말한다. "그래, 엄마. 병원에 가. 가면 안 돼?"

여동생은 혼란스러워하며 아이들을 바라본다. 그녀는 아이들 요구의 잔인함을 알아차리지도, 그들이 참고 있는 웃음을 보지도 않는다.

"좋아, 알았어. 한 번 가봐도 되겠지."

그는 앞으로 오랫동안 쌍둥이를 볼 일이 없으리라는 걸 안다. 또 만일 조카들의 팔을 잘라 지금 당장 이 나무 테이블에 앉아 먹는다면 그가 예측한 그대로의 맛이리라는 걸 안다. 그는 조카들의 눈을 똑바로 바라본다. 먼저 마루를,

다음에는 에스테반시토를 본다. 그는 마치 그들의 맛을 음미하듯 쌍둥이 조카를 바라본다. 그의 시선에 놀란 아이들이 눈을 내리깐다.

그는 문으로 곧장 걸어간다. 여동생이 문을 열더니 재빨리 키스로 작별 인사를 한다.

"만나서 정말 반가웠어, 마르키토스. 제발 이 우산을 가져가, 부탁이야."

그는 우산을 펼치고 대답도 없이 떠난다. 차에 올라타기 전에 쓰레기통을 발견한다. 펼친 우산을 쓰레기통에 처박는다. 여동생이 문가에서 지켜보고 있다. 그녀는 고개를 떨어뜨리며 천천히 문을 닫는다.

21

그는 차를 타고 버려진 동물원을 향해 달린다.

여동생과 점심을 함께하기만 하면 당황스러워진다. 절대 다시 찾아가지 않을 정도는 아니지만, 동생을 만나고 오면 꼭 마음을 가라앉혀야만 한다. 가족의 한 사람인 여동생이 왜 그렇게 생겨 먹었는지, 왜 그런 아이들을 낳았는지, 왜 여동생은 그와 아버지를 신경 쓰지 않는지 도무지 이해할 수 없어서 그렇다.

그는 천천히 걸어 원숭이 우리 앞을 지난다. 우리는 부서진 채 버려져 있다. 우리 안쪽에 심어둔 나무들은 말라버렸다. 그는 우리에 붙은 색 바랜 안내판을 읽는다.

짖는원숭이

학명 : Alouatta caraya

포유류

'포유류'라는 단어 옆에 외설적인 낙서가 그려져 있다.

영장목

거미원숭이과

서식지 : 숲

설명 : 암컷은 털이 금색 또는 노란색이지만 수컷은

그 뒤로는 글자가 지워져 보이지 않는다.

소리를 낼 수 있는 특별한 기관을 갖추고 있다. 후두와 목뿔뼈가
특히 고도로 발달했고, 후자는 그들의 발성을 증폭하는 커다란
캡슐이 된다.

먹이 : 식물, 곤충, 과일

보존 상태 : 멸종 위기 해당 없음

'멸종 위기 해당 없음'이라는 글자 위에 X 표시가 그려져
있다.

분포 : 남미 중부 지역, 동부 볼리비아에서 남부 브라질, 북부 아르헨티나와 파라과이에 서식한다.

수컷 짖는원숭이의 사진이 걸려 있다. 카메라가 마치 포획당하던 순간을 포착한 것처럼 원숭이의 얼굴은 일그러져 있다. 누군가 사진 중앙에 원으로 둘러싸인 빨간색 십자가를 그려두었다.

그는 여러 우리 가운데 하나의 안으로 들어간다. 금이 간 시멘트 바닥 사이에 풀이 자라고 있고 바닥에는 담배꽁초와 주사기 바늘이 굴러다닌다. 뼈도 보이는데 아마 원숭이 뼈인 것 같다. 아닐 수도 있다. 어떤 동물의 뼈인지 추측할 수가 없다.

우리 밖에는 나무들이 서 있는데, 그는 우리를 나와 나무 아래를 걷는다. 날씨가 덥고 하늘은 맑다. 나무들이 약간의 그늘을 드리운다. 그는 땀을 흘리고 있다.

판매점 부스가 보인다. 문짝이 사라진 문간으로 머리를 넣고 보니 깡통과 종이 쓰레기가 쌓여 있다. 부스 안쪽 벽에 판매하는 물품의 이름이 페인트로 쓰여 있다. 봉제 사자 인형 심바, 봉제 기린 인형 리타, 봉제 코끼리 인형 덤보, 동물의 왕국 컵, 원숭이 필통. 하얀 벽은 그라피티 문장과 그림으로 덮여 있다. 누군가 '동물들이 그리워'라고 작고 차분한 글씨로 적어두었다. 누군가 그 문장에 줄을 긋고 추가로 적

었다. '멍청한 소리, 나가 죽어라.'

판매 부스를 떠난 그는 담배에 불을 붙인다. 그는 동물원
에서 절대 이리저리 돌아다니지 않는다. 대신 항상 곧바로
사자 우리로 가서 그곳에 앉는다. 그는 동물원이 매우 넓다
는 걸 알고 있다. 아버지와 그곳을 돌아다니며 오랜 시간을
보낸 걸 기억하고 있기 때문이다.

그는 텅 빈 수영장 속으로 내려선다. 작은 수영장이다.
수달이나 바다표범이 있던 곳인가 생각하지만, 기억이 나
지는 않는다. 안내판은 떨어져 나가고 없다.

걸어가면서 소매를 걷어 올린다. 단추를 풀어 셔츠가 벌
어지도록 둔다.

멀리 거대한 크기의 우리가 보인다. 높은 우리 꼭대기에
는 둥근 지붕이 달려 있다. 그는 동물원 조류 우리인 새장을
기억한다. 여러 가지 색깔의 새들이 날고, 깃털이 우수수 떨
어지고, 짙고 기분 나쁜 냄새가 나는 곳이다. 새장 앞에 가
보니 그곳은 커다란 하나의 공간이 여러 칸으로 나뉘어 있
다. 내부에는 커다란 공중 통로가 둥근 유리 지붕에 덮여 있
다. 예전에는 관람객들이 그리로 올라가 새들 사이에서 걸
어 다닐 수 있었다. 출입문은 부서졌다. 새장 내부에 심은
나무들이 많이 자라 천장과 공중 통로의 유리 지붕을 뚫고
나간 모습이 보인다. 그는 나뭇잎과 유리 조각들이 신발 밑
에서 우두둑 소리를 내는 걸 느끼며 밟고 지난다. 공중 통로

로 올라가는 계단이 보인다. 계단을 올라가 공중 통로를 걸어보기로 한다. 나뭇가지들 사이를 뚫고 가거나 밟고 넘어가고, 앞을 막으면 가지를 옆으로 치우며 올라간다. 넓은 공간이 나오자 고개를 들어 천장을 바라본다. 나무 꼭대기와 중앙의 유리 지붕이 보인다. 유일하게 스테인드글라스로 만든 유리 지붕에는 날개를 달고 태양 가까이 날아가는 인간의 그림이 그려져 있다. 그는 이카로스가 누군지, 운명이 어땠는지 알고 있다. 다양한 색깔의 날개를 몸에 붙인 이카로스는 새들로 가득한 하늘을 뚫고 날고 있다. 새들이 이카로스의 동료인 것처럼, 날개 달린 인간이 새들 가운데 한 마리인 것처럼. 나뭇잎이 달린 가지를 주워 그걸로 공중 통로 바닥을 조금 쓸어낸다. 그래야 유리에 다치지 않고 바닥에 누울 수 있다. 유리 지붕은 일부가 깨지긴 했지만 가장 높은 곳이고 가장 높은 곳이라 아직 나뭇가지가 닿지 못해 제일 덜 손상된 곳이다.

그는 종일 거기 누워 알록달록한 하늘을 쳐다보고 싶다. 텅 비고 부서진 곳이라고 해도 아들에게 이곳 새장을 보여줄 수 있었다면 좋았겠다고 생각한다. 레오가 죽었을 때 동생이 전화했던 일이 갑자기 떠오른다. 동생은 그의 아내만이 위로받아야 할 유일한 사람인 것처럼 세실리아하고만 통화했다. 장례식에서 동생은 자기 아이들도 갑자기 죽을까 봐 두렵기라도 한 것처럼, 관 속 아기가 자신의 운명을 다른 사람들에게 전염시킬 능력이라도 가진 것처럼 쌍둥이를 부둥켜안고 울었다. 그는 세상 전부가 그로부터 몇 미터 뒤로 물러나는 것처럼 모두를 바라보았다. 그를 끌어안는 사람 모두가 성에 낀 유리창 너머에 있는 것 같았다. 그는 단 한 번도 울 수 없었다. 심지어 작고 하얀 관이 땅속 구덩이로 내려질 때조차 울지 않았다. 그는 관이 눈에 좀 덜 띄는 모습이었으면 좋겠다고 생각했다. 관이 흰색인 이유는 안에 든 아기의 순수함 때문이라는 걸 그는 알았다. 하지만 인간이 세상에 올 때 진짜 순수한 존재였을지 궁금했다. 그는 다른 생을 생각했다. 다른 차원 속에서, 다른 별에서, 다른 시대에서 어쩌면 자신이 아들과 함께하며 아들이 크는 모습을 지켜볼지도 모른다고 생각했다. 그리고 그가 이런 모든 생각을 하는 사이 사람들은 관 위에 장미를 던졌고 여동생은 죽은 아이가 자기 자식이라도 되는 것처럼 울었다.

그는 당시만 해도 사람들이 치르던 가짜 장례식이 끝난 뒤에도 울지 않았다. 조문객들이 돌아가고 부부만 남자 묘지 직원들이 다시 관을 구덩이에서 꺼내 흙을 닦아내고 관 위에 던졌던 꽃들을 치운 다음 관을 실내로 옮겼다. 직원들은 아들의 시신을 하얀색 관에서 꺼내 투명한 다른 관으로 옮겼다. 그와 세실리아는 그들 두 사람의 아기가 천천히 화장 소각로로 들어가는 모습을 지켜봐야 했다. 세실리아는 쓰러졌고 그럴 경우를 대비해 준비해둔 팔걸이의자가 있는 휴게실로 옮겨졌다. 그는 유골을 넘겨받은 다음 그의 아들이 화장되었고 부모가 그 과정을 직접 지켜봤다는 걸 확인하는 서류에 서명했다.

그는 새장을 나와 어린이 놀이터 앞을 지난다. 미끄럼틀은 망가졌다. 시소 한쪽에는 의자가 사라지고 없다. 팽이 모양을 한 회전목마는 녹색을 유지하고 있지만, 나무 바닥에는 나치 문양이 그려져 있다. 풀이 자라는 모래 놀이터에는 누군가 가져다둔, 부서져가는 의자가 썩고 있다. 그네에는 엉덩이 받침대가 하나밖에 남지 않았다. 그는 그네에 앉아 담배를 피워 문다. 그네 체인은 여전히 그의 몸무게를 견뎌낸다. 그는 두 다리로 힘주어 땅을 밀어 공중으로 뛰어오르고, 먼 하늘에 구름이 몰려오는 모습을 본다.

더운 날이다. 그는 셔츠를 벗어 허리에 두른다.

놀이터에서 멀지 않은 곳에 다른 우리가 보인다. 그는 그리로 가서 안내판을 읽는다.

큰유황앵무

학명 : Cacatua galerita

조류

앵무목

앵무과

누군가 '사랑해, 로미나'라고 서식지 설명 위에 붉은 글씨로 써놓았다.

설명 : 수컷은 눈이 진한 커피색이며 암컷의 눈은 붉은색이다. 구애 기간이 되면 수컷이 볏을 세우고 머리를 8자 모양으로 움직이며 운다. 암컷과 수컷이 함께 새끼들을 먹이고 품는다. 야생 상태에서는 약 40년을 살고 동물원에서는 거의 65년을 산다(앵무새 가운데 120년을 넘게 산 기록이 있다).

안내판의 나머지 부분은 부서져 바닥에 나뒹굴고 있지만, 그는 굳이 허리를 숙여 집어 들고 살펴보지는 않는다.

그는 커다란 건물을 향해 걸어간다. 문틀은 불에 탄 흔적을 안고 있다. 건물에는 방이 있는데 커다란 창문이 깨져 있다. 그는 이 공간이 분명히 술집이나 식당이었으리라 생각한다. 실내에는 떼어낼 수 없는 붙박이 의자들이 설치되어 있다. 바닥에 고정된 두 개를 제외하고 테이블은 모두 사라지고 없다. 바였던 것으로 보이는 긴 구조물이 보인다.

그 순간 그는 '파충류관'이라고 적힌 간판과 화살표를 발견한다. 그는 어둡고 좁은 복도를 따라 걸어가다가 넓은 창문이 있는 더 큰 공간을 만난다. 그곳 벽에 쓰인 또 다른 글자가 보인다. '파충류관 : 순서대로 입장해주세요.' 그는 높은 천장이 일부 무너져내린 실내에 들어선다. 천장이 부서진 틈새로 하늘이 보인다. 우리는 없다. 대신 벽이 유리 패널을 사용해 여러 공간으로 나뉘어 있다. 그런 공간은 테라리엄이라고 부른다. 과거 그곳에는 각각 다른 뱀들이 들어 있었을 것이다. 일부 유리 패널은 깨졌고 어떤 곳은 아예 흔적도 없이 사라졌다.

그는 바닥에 앉아 담배를 피워 문다. 주변의 그라피티와 그림들을 둘러보던 중에 그림 한 개가 그의 관심을 끈다. 누군가 꽤 좋은 솜씨로 그려둔 가면 그림이다. 베네치아 가면처럼 보인다. 가면 옆에는 커다란 검은색 글씨로 그림을 그린 사람이 써둔 글이 보인다.

'내가 피부라고 부르는 것이 언제 뜯겨나갈지, 내가 입이라고 부르는 것이 주위를 둘러싼 살점을 언제 잃게 될지, 내가 눈이라고 부르는 것이 언제 칼이라는 검은 침묵을 만나게 될지 알지도 못하면서, 겉보기에 차분하고 일상적으로 평온하고 작은 동시에 밝은, 즐거움이라는 가면.'

서명은 보이지 않는다. 아무도 글귀를 긁어내거나 다른 글씨로 덮어 쓰지 않았지만, 다른 말들과 그림이 그 주위를 둘러싸고 있다. 그는 사람들이 쓴 내용을 일부 읽어본다.

'암시장', '지워버리지', '성과 이름이 붙은 고기가 최고로 맛있지!', '작고 밝은 즐거움? 진짜? 웃기시네!', '근사한 시로군!!', '통금 시간이 되면 우린 널 먹을 수 있어', '빌어먹을 세상', '욜로(YOLO)', '오, 날 먹어, 내 살을 먹어 / 오, 식인종 사이에서 / 오, 천천히 해 / 내 살을 잘라 / 오, 식인종 사이에서(아르헨티나 록밴드인 소다 스테레오의 곡 〈식인종들 사이에서〉의 가사 중에서-옮긴이) / 소다 스테레오여 영원히.'

'욜로'가 무슨 뜻인지 기억해내려 애쓰던 그는 뭔가 소리를 듣는다. 그는 꼼짝하지 않는다. 희미하게 들리는 울음소리. 그는 일어나 파충류관을 가로질러서 가장 큰 창문 앞으로 다가간다. 그곳은 유리창이 멀쩡하다.

거의 아무것도 보이지 않는다. 바닥에는 마른 나뭇가지와 쓰레기가 보인다. 하지만 그는 뭔가 움직이는 걸 포착한다. 그리고 그 순간 갑자기 작은 머리 하나가 고개를 든다. 검은 주둥이와 두 개의 갈색 귀. 그 순간 다른 머리가 보이고 또 다른 머리, 하나가 더 모습을 드러낸다.

그는 그 자리에 서서 그것들을 바라보며 환각을 보고 있다고 생각한다. 그 순간 유리를 깨뜨리고 그것들을 만져보고 싶다는 충동을 느낀다. 우선 그는 어떻게 그것들이 그곳에 있는지 이해할 수 없다. 그는 테라리엄 세 개가 서로 문으로 연결되어 있는데, 그 가운데 두 곳을 둘러싼 유리가 깨져 있다는 걸 깨닫는다. 테라리엄이 지상층에 있지 않기에 그리로 들어가기 위해서는 위로 기어 올라가야 한다. 그는 엉금엉금 기어 문을 통과한 다음 가장 넓은 가운데 테라리엄으로 들어간다. 그곳에 강아지들이 있다. 문은 열려 있다. 테라리엄은 넓고 천장도 상당히 높다. 그는 그곳이 아나콘

다나 비단뱀을 넣어두던 곳이라고 생각한다. 강아지들은 겁을 먹고 낑낑거린다. 물론 강아지들은 살면서 한 번도 인간을 본 적이 없었으리라. 바닥이 돌멩이와 마른 낙엽, 쓰레기로 덮여 있기에 그는 조심스럽게 기어간다. 강아지들은 그들을 잘 덮어줄 수 있는 나뭇가지 아래에 숨어 있다. 보아뱀이 그 나뭇가지를 몸으로 감고 있었을 수도 있다. 뱀들은 서로 붙어 체온을 높이고 스스로 방어했을 것이다. 그는 가까이 다가가 앉지만 만지지 않고 강아지들이 더 차분해지기를 기다린다. 그러다 강아지들을 쓰다듬기 시작한다. 모두네 마리인데 전부 야위었고 지저분하다. 강아지들이 그의 손 냄새를 맡는다. 그는 강아지 한 마리를 안아 올린다. 거의 무게가 느껴지지 않는다. 강아지는 처음에는 몸을 떨지만 이내 필사적으로 몸부림친다. 겁을 먹고 오줌을 지리기도 한다. 다른 녀석들은 짖거나 낑낑댄다. 그는 강아지를 껴안고 녀석이 차분해질 때까지 입맞춘다. 녀석이 그의 얼굴을 혀로 핥는다. 그는 아무 소리도 내지 않고 웃으며 운다.

22

강아지들과 함께 있는 그는 시간 가는 줄 모른다. 강아지
들은 그에게 달려들거나 그가 흔드는 나뭇가지를 잡으려고
애쓰며 논다. 작은 이빨로 그의 손을 깨물기도 하지만 간지
러운 느낌만 든다. 그는 손으로 강아지들을 뒤쫓는 무시무시
한 짐승의 입을 흉내 내며 녀석들의 머리를 붙잡고 조심스
레 흔들기도 한다. 그는 강아지들의 꼬리를 살살 잡아당긴
다. 강아지들이 낑낑대거나 짖으면 그도 흉내를 낸다. 강아
지들이 그의 손을 핥는다. 강아지는 네 마리 모두 수컷이다.

그는 강아지들의 이름을 짓는다. 재거, 워츠, 리처드, 우
드(밴드 롤링스톤스의 멤버 이름-옮긴이).

강아지들은 테라리엄 안을 뛰어다닌다. 재거가 리처드의

꼬리를 깨문다. 우드는 졸린 것 같았는데 갑자기 일어나더니 나뭇가지를 물고 공중에 대고 흔든다. 하지만 워츠는 의심스러운지 테라리엄에 들어온 사람의 냄새를 킁킁대며 맡고는 그의 주위에서 뛰어놀기 시작한다. 그의 냄새를 맡고 짖다가 서툰 몸짓으로 그의 다리를 타고 기어오른다. 그가 공격하자 워츠는 살짝 낑낑대다가 꼬리를 흔들며 그의 손을 깨문다. 그러다 이내 리처드와 재거 위로 뛰어오른다. 그는 다른 강아지들을 공격하지만, 그 순간 강아지들이 그를 뒤쫓는다.

키우던 개들이 생각난다. 푸글리에세와 코코. 그는 바이러스가 강대국들이 만들어낸 거짓말이고 정부와 언론이 그걸 정당화한 것에 불과하다고 의심하면서도 기르던 개들을 죽여야만 했다. 죽이지 않으려고 그냥 내다 버리는 방법도 생각했지만, 그러면 오히려 개들이 괴롭힘당하다 죽을 것이 두려웠다. 개를 몰래 숨겨 키우는 건 더 나쁜 결과를 가져올 터였다. 개들은 물론 그들 가족까지 괴롭힘당하고 죽게 될 것이기 때문이다. 당시에는 기르던 동물을 고통스럽지 않게 죽일 수 있도록 주사 약물을 팔았다. 어디서나 살 수 있었고 심지어 슈퍼마켓에서도 팔았다. 그는 푸글리에세와 코코를 마당에 있는 가장 큰 나무 아래 묻었다. 날씨가 무더운 날 오후 아버지의 공장에 나가 있지 않을 때면 그와 개들은 나무 아래 그늘에 함께 앉아 있곤 했다. 그는 맥주를 마시며 책을 읽었고 개들은 곁에 앉아 있었다. 그는 아버지의 낡은 휴대용 라디오를 가져와 재즈 연주 프로그램을 들었다. 방송국에 다이얼을 맞추는 일이 재미있었다. 푸글리에세는 자주 일어나 새를 뒤쫓았다. 코코는 졸린 모습으로 고개를 들고는 푸글리에세를 본 다음 다시 그를 보곤 했는데, 그가 보기에는 '푸글리에세는 미쳐도 단단히 미쳤어요, 하지만 우리는 정신 나간 저 녀석을 있는 그대로의 모습으로 사랑하죠'라고 말하는 것 같았다. 그리고 그는 늘 코코의 머리를 쓰다듬고 웃으며 부드럽게 말했다. "우리 예쁜 코코." 하지만 그의 아버지가 가까이 오면 코코는 전혀 다른 개로 변했다. 코코는 행복을 감추지 못했다. 몸속에서 뭔가 멈춰 있던 엔진이 시동을 거는 것 같았고, 뛰어오르고 달리고 꼬리를 흔들고 짖었다. 아버지만 보이면 아무리 멀어도 아버지 쪽으로 튀어 나가 아버지에게 뛰어올랐다. 아버지는 늘 웃음으로 코코를 맞이하고 안아주고 들어 올렸다. 코코는 아버지를 만나면 꼬리 흔드는 모양부터 달랐다. 꼬리가 흔들리는 것만 봐도 아버지가 오고 있다는 걸 알 수 있었다. 코코는 자신이 태어난 지 몇 주 만에 더러운 몰골로 고속도로 길가에서 웅크린 채 탈수 증세와 함께 죽음에 가까워졌을 때 녀석을 구해준 오직 한 사람인 아버지에게만 그렇게 반응했다. 아버지는 코코를 24시간 내내 곁에 두었다. 공장에도 데려가 코코가 정상적인 반응을 보일 때까지 돌봤다. 생각해보면 코코를 죽일 수밖에 없던 상황이 아버지가 정신적으로 무너지게 된 이유 가운데 하나였다.

갑자기 강아지 네 마리가 조용해지며 귀를 쫑긋 세운다. 그도 긴장한다. 당연한 사실이 퍼뜩 머리에 떠오른다. 강아지들에게는 어미가 있다.

으르렁 소리가 들린다. 유리창 반대편에 개 두 마리가 이빨을 드러내고 있다. 그가 반응을 보이는 데는 1초도 걸리지 않는다. 이 순간, 그는 이곳 테라리엄 속 강아지들 옆에서 죽고 싶다고 생각한다. 그러면 적어도 그의 몸이 먹이가 되어 강아지들이 조금이라도 더 오래 살 수 있을 것이다. 그러나 요양원에 있는 아버지가 머릿속에 떠오르고, 그는 재빨리 본능적으로 자신이 들어온 문을 향해 기어간다. 그는 문을 밀어서 닫고 잠근다. 개들은 이미 문 반대편으로 와서 짖고 긁어대며 들어오려 애쓴다. 만일 그가 문을 잠가둔 채반대편에 연결된 다른 테라리엄을 통해 탈출하면 강아지들은 죽을 것이다. 그러나 안에 강아지들이 있는 상황에서 문을 열면 개들의 공격을 피해 탈출할 시간이 없을 것이다. 다른 테라리엄으로 연결된 문은 닫혀 있다. 그는 열려고 애써보지만 열 수가 없다. 강아지들이 낑낑거린다. 강아지들은 스스로 보호하기 위해 몸을 웅크린다. 그는 강아지들을 셔츠로 덮어주지만 그런다고 강아지들이 안전해질 수는 없을 것이다. 그는 바닥에 누워 달아나기 위해 열어야 하는 문을 발로 차기 시작한다. 몇 번 걷어차자 문이 열린다. 그는 숨을 내쉰다. 개들은 짖으면서 유리를 더욱 거칠게 긁어댄다. 그는 연결된 옆 테라리엄으로 가는 문이 완전히 열려 있는 걸 확인하고, 그곳 유리가 깨져 있어 그곳을 통해 밖으로 빠져나갈 수 있다는 사실을 다시 확인한다. 으르렁거리는 소리가 더 커진다. 개들의 수가 늘었다는 생각이 든다. 개들 숫자가 늘었거나 이미 와 있던 개들이 시간이 흐를수록 더 격분하고 있는 것 같다.

강아지들은 몸을 웅크린 채 혼란에 빠져 작은 머리를 셔츠 밖으로 내밀고 있다. 그는 중간 크기의 돌덩이를 주워 개떼가 뚫고 들어오려 애쓰는, 잠긴 문을 막는다. 그리고 문의 잠금장치를 연다. 어렵겠지만 개들은 결국 문을 밀어서 열 수 있을 것이다. 그는 좀 더 큰 돌덩이를 찾아낸 다음 엎드려 기면서 연결된 옆 테라리엄으로 돌덩이를 끌고 간다. 그는 돌덩이를 이용해 들어온 문이 열리지 않도록 다시 막는다. 그가 발로 찰 때 문의 잠금장치가 부서졌기 때문이다. 그런 다음 깨진 유리창을 통해 조심스럽게, 뛰거나 큰 소리를 내지 않으면서 밖으로 빠져나온다. 바닥에 내려서자마자 그는 뛰기 시작한다.

그는 멈추거나 돌아보지 않고 계속 달린다. 하늘은 짙은 구름으로 무겁지만, 그는 알아차리지도 못한다. 자동차가 눈에 보일 때쯤 뒤에서 개 짖는 소리가 더 확실하게 들린다.

살짝 고개를 돌려보니 뛰어오는 여러 마리의 개가 점점 더 그에게 가까워지고 있다. 그는 세상이 끝장나기라도 할 것처럼 뛴다. 개들에게 따라잡히기 직전 간신히 차에 올라탄다. 숨을 고르며 슬픈 눈으로 개들을 바라본다. 개들을 도울 수 없어서, 먹이를 줄 수 없어서, 씻겨줄 수 없고 돌봐줄 수 없고 안아줄 수 없어서 슬프다. 세어보니 개는 여섯 마리다. 가죽만 남은 개들은 영양실조에 걸린 것처럼 보인다. 차에서 내리면 개들이 그를 찢어놓을 걸 알면서도 그는 두렵지 않다. 개들에게서 눈길을 떼어낼 수가 없다. 정말 오랜만에 보는 동물이다. 개떼들의 우두머리 수컷은 검은색이다. 개 여섯 마리가 차를 둘러싸고 짖어대면서 주둥이에서 쏟아내는 하얀 거품으로 창문을 더럽히고 닫힌 문을 발로 긁어댄다. 그는 이빨을, 굶주림을, 분노를 바라본다. 개들이 아름답다고 생각한다. 개들을 다치게 하고 싶지 않다. 개들은 그가 가속페달을 세게 밟을 때까지 뒤를 따라온다. 그는 마음속으로 재거와 워츠, 리처드, 우드에게 작별 인사를 한다.

23

집 앞에 차를 세우면서 코코와 푸글리에세가 짖어대며 유칼립투스 나무들이 줄지어 선 흙길을 따라 차를 따라오던 모습을 그리워한다. 푸글리에세를 발견한 건 코코였다. 푸글리에세는 지금 그들 두 마리가 묻힌 나무 아래서 울고 있었다. 태어난 지 겨우 몇 달 된 강아지였는데, 몸에 벼룩과 진드기가 우글거리고 영양실조 상태였다. 코코는 자기 자식이라도 되는 것처럼 푸글리에세를 받아들였다. 녀석에게서 벼룩과 진드기를 없애주고 먹이를 주어 힘을 되찾게 해준 건 그였지만 푸글리에세는 늘 코코를 구원자로 생각했다. 만일 누군가 코코에게 소리 지르거나 위협하면 푸글리에세는 미쳐 날뛰었다. 푸글리에세는 모두를 반기는 충성스러운 개였지만 코코를 제일 좋아했다.

하늘에는 검은 구름이 가득했지만, 그는 알아차리지 못한다. 차에서 내려 곧장 헛간으로 걸어간다. 헛간에 있는 암컷에게로. 암컷은 몸을 웅크린 채 잠들어 있다. 더는 미룰수 없이 암컷을 씻겨야 한다. 헛간 내부를 둘러보다가 청소를 해 암컷이 좀 더 편하게 있을 수 있는 공간으로 만들어야겠다고 생각한다.

암컷을 씻기려고 양동이를 챙기러 헛간을 나서는데 비가 쏟아지기 시작한다. 그제야 그는 폭풍이 다가오고 있다는 걸 알아차린다. 무시무시한 동시에 아름다운 여름 폭풍이다.

주방으로 들어서던 그는 심각할 정도의 피로감을 느낀다. 그냥 주저앉아 맥주를 마시고 싶지만, 암컷을 씻기는 일을 도저히 더는 미룰 수가 없다. 양동이와 하얀색 비누 그리고 깨끗한 걸레 하나를 챙긴다. 욕실에서 오래된 빗을 찾으려 애써보지만 찾을 수가 없어서 결국 세실리아가 두고 간 빗을 하나 꺼내 준비한다. 호스를 연결하려고 생각하지만, 밖으로 나오니 비가 어마어마하게 쏟아져 그의 몸이 온통 젖는다. 그가 입었던 셔츠는 재거, 워츠, 리처드, 우드에게 주고 왔다. 신발과 양말을 벗는다. 이제 그가 몸에 걸친 건 청바지밖에 없다.

맨발인 채로 걸어 헛간으로 간다. 발아래 비에 젖은 잔디가 느껴지고 젖은 흙냄새가 난다. 푸글리에세가 빗속에서 짖는 모습이 보인다. 마치 과거로 돌아간 것처럼 개를 본다. 미친 것처럼 날뛰는 푸글리에서는 빗방울을 잡으려 애쓰면서 몸이 온통 진흙투성이가 된 채 늘 포치에 앉아 자신을 바라보는 코코의 칭찬을 구한다.

부드럽다고 할 수 있을 정도로 조심스럽게 암컷을 헛간 밖으로 데리고 나온다. 빗물에 겁먹은 암컷은 자기 몸을 덮으려 애쓴다. 그는 암컷을 진정시키려 머리를 토닥거리면서 상대방이 알아듣기라도 하듯 말한다.

"걱정하지 마. 그냥 물이야. 네 몸을 씻어줄 거야."

그가 암컷의 머리에 비누를 문지르자 그녀는 두려움에 차 그를 바라본다. 그는 그녀를 안심시키기 위해 잔디밭에 앉힌다. 그리고 그녀 뒤에 무릎을 꿇고 앉는다. 그가 서툴게 이리저리 넘기는 그녀의 머리칼은 하얀색 비누 거품투성이다. 그녀에게 겁을 주고 싶지 않은 그는 천천히 움직인다. 암컷은 눈을 끔벅거리더니 고개를 돌려 빗속에서 그를 바라보며 떨리는 몸을 비튼다.

빗물이 세차게 쏟아져 내리며 그녀의 몸을 씻어낸다. 그는 그녀의 두 팔에 비누칠을 하고 깨끗한 걸레로 문지른다. 암컷은 이제 훨씬 차분해졌지만, 여전히 그를 믿을 수 없다는 눈으로 바라보고 있다. 그는 그녀의 등에 비누를 문지르고 천천히 일으켜 세운다. 이제 그는 그녀의 가슴과 겨드랑이, 배를 씻는다. 그는 열심히, 소중하지만 생명 없는 물건을 청소하는 것처럼 움직인다. 그는 마치 물건이 부서지거나 살아 움직이기라도 할 것처럼 긴장해 있다.

그는 걸레로 암컷이 순종 1세대임을 증명하는 낙인 글자를 씻는다. 낙인은 사육장에서 보낸 해마다 한 개씩, 모두 스무 개다.

다음으로 그녀의 얼굴로 옮겨가 손으로 직접 얼굴에 묻은 흙을 닦아낸다. 그녀의 긴 속눈썹과 뭔지 모를 눈동자 색이 눈에 띈다. 눈동자는 아마도 회색이나 녹색인 것 같다. 그녀의 얼굴에는 주근깨가 몇 개 흩어져 있다.

그는 쭈그리고 앉아 그녀의 발과 종아리, 허벅지를 씻는다. 빗방울이 거칠게 떨어지는 중인데도 그녀의 냄새를 맡을 수 있다. 거칠면서도 신선한 재스민 향기. 그는 그녀를 다시 잔디밭에 앉히고 손에 빗을 든다. 그리고 그녀 뒤에서 움직이며 머리를 정리하기 시작한다. 그녀의 머리칼은 곧게 뻗었지만 뒤엉켜 있다. 조심해서 빗지 않으면 아플 수도 있다.

머리칼 정리까지 마친 그는 그녀를 다시 일으켜 세운 뒤 바라본다. 그때 빗속에서 그는 그녀를 본다. 연약하고 거의 반투명한 모습의 그녀는 완벽하다. 그는 재스민 향기를 향해 움직이더니 아무 생각 없이 그녀를 껴안는다. 그녀는 움직이지도 떨지도 않는다. 그저 고개를 들고 그를 바라본다. 그녀의 눈은 녹색이라고 그는 생각한다. 녹색이 확실하다.

그는 그녀의 이마에 찍힌 낙인을 손으로 어루만진다. 그러다 낙인에 입을 맞춘다. 낙인을 찍을 때 그녀가 겪은 고통을 알기 때문이다. 그녀가 더 유순해지도록, 그래서 도살당할 때도 비명을 지르지 못하도록 성대를 제거할 때도 역시 그녀는 고통받았을 것이다. 그는 그녀의 목을 어루만진다. 이제 오히려 그가 몸을 떤다. 그는 청바지를 벗고 벌거벗은 채 그 자리에 선다. 그의 숨소리가 빨라진다. 비가 내리는 가운데 그는 계속 그녀를 안고 있다.

그가 하고 싶은 행동은 금지된 것이다. 그러나 그는 상관하지 않는다.

2부 타락과 광기

우리 안에서 태어나 우리 안에서 죽은 우리에 갇힌 짐승에게서 태어난 우리에 갇힌 짐승에게서 태어난 우리에 갇힌 짐승에게서 태어난 우리에 갇힌 짐승처럼, 태어나고 또 죽고, 우리 안에서 태어나고 우리 안에서 죽고, 한마디로 짐승처럼, 그들이 하는 말로 하자면 딱 그런 짐승처럼.

_사뮈엘 베케트

1

잠에서 깨어보니 몸이 온통 땀투성이다. 아직 봄이어서 바깥 날씨가 그렇게 더운 건 아니다. 주방으로 가서 마실 물을 한 컵 따른다. 그리고 TV를 켜고 음 소거 버튼을 누른 다음 별 관심도 없이 채널을 이리저리 돌린다. 결국 그는 아주 오래전 뉴스를 다시 보여주는 채널에서 손을 멈춘다. 사람들이 도시의 동물 조각상들을 훼손하기 시작했다. 뉴스 화면은 한 무리의 사람들이 월스트리트의 상징물인 황소 조각상에 페인트와 쓰레기, 달걀을 던지는 장면을 보여주고 있다. 그러다 바뀐 화면에서는 크레인이 등장해 무게가 3,000킬로그램도 넘는 그 청동 황소 조각상을 들어 올리고 있고, 공중으로 들려 올라가는 황소를 두려움에 차 바라보

는 사람들은 입을 손으로 막은 채 그걸 가리켜 보인다. 그는
음 소거 버튼을 다시 누르지만, 볼륨은 작게 유지한다. 미
술관에 대한 공격이 산발적으로 이어진다. 누군가 뉴욕현
대미술관에 있는 클레의 〈고양이와 새〉 그림을 칼로 찢었
다. 뉴스 앵커가 그림을 복원하려 애쓰는 전문가들의 노력
을 전하고 있다. 스페인의 프라도 미술관에서는 한 여성이
고야의 〈싸우는 고양이들〉을 직접 손으로 훼손하려 시도
했다. 여자가 그림을 향해 달려들었지만, 경비원들이 사전
에 제지했다. 그는 분개한 전문가들, 미술사학자들, 큐레이
터들, 비평가들이 '중세시대로의 회귀'라거나 '우상 파괴 사
회'로 되돌아갔다고 말하던 기억이 난다. 그는 물을 좀 마시
고 TV를 끈다.

그 순간 그는 아시시의 성 프란체스코(동물의 수호성인-옮
긴이) 조각상이 불탄 일, 그리스도 성탄화에서 당나귀와 양,
개, 낙타가 삭제된 일, 그리고 파괴된 마르 델 플라타(아르헨
티나 동부의 도시-옮긴이)의 바다사자 조각상이 기억난다.

그는 잠을 제대로 자지 못했지만 '희생의 교회'에서 온 사
람들을 만나기 위해 일찍 일어나야 했다. 그런 사람들이 점
점 많아지는 것 같다는 생각이 든다. 차분하고 규율 있게 진
행되는 도살 과정은 교회에서 온 미치광이들이 공장에 나타
나면 방해를 받는다. 이번 주 그는 수렵장과 연구소를 방문
해야 한다. 출장으로 집을 비우면 문제가 복잡해진다. 업무

를 해결해야 하는데 최근에는 도무지 뭔가에 집중할 수가 없다. 크레이그가 뭐라고 하지는 않지만, 그는 자신이 맡은 일을 제대로 해내지 못하고 있음을 스스로 알고 있다.

눈을 감은 채 호흡이 얼마나 빠른지 재보려 애쓴다. 그러나 그 순간 뭔가가 어루만지는 느낌에 그는 펄쩍 뛰어오른다. 눈을 뜬 그는 그녀를 본다. 고개를 돌리고 보니 그녀가 소파에 누워 있다. 그는 그녀의 거칠고 활력 넘치는 체취를 들이마시며 그녀를 껴안는다.

"안녕, 재스민."

그는 아까 잠에서 깼을 때 묶어두었던 그녀를 풀어주었었다.

그는 다시 TV를 켠다. 그녀는 움직이는 그림 보기를 좋아한다. 처음에는 화면 속 그림을 두려워했고 여러 차례 TV를 부수려 했다. 소리가 귀에 거슬리는 것 같았고 화면 속 그림이 움직이면 긴장했다. 그러나 시간이 흐르면서 그 장치가 자신을 해치지 못한다는 것과 TV 속에서 벌어지는 일이 그녀에게 아무 짓도 할 수 없다는 걸 이해했고, 결국 움직이는 그림에 매료되었다. 그녀는 모든 것이 놀라웠다. 수도에서 나오는 물, 사료와는 전혀 다른 새롭고 맛있는 음식, 라디오에서 흘러나오는 음악, 욕실에서의 샤워, 가구, 그가 함께 있으면서 그녀를 지켜볼 수 있을 때 집 안을 자유롭게 돌아다니는 일.

그는 그녀가 입은 잠옷을 정돈해준다. 그녀에게 옷을 입히기 위해 엄청나게 참을성을 발휘해야 했다. 그녀는 옷을 찢고 잡아 뜯고 입은 채로 오줌을 쌌다. 그는 전혀 화나지 않았고, 오히려 그녀의 강인한 성격과 고집에 놀랐다. 시간이 지나면서 그녀는 옷이 몸을 덮어주고 그런 방식으로 자신의 몸을 보호해준다는 걸 이해했다. 스스로 옷 입는 법을 배우기도 했다.

그녀는 그를 보고 TV를 가리킨다. 그녀가 웃는다. 그는 자신이 뭘 보고 웃는지 왜 웃는지도 모르면서 그냥 같이 웃으며 그녀를 조금 더 가까이 잡아당긴다. 재스민은 소리를 내지 못하지만, 웃으면 몸 전체가 울리는데 그런 행동에는 전염성이 있다.

그는 손으로 그녀의 배를 어루만진다. 그녀가 임신한 지 8개월이 지났다.

2

출근할 시간이지만 우선 재스민과 마테차를 마시고 싶
다. 물은 이미 불 위에서 끓고 있다. 그녀에게 불이라는 개
념과 위험성과 사용법을 이해하도록 하는 데는 많은 시간
이 걸렸다. 그가 주방에서 불을 켜기만 하면 그녀는 벌떡 일
어나 집 안 반대편 끝까지 달아나곤 했다. 그녀의 두려움은
궁금증으로 바뀌었다. 그러다가 그녀는 하얗고 파란, 가끔
은 노란색일 수도 있으며 춤추는 것처럼 살아 있는 불을 어
떻게든 만지고 싶어 했다. 결국 불꽃에 손을 댔고 손을 데고
는 겁에 질려 재빨리 손을 거둬들였다. 그녀는 손가락을 입
에 넣고 빨면서 뒤로 조금 물러섰지만, 그러다가도 다시 가
까이 다가와 불에 손을 대고 또 대곤 했다. 천천히 불은 그

녀의 일상 가운데 하나이자 새로운 현실이 되었다.

마테차의 마지막 한 모금을 마신 그는 그녀에게 키스하고 매일 하던 것처럼 그녀를 가두는 방으로 데려간다. 그는 현관문을 잠그고 차에 오른다. 그녀는 벽에 설치해둔 TV를 보고 자고 그가 남겨둔 크레용으로 그림을 그리고 그가 요리해둔 음식을 먹고 이해하지 못하는 책들을 이리저리 넘기며 문제없이 지낼 것이다. 그는 그녀에게 글 읽는 법을 가르치고 싶었다. 하지만 그녀가 말을 하지 못하는 데다 그녀를 먹는 식품으로만 인식하는 사회의 일부는 절대 될 수 없는 상황이니 글을 읽는 것이 무슨 의미가 있겠는가? 그녀의 이마에 박힌 커다랗고 확실하고 없앨 수 없는 표식은 어쩔 수 없이 그녀를 집에 가두어두도록 강제하고 있다.

그는 재빨리 차를 몰아 공장으로 간다. 해야 할 일을 얼른 마치고 집에 돌아오려는 생각이다. 하지만 휴대전화가 울린다. 발신자가 세실리아인 걸 확인하고 도로 옆에 차를 세운다. 최근 세실리아가 자주 전화를 한다. 아내가 혹시 집에 돌아오겠다고 할까 봐 두렵다. 아내에게 지금 어떤 상황인지 말할 수는 없다. 아내는 이해하지 못할 것이다. 그는 그냥 아내를 피하려고 했는데 그게 상황을 더 나쁘게 만들었다. 아내는 그의 초조함을 느낄 수 있고, 고통이 뭔가 다른 것으로 바뀐 걸 알아챈다. 그녀는 말한다. "당신 변했어", "얼굴이 달라졌어", "어제는 왜 전화 안 받았어? 그렇게 바빠?", "당신은 벌써 날, 우리를 잊어버렸어" 등등.

여기서 아내가 말하는 '우리'라는 말은 단순히 그녀와 그를 말하는 게 아니고 레오를 포함하는 것인데, 그렇게 대놓고 말하다니 잔인한 일이다.

공장에 도착한 그는 경비원에게 고개를 끄덕여 인사하고 차를 주차한다. 그는 경비원이 신문을 읽고 있어도 신경 쓰지 않고 심지어 경비원이 누군지 알려고 하지도 않는다. 그는 이제 양팔을 자동차 지붕에 올린 채 담배를 피우며 꾸물거리지도 않는다. 그는 곧장 크레이그의 사무실로 향한다. 그가 마리의 뺨에 가볍게 키스하자 그녀가 말한다.

"안녕, 마르코스. 많이 늦었네요. 크레이그 씨는 아래층에 있어요. 교회 손님들이 벌써 도착했고, 일단 크레이그 씨가 만나려고 내려가셨어요." 그녀의 마지막 말에 짜증이 묻어난다. "그 사람들 요새 점점 더 자주 찾아오고 있어요."

그는 자신이 지각했다는 것, 그리고 그보다 교회 사람들이 예정보다 일찍 왔다는 걸 알지만 별다른 말은 하지 않는다. 얼른 아래층으로 내려가 중간에 마주치는 직원들과 인사도 하지 않은 채 복도를 뛰어간다.

로비는 물건을 납품하는 사람들이나 외부 사람들과 만나는 곳이다. 크레이그가 로비에서 아무 말 없이, 거의 알아볼 수도 없을 정도로 천천히 몸을 흔들며 마치 달리 선택의 여지가 없는 것처럼 서 있다. 불편해 보인다. 크레이그 앞에

열 명 정도 되어 보이는 사람들이 서 있다. 그들은 하얀색 튜닉을 입었고 머리는 박박 깎은 모습이다. 그들은 아무 말도 없이 크레이그를 바라보고 있다. 그들 가운데 한 사람은 빨간색 튜닉을 입었다.

그는 사람들에게 다가가 한 사람씩 차례로 악수를 한다. 그런 다음 늦어서 미안하다고 말한다. 크레이그는 매니저인 마르코스가 이제부터 안내할 거라고 말하고 전화할 일이 있어서 실례하겠다고 빠져나간다.

크레이그는 교회에서 온 사람들이 전염병을 옮기기라도 하듯 돌아보지도 않고 재빨리 사라진다. 그러면서 양손을 바지에 문지르며 땀인지 분노인지 모를 것을 닦아낸다.

크레이그가 사라지자 그는 그들이 스스로 리더를 일컫는 말인 정신적 지도자로 보이는 사내에게 다가가 손을 내민다. 그는 사내에게 희생을 허가하고 증명하는 서류를 요구한다. 그는 받은 서류를 살펴보며 모든 것이 제대로 정리되었는지 확인한다. 정신적 지도자는 그에게 스스로 제물이 되겠다는 신도는 의사로부터 검사를 받았고 유언을 준비하고 출가 의식을 거행했다고 말한다. 사내는 그에게 도장을 찍은 뒤 공증인으로부터 확인까지 받은 또 다른 서류를 내민다. 서류에는 '나, 가스톤 스차페는 내 몸이 다른 사람들의 음식으로 사용되는 걸 허락한다'라는 내용과 주민번호가 적혀 있고 서명을 한 모습이다. 가스톤 스차페는 빨간 튜닉을 입고 앞으로 한 걸음 나선다. 스차페는 일흔 살 먹은 남성이다.

가스통 스차페는 미소를 지으며 희생의 교회 기도문을 열렬하게 확신을 품고 암송한다. "인간은 이 세상 모든 악의 근원이라. 우리가 우리를 공격하는 바이러스니라."

교인들 모두가 양손을 들어 올리고 외친다. "바이러스."

가스통 스차페가 계속 기도한다. "우리는 최악의 해충이며 우리가 사는 지구를 파괴하고 우리 동료 인간들을 굶주리게 하나니."

동료 신도들이 또 끼어든다. "동료 인간."

그들이 함께 소리친다.

"내 몸이 다른 인간, 내 몸이 진정으로 필요한 자들에게 음식으로 주어질 때 내 생명은 진정한 의미를 갖게 될 것이니. 왜 내 몸의 단백질 가치를 아무 의미 없는 화장으로 낭비할 것인가? 명을 다했으니 그걸로 나는 만족하도다."

모든 신도가 입을 맞춰 소리친다. "지구를 구하라, 스스로 희생하라!"

몇 달 전 한 젊은 여자가 희생자로 뽑힌 적이 있다. 교회 사람들이 한창 설교하던 중에 마리가 소리를 지르며 아래층으로 내려왔다. 그녀는 젊은 여자가 자살하는 건 잔인한 짓이며, 지구를 구하는 사람은 있을 수 없고 모든 것이 말도 안 되는 행위라면서 미치광이 여럿이 이렇게 어린 여자를 세뇌하는 짓은 허락할 수 없다고, 모두 부끄러운 줄 알아야 한다고 소리쳤다. 그럼 다 같이 자살하는 건 어떠냐고, 만일 그들이 진정으로 세상을 돕고 싶다면 왜 그들이 모두 장기를 기부하지 않느냐고 물었다. 희생의 교회 신도인데 살아 있는 건 정말 이상한 일 아니냐고 마리는 외쳤고, 결국 그가 나서서 그녀를 끌어안아 다른 곳으로 데려가야만 했다. 그는 마리를 의자에 앉히고 물 한 잔을 가져다주고 차분해지기를 기다렸다. 그녀는 조금 울더니 마음을 가다듬었다.

"저 사람들, 왜 자기 몸을 암시장에 내어주지 않죠? 왜 굳이 우리를 찾아와요?" 마리는 일그러진 표정으로 그에게 물었다.

"적법하게 일을 처리해야 교회를 계속 운영할 수 있어서 그래요. 증명서가 필요한 거죠."

크레이그는 그 사건에 관해 아무 말도 하지 않았다. 스스로 마리의 모든 말에 동의했기 때문이다.

공장은 교회와 협력할 의무가 있었고, 마리의 표현을 빌리면 "그 모든 암울한 시련을 겪어내야만" 했다. 육류 가공 공장들 가운데 그들과 엮이고 싶어 하는 곳은 없었다. 교회는 여러 해 동안 싸웠고 결국 정부가 항복해 양측이 합의에 서명했다. 교회가 고위층 인맥을 포섭하고 온갖 수작을 벌인 뒤에야 얻어낸 성공이었다. 시간이 흐르면서 정부는 몇몇 육류 가공 공장과 협약을 맺었고, 현재 해당 공장들이 교회를 상대하고 있다. 사업에 참여하는 공장은 세금 혜택을 받았다. 그런 식의 사업을 통해 식인 합법화를 둘러싸고 만들어진 기만적인 사회구조 전체를 향한 미치광이 단체들의 위협이 사라질 수 있었다. 하지만 이름을 가진 평범한 사람을 적법하게 먹을 수 있고, 그들을 상품으로 인식하지 않아도 된다면 사람들끼리 서로 잡아먹는 걸 어떻게 막을 수 있겠는가? 그런데도 정부는 그 과정에서 생산된 고기를 어떻게 처리할 것인지는 정하지 않았다. 그렇게 생산된 고기인 걸 알면서 제값을 주고 먹으려는 소비자는 없었다. 크레이그는 이미 오래전 희생의 교회와 관련해 결정을 내려두었다. 희생자의 고기는 무조건 가장 고기가 필요한 자들에게 줄 수 있다는 특별 증명서를 발급하기로 한 것이다. 교회 사람들은 이 증명서를 받아 오랜 세월 받아둔 다른 서류들과 함께 보관했다. 현실적으로 고기들은 사실상 가장 고기가 필요한 자들, 즉 스캐빈저들에게 넘겨졌다. 그들은 이미 공장 울타리 가까운 곳에 와서 숨어 있었다. 잔치가 기다리고 있다는 걸 알기 때문이다. 늙은 고기도 마다하지 않는 그들에게 신선한 고기는 진미였다. 그러나 문제는 스캐빈저들은 하찮은 존재이며 사회가 그들을 아무 가치도 없다고 인식한다는 점이었다. 그래서 희생자들의 몸을 내장을 제거한 뒤 조각조각 잘라 쓰레기 취급을 받는, 추방당한 자들이 게걸스레 씹어먹도록 넘겨준다는 사실을 희생자 본인에게는 말해줄 수 없었다.

그는 교회 신도들에게 희생 예정자와 작별 인사를 할 시간을 준다. 희생 예정자인 가스톤 스차페는 황홀경에 빠진 것처럼 보인다. 그는 그런 상태가 오래가지 않을 것임을 안다. 타격 구역에 도착하면 가스톤 스차페는 아마도 토하거나 울거나 달아나고 싶어 하거나 오줌을 지리고 말 것이다. 그러지 않는 사람은 약에 완전히 취했거나 정신병이 심각한 사람이다. 그는 공장 직원들이 이미 모여 내기를 걸었다는 걸 안다. 신도들의 포옹이 끝나기를 기다리던 그는 재스민이 뭘 하고 있는지 궁금하다. 처음에는 그녀가 스스로 몸을 다치게 하거나 집을 망가뜨리는 걸 막기 위해 헛간에 두고 문을 잠가 그녀를 가둬야 했다. 그는 크레이그에게 그동안 쓰지 않은 휴가를 요청해 몇 주 동안 집에 머물면서 재스민에게 집 안에서 어떻게 사는지, 저녁을 먹을 때 테이블에 어떻게 앉는지, 포크를 어떻게 잡는지, 스스로 몸을 어떻게 씻는지, 물이 담긴 컵을 어떻게 들어 올리는지, 냉장고를 어떻게 여는지, 화장실을 어떻게 사용하는지 가르쳤다. 그녀에게 두려움을 느끼지 않는 법을 가르쳐야 했다. 배워서 몸에 깊이 배어 있고 스스로 받아들인 두려움을.

가스톤 스차페가 앞으로 나서서 양손을 앞으로 들어 올린다. 그리고 모든 의식 절차에 뭔가 가치가 있는 것처럼 자신의 극적인 몸동작에 몰두한다.

스차페는 암송한다. "예수님께서 말씀하셨도다. 내 몸이니 받아서 먹으라."

가스톤 스차페의 의기양양한 목소리에 귀를 기울이고 있는 그는 이 모든 광경 속에서 타락을 보는 유일한 사람이다.

타락과 광기.

그는 다른 사람들이 떠나기를 기다린다. 경비원 한 명이 그들을 출구로 안내한다.

"카를리토스, 손님들 확인해." 그는 경비원에게 말하면서 손짓을 한다. 카를리토스는 손짓이 뜻하는 바를 알고 있다. "확실하게 내보내고 다시 들어오지 않는지 확인할 것."

그는 가스톤 스차페를 자리에 앉게 하고 물을 한 잔 권한다. 일반 개체는 도살 전까지 완벽하게 단식을 해야 하지만 이 상황에서는 규칙은 필요 없다. 스차페의 몸은 스캐빈저에게 던져줄 텐데, 그들은 섬세함이나 규범, 위반 사항에는 신경 쓰지 않는다. 그의 목표는 주어진 상황에서 가능한 한 스차페가 차분함을 유지하도록 하는 것이다. 그는 물을 한 잔 따르러 가면서 카를리토스와 이야기를 나눈다. 카를리토스는 교회 사람들이 떠났다는 걸 확인해준다. 그들은 모두 하얀색 밴에 올라탔고 차가 떠나는 모습을 카를리토스가 지켜보았다.

타격 구역에 데려갔을 때 가능한 한 최소한이면서 비폭력적인 반응만 보이도록 해주는 약한 안정제가 녹아 있다는 사실을 모른 채 가스톤 스차페는 물을 받아든다. 안정제를 사용하기 시작한 건 가장 최근 희생자로 뽑힌 젊은 여자가 소동을 벌인 뒤부터다. 공장 전체가 난리를 겪었다. 그 사건이 벌어진 날은 재스민이 임신한 사실을 그가 알게 된 날이었다. 그날 아침 재스민이 생리도 하지 않고 몸무게가 조금 불어난 걸 알아차린 그는 가정용 임신 테스트기로 확인했다. 처음에 그는 행복 또는 그와 비슷한 뭔가를 느꼈다. 그러다 행복은 두려움으로 바뀌었다. 그다음은 혼란이었다. 뭘 어쩌겠다는 걸까? 아기를 정식으로 그의 자식으로 받아들일 수 없었다. 결국 아기는 빼앗겨 사육장으로 보내질 테고 재스민과 그는 시립 도살장으로 직행하게 될 터였다. 그는 그날 출근하지 않으려고 했는데 마리가 급한 일이 벌어졌다면서 전화를 걸어왔다.

"그 교회요, 희생의 교회 사람들이 왔는데, 나 미쳐버릴 것 같아요. 자기들이 날짜를 바꿔 갑자기 들이닥쳐서는 내가 실수했다고 하는 거예요. 크레이그는 자리에 없고 난 저들과 말 섞기도 싫어요. 생각해봐요, 마르코스. 난 저들이 제발 정신 좀 차렸으면 좋겠어요. 저것들은 모두 미쳤어요. 난 저 사람들을 눈으로 볼 수조차 없어요."

그는 전화를 끊고 차를 몰고 공장으로 갔다. 하지만 그는 자식인 아기 말고는 다른 생각을 할 수 없었다. 아기는 진짜 그의 자식이었다. 아무도 아기를 빼앗아갈 수 없도록 궁리를 해야만 했다. 공장에 도착한 그는 교회 사람들 때문에 짜증이 났다. 희생될 젊은 여성인 클라우디아 라모스는 그에게는 중요하지 않았다. 그는 누군가를 시켜 교회 사람들을 출구로 안내하도록 지시도 하지 않은 채 클라우디아 라모스를 곧바로 타격 구역으로 데려갔다. 라모스가 창문을 통해 내장 처리실과 방혈실 안을 들여다보는 것이나 그녀가 한 걸음 내디딜 때마다 점점 더 얼굴이 창백해지고 긴장하는 것도 신경 쓰지 않았다. 게다가 세르히오가 휴식 중이고 경험이 많지 않은 담당자인 리카르도가 근무 중이라는 사실도 고려하지 않았다. 더군다나 그들이 타격 구역 휴게실에 들어섰을 때 리카르도가 마치 동물이라도 되는 양 라모스의 팔을 거칠게 붙잡을 때도 별다른 생각을 하지 않았다. 리카르도는 벌거벗은 상태에서 기절시킬 수 있도록 그녀가 입은 튜닉을 벗기려고 했는데, 상당히 폭력적이고 무례하게 대했다. 클라우디아 라모스는 겁에 질려 팔을 뿌리치고 달아났다. 그녀는 공장 안 여기저기를 필사적으로 도망쳐 다니며 외쳤다. "죽고 싶지 않아요, 죽고 싶지 않아."

결국 그녀는 하역장 구역에 도착해 트럭에서 개체들이 잔뜩 내리는 모습을 발견했다. 그녀는 바로 그들에게 뛰어가며 소리쳤다.

"안 돼, 우릴 죽이지 말아요. 제발, 안 돼. 우릴 죽이지 말아요. 죽이지 마."

그는 세르히오를 바라보았고, 세르히오는 전속력으로 달려오는 그녀를 보고 희생의 교회에서 온 사람이라는 걸 알아차렸다. 일반 개체들은 말을 하지 못하기 때문이다. 세르히오는 몽둥이를 움켜쥐고(절대 몽둥이를 손에서 놓지 않는 사람이다) 더할 나위 없이 정확하게 그녀를 때려 기절시켰다. 모두가 놀랐다. 그 역시 클라우디아 라모스를 뒤쫓아 뛰고 있었지만, 그녀를 절대로 붙잡을 수가 없었다. 세르히오가 그녀를 기절시키는 모습을 보고서야 그는 안도의 한숨을 내쉴 수 있었다. 그는 워키토키로 경비원을 불러 혹시 교회 사람들이 공장을 떠났는지 물었다.

"지금 막 떠났습니다." 경비원이 대답했다.

그러고 나서 그는 직원 두 명에게 지시해 여자를 스캐빈저 구역으로 데려가도록 했다. 전기 철조망에서 몇 미터 떨어진 곳 근처에 숨어 있던 스캐빈저들은 의식을 잃은 클라우디오 라모스를 마체테 칼로 온몸을 조각내 게걸스레 먹어 치웠다. 크레이그도 무슨 일이 있었는지 보고를 받았지만, 사건에 관해 별다른 생각은 하지 않았다. 공장 사장인 크레이그는 교회와 관련된 일이라면 지긋지긋해했다. 하지만 크레이그와 달리 그는 그런 일이 다시는 벌어지지 않아야 한다고 생각했다. 만일 세르히오가 여자를 기절시키지 않았다면 상황은 더 나빴을 터였다.

가스톤 스차페는 살짝 비틀거린다. 안정제가 효과를 발

휘한 것이다. 그들은 내장 처리실과 방혈실 앞을 지나가지만, 창문은 모두 덮여 있다. 그리고 그들은 타격 구역에 도착한다. 세르히오가 문에서 그들을 기다리고 있다. 가스톤 스차페는 얼굴이 조금 창백해졌지만, 정신을 잃지는 않는다. 세르히오는 스차페의 튜닉과 신발을 벗긴다. 가스톤 스차페는 이제 벌거벗었다. 스차페는 살짝 몸을 떨더니 혼란스러운 얼굴로 주위를 둘러본다. 뭔가 말하려고 하지만 세르히오는 스차페의 팔을 조심스럽게 붙잡고 눈을 가린다. 세르히오는 가스톤 스차페를 타격실 안으로 안내한다. 스차페는 어떻게든 움직이려고 애쓰면서 뭔가 말하지만 잘 들리지 않는다. 세르히오가 가스톤 스차페를 다루는 모습을 지켜보면서 그는 안정제를 더 많이 먹여야겠다고 생각한다. 세르히오는 사내의 목에 채운 스테인리스스틸 쇠고랑을 잘 맞게 조절하더니 사내에게 뭔가 말한다. 스차페는 차분해진 것 같은데, 적어도 움직이거나 말을 하지는 않는다. 세르히오는 몽둥이를 들어 스차페의 이마를 때린다. 가스톤 스차페는 쓰러진다. 직원 두 사람이 스차페의 몸을 들어 스캐빈저 구역으로 데려간다.

울부짖음과 마체테 칼이 희생자의 몸을 자르는 소리, 스캐빈저들이 가스톤 스차페의 몸에서 가장 좋은 부위를 차지하려고 싸우는 소리를 전기 철조망은 막아주지 못한다.

3

　그는 피곤한 상태로 집에 돌아온다. 재스민의 방을 열기
전에 샤워부터 한다. 그러지 않으면 그녀는 그가 차분하게
샤워하도록 그냥 두지 않기 때문이다. 그녀는 쏟아지는 물
속으로 함께 들어가려고 하고 키스하고 그를 안으려 달려
들 것이다. 집에 종일 혼자 있었으니 그가 집에 오면 그를
따라다니며 떨어지지 않으려 하는 건 이해할 수 있다.

　문을 열자 재스민은 그를 안으며 인사한다. 그는 가스통
스차페와 마리, 타격실에서의 일은 잊는다.

　바닥에는 매트리스가 깔려 있다. 방에는 손 닿는 곳에 가
구가 없다. 있어봐야 재스민을 다치게 할 뿐이다. 재스민이
임신한 것을 알았을 때부터 그는 이런 식으로 정리를 해두었

다. 자신의 아이에게 무슨 일이 생길 위험을 감수하고 싶지 않았고, 필요한 사전 조치는 모두 해두었다. 재스민은 그가 매일 비워주는 양동이에 볼일을 보고 그를 기다리는 법을 배웠다. 그녀는 네 면을 둘러싼 벽 안에서 자유롭게 움직일 수 있었고, 그래서 그녀에게는 아무 일도 벌어지지 않았다.

집이 정말 집처럼 느껴진 것은 정말 오랜만이다. 예전에 집은 그냥 먹고 자는 공간이었다. 부서진 말과 침묵이 벽들 사이에 압축되어 있고, 축적된 슬픔이 공기를 조각내면서 긁어내고, 산소 입자를 쪼개는 곳. 무르익은 광기가 도사린 채 금방이라도 튀어나올 것 같은 집. 그러나 재스민이 온 뒤에 집은 그녀의 거친 체취와 밝은 침묵의 웃음으로 가득 찼다.

그는 한때 레오의 방이었던 곳으로 간다. 배가 그려진 벽지를 뜯어내고 방을 하얀색으로 칠했다. 그곳에는 새 아기 침대와 가구가 있다. 그런 것들을 살 수는 없었기에 직접 손으로 만들었다. 의심을 사고 싶지는 않았다. 공장 일을 마치고 오면 바닥에 앉아 어떤 색깔로 아기 침대를 칠할지 상상하기를 좋아한다. 그는 아기가 태어나는 순간 결정하기를 원한다. 아기의 눈을 보는 순간 어떤 색깔을 골라야 할지 알 수 있으리라 상상한다. 처음 몇 달 동안 아기는 그의 침대 옆에 놓인 임시 아기 침대에서 자게 될 것이다. 그렇게 하면 아기가 자다가 숨을 멈추는 일은 없을 것이다.

재스민은 그가 아기방에 오면 늘 그의 곁에 앉아 있다.

그는 그렇게 재스민이 그를 따라다니는 편이 낫다고 생각한다. 집 안의 모든 서랍은 잠가두었다. 어느 날인가는 공장에서 돌아왔더니 재스민이 모든 칼을 다 꺼내둔 적이 있다. 그녀는 한쪽 손을 다쳤다. 그녀는 바닥에 앉아 몸에서 천천히 떨어지는 피를 뒤집어쓰고 있었다. 그는 겁에 질려 어쩔 줄 몰랐다. 그러나 상처는 깊지 않았다. 재스민이 입은 상처를 치료하고 칼은 모두 집어넣고 잠갔다. 포크와 숟가락도 숨겼다. 바닥을 청소하던 그는 재스민이 칼을 이용해 나무 바닥에 그림을 그리려 했다는 걸 알게 되었다. 그래서 그녀에게 크레용과 종이를 주었다.

그는 휴대전화로 접속해 볼 수 있는 카메라를 설치해 공장에 있을 때도 재스민이 방에서 뭘 하고 있는지 볼 수 있다. 그녀는 오랫동안 TV를 보고 자고 그림을 그리고 한 곳을 멍하니 노려보았다. 가끔은 생각하는 것 같기도 했다. 진짜 그럴 수 있는 것처럼.

4

"살아 있는 걸 먹어본 적 있어요?"

"없습니다."

"떨림이 있어요. 미약하게 열기가 느껴지는데, 그래서 살아 있는 건 특별한 풍미가 있습니다. 한입 가득 생명을 담는 거죠. 당신의 의도와 행동에 따라 한 생명이 존재를 멈춘다는 사실을 알게 되는 즐거움이 있어요. 복잡하고 소중한 유기체가 조금씩 숨을 거두면서 동시에 당신의 일부분이 된다는 느낌. 앞으로 영원히 말이죠. 난 이런 기적이 아주 매력적이더군요. 서로 갈라놓을 수 없는 결합의 가능성이랄까."

우를레트는 골동품 성배를 닮은 모양의 술잔으로 와인을 마시고 있다. 투명한 붉은색 술잔은 표면에 이상한 문양을 새긴 크리스털 제품이다. 이상한 문양이란 벌거벗은 여자들이 모닥불을 둘러싸고 춤추는 모습처럼 보인다. 그렇지 않을 수도 있다. 모호한 그림이다. 어쩌면 울부짖는 남자들일 수도 있다. 우를레트는 술잔의 가느다란 손잡이를 잡고 아주 천천히 들어 올린다. 마치 술잔이 도저히 가치를 매길 수 없는 물건이라도 되는 것처럼. 술잔은 우를레트가 약지에 끼고 있는 반지와 같은 색깔이다.

그는 우를레트의 손톱을 본다. 만날 때마다 보는 손톱이지만 역겨움을 느낄 수밖에 없다. 우를레트의 손톱은 깔끔하지만 길다. 뭔가 최면을 거는 듯하면서 원시적인 느낌을 준다. 왠지 고대의 존재와 울부짖음이 느껴진다. 우를레트의 손톱을 보면 왠지 손가락을 만져봐야 할 것 같은 느낌이다. 문득 우를레트를 1년에 몇 번만 만나도 되어 기쁘다는 생각이 든다.

우를레트는 짙은 색 나무로 만든 팔걸이의자의 높은 등받이에 기대어 앉아 있다. 의자 뒤에는 인간의 머리 대여섯 개가 걸려 있다. 사냥 트로피다. 우를레트는 누구든 귀 기울여 듣는 이들에게 이렇게 말한다. 이것들이 아주 오랜 세월 사냥하는 동안 가장 잡기 힘든 놈들이었다고. 그들이 '무시무시하고 기운이 나게 해주는 도전'을 자신에게 선물했다고 말한다. 머리들 옆에는 액자에 넣은 골동품 그림이 걸려 있다. 변이 이전에 아프리카에서 사냥당하는 흑인들을 찍은 오래전 사진들이다. 가장 크고 선명한 사진 속에는 한 백인 사냥꾼이 라이플을 들고 무릎을 꿇고 있는데, 그 뒤쪽에 흑인 네 명의 머리가 막대기에 꽂혀 있는 모습이 보인다. 사냥꾼은 미소를 짓고 있다.

우를레트는 나이를 가늠할 수가 없다. 세상이 시작할 때부터 있었던 것 같은 사람처럼 보이지만, 확신과 활력이 넘쳐 그 결과 젊게도 보인다. 마흔이나 쉰 살. 우를레트는 일흔 살일 수도 있다. 도저히 알아낼 수 없다.

우를레트는 아무 말 없이 그를 바라본다.

그는 우를레트가 트로피 말고도 언어를 수집한다고 생각한다. 우를레트에게 언어는 벽에 걸린 인간 머리만큼 가치가 있다. 우를레트는 완벽에 가까운 스페인어로 대단히 점잖게 자신을 표현한다.

우를레트는 모든 단어를 선택할 때 자신이 선택하지 않으면 바람이 불어와 그것들을 전부 쓸어갈 것처럼 군다. 자신이 말한 문장이 공중에서 굳어 유리 조각이 되고 자신이 그것들을 붙잡아 어떤 가구 속에 가두고 잠글 수 있을 것처럼 군다. 그것도 평범한 가구가 아니라 아르 누보 스타일의 유리문이 달린 가구 속에.

우를레트는 변이 이후 루마니아를 떠났다. 루마니아에서는 인간 사냥이 금지되어 있었는데, 우를레트는 그곳에 동물 수렵장을 갖고 있었다. 같은 업종에서 일하고 싶었던 우를레트는 다른 나라로 이민을 떠나기로 했다.

그는 우를레트에게 무슨 말을 해야 하는지 도무지 알 수가 없다. 우를레트는 마치 뭔가를 드러내는 문장이나 알기 쉬운 단어를 기대라도 하는 것처럼 그를 바라보고 있지만, 그는 그저 떠나고 싶을 뿐이다. 그는 긴장해 머리에 가장 먼저 떠오르는 걸 말한다. 우를레트의 눈길을 참을 수 없기 때문이고, 상대방 사내의 몸 안쪽에서 어떤 존재가 몸을 긁어대며 밖으로 나오려 애쓰고 있다는 느낌을 지울 수가 없기 때문이다.

"그렇죠. 뭔가 살아 있는 걸 먹는 건 분명히 멋진 일일 겁니다."

우를레트는 입을 살짝 움직인다. 경멸한다는 뜻의 몸짓이다. 그는 상대방의 분명한 의도를 알아차린다. 매번 그가 방문할 때마다 대화를 나누다가 어떤 순간이 되면 우를레트는 어떻게든 자신의 불쾌함을 드러내곤 한다. 자신이 한 말을 그대로 따라 하거나 새로 덧붙일 말이 없거나 추가로 상세하게 설명할 것이 없다는 식으로 대답하는 그에 대한 불쾌감이다. 그러나 우를레트는 신중한 몸짓을 통해 그가 거의 눈치채지 못할 정도로만 그걸 드러낸다. 우를레트는 바로 웃으며 말한다. "정말 그렇죠, 친애하는 카발레르."

우를레트는 절대 그의 이름을 부르지 않는 대신 격식을 갖추어 대한다. 그를 카발레르라고 부르는데, 루마니아어로 신사라는 뜻이다.

낮이지만 우를레트의 사무실에는 위압적인 모습의 검은 색 목제 책상 뒤에 놓인 왕좌처럼 보이는 의자 뒤로 박제한 머리들과 사진들 아래에 불붙은 초들이 놓여 있다. 사무실이 아니라 거대한 제단처럼 보인다. 벽에 걸린 인간의 머리들은 우를레트가 사적으로 만든 종교에서 사용하는 신성한 물건들처럼 보인다. 우를레트의 종교는 인간을, 언어를, 사진을, 풍미를, 영혼을, 고기를, 책을, 존재들을 수집하는 일에 전념한다.

사무실 벽마다 바닥부터 천장까지 오래된 책들로 가득한 책장이 줄을 서서 놓여 있다. 대부분 루마니아의 책이지만 그는 멀리에서도 몇 권의 제목을 알아볼 수 있다. 네크로노미콘(러브크래프트가 작품 속에서 창작해 언급한 마법서-옮긴이), 성 키프리아누스의 책, 교황 레오 3세의 마법서, 그랜드 마법서, 사자의 서(書).

수렵장에서 돌아오는 사냥꾼들의 웃음소리가 들린다.

우를레트는 다음번 주문에 필요한 서류를 건네준다. 상대방의 손톱 하나가 손에 닿자 그는 몸을 떨 수밖에 없다. 손을 얼른 거두지만 역겨운 감정을 숨길 수가 없고, 우를레트의 눈을 보고 싶지 않다. 사내의 피부 속에 사는 존재가 사내의 몸을 안쪽에서 긁어대는 걸 멈추고 자유롭게 풀려날 것이 두렵기 때문이다. 우를레트가 산 채로 먹은 존재의 영혼이 우를레트의 몸속에 갇혀 있는 건 아닐까 궁금하다.

그는 주문서를 보고 우를레트가 빨간색으로 동그라미를 친 '임신한 암컷들'이라는 글자를 본다.

"나는 임신 경험이 없는 암컷들은 더는 필요하지 않아요. 그런 것들은 바보 같고 순종적이야."

"그건 좋습니다. 하지만 임신한 암컷들은 가격이 세 배 비싸요. 임신 넉 달부터는 더 비싸고요."

"괜찮습니다. 태아가 좀 발달한 개체들이 있으면 좋겠는데. 그래야 나중에 먹을 수가 있거든."

"알겠습니다. 그리고 수컷들 주문도 많이 늘리셨네요."

"당신들이 납품하는 수컷들이 시장에서 가장 품질이 좋아요. 점점 더 민첩하고 지적인 것처럼 보이는 녀석들이 보여요. 마치 그게 가능하기라도 한 것처럼."

직원 한 명이 부드럽게 문을 두드린다. 우를레트가 들어오라고 말한다. 직원이 우를레트에게 다가가 뭔가를 귀에 대고 말한다. 우를레트가 손짓하자 직원은 아무 말 없이 문을 닫고 나간다.

여전히 불편하게 앉아 뭘 해야 할지 모르는 그는 나가는 직원을 바라본다. 우를레트의 얼굴에 웃음이 번진다. 우를레트는 손톱으로 천천히 테이블을 두드린다. 우를레트의 얼굴에서 웃음이 사라지지 않는다.

"친애하는 카발레르, 운명이 날 향해 웃고 있습니다. 얼마 전에 빚을 많이 지는 바람에 신세 망친 유명인들이 여기 와서 돈 문제를 해결할 수 있도록 해주는 프로그램을 마련 했거든요."

"그게 무슨 말씀이죠? 잘 알아들을 수가 없네요."

우를레트는 와인을 한 모금 더 마신다. 그러더니 몇 초 동안 뜸을 들이고 대답한다.

"유명인들은 여기 수렵장에 와서 일주일이나 사흘 또는 몇 시간을 있는 겁니다. 빚을 진 금액에 따라 다르죠. 그리 고 만일 사냥꾼들에게 붙잡히지 않으면 모험에서 살아남는 거죠. 살아남으면 내가 모든 빚을 갚아주겠다고 약속하는 겁니다."

"그럼 그들은 빚 때문에 죽겠다고 오는 겁니까?"

"사람들은 빚을 지지 않고도 아주 잔인한 짓을 기꺼이 합 니다, 카발레르. 이를테면 유명한 누군가를 사냥해 바로 먹 는 것처럼요."

우를레트의 대답에 그는 당혹스럽다. 그는 우를레트가 사람을 먹는 누군가를 비난할 수 있으리라는 생각은 한 번 도 해본 적이 없다.

"이런 일에서 도덕적 곤란함을 느낍니까? 그런 행위가 잔인하다고 생각하세요?" 그는 묻는다.

"전혀 그렇지 않아요. 인간은 복잡한 존재이고, 나는 우 리 환경의 비열함과 모순, 숭고함에 놀라고 있습니다. 만일 우리 모두에게 아무런 흠도 없다면 우리 존재는 짜증스러운 회색 그림자가 되겠죠."

"하지만 그럼 왜 잔인하다고 생각하시는 건가요?"

"잔인하니까요. 하지만 놀라운 건 우리가 우리의 과잉을 받아들이고 그걸 자연화하고 우리의 원시적 본질을 포용한다는 겁니다."

우를레트는 잠시 말을 멈추고 와인을 더 따르더니 그에게도 권한다. 그는 운전해야 한다고 말하면서 사양한다. 우를레트는 다시 천천히 말하기 시작한다. 우를레트는 약지에 낀 반지를 손으로 만지며 돌린다.

"어쨌든 세상이 생겨난 뒤로 우리는 서로를 먹어왔어요. 상징적으로 그렇다는 것이 아니라 문자 그대로 서로를 뜯어먹고 있었어요. 변이라는 과정이 우리를 덜 위선적으로 만든 겁니다." 우를레트는 천천히 몸을 일으키더니 말한다. "날 따라오세요, 카발레르. 잔혹함을 즐겨봅시다."

그에게 오직 하고 싶은 일이란 집에 가서 재스민 옆에 누워 그녀의 배에 손을 올리는 것이라 생각한다. 그러나 우를레트의 행동에서는 자석처럼 끌리면서 동시에 밀어내는 뭔가가 느껴진다. 그는 일어서서 우를레트를 따라간다.

두 사람은 수렵장을 향해 열린 커다란 창문으로 걸어간다. 돌이 깔린 마당에서 대여섯 명의 사냥꾼이 그들이 잡은 트로피와 함께 사진을 찍고 있다. 사냥꾼 일부는 땅에 무릎을 꿇고 사냥물 위로 몸을 숙이고 있다. 사냥꾼 두 명이 머리 칼을 움켜쥔 채 사냥물의 머리를 들어 보여주고 있다. 어떤 사냥꾼은 임신한 암컷을 잡았다. 그가 보기에는 임신 6개월 쯤 된 것으로 보인다.

사냥꾼들 한가운데 선 한 사내가 자신이 잡은 사냥물을 똑바로 든다. 수컷 사냥물은 사냥꾼 사내의 몸에 기댄 모습 으로 서 있고 조수 한 사람이 사냥꾼의 몸을 뒤에서 받치고 있다. 그 사냥꾼이 가장 가치가 나가는 사냥물을 잡은 사람 이다. 수컷 사냥물이 입은 옷은 더럽지만, 품질 좋고 비싼 것들임이 분명해 보인다. 그는 사냥물 수컷이 가수라는 걸, 빚으로 몰락한 록스타라는 걸 알아본다. 하지만 아주 유명 한 사람이라는 것만 생각날 뿐 이름이 떠오르지는 않는다.

조수들이 사냥꾼들에게 다가가 라이플을 넘겨받는다. 사 냥꾼들은 잡은 사냥물을 어깨에 둘러메고 헛간으로 간다. 그곳에서 각자 사냥물의 무게를 재고 라벨을 붙여 요리사 에게 보내면 요리사들이 잘라 일부는 요리에 사용하고 남 는 것들은 진공 포장해 사냥꾼들이 집으로 가져갈 수 있도 록 정리해준다. 수렵장에서는 사냥한 사냥물을 포장해주는 서비스를 제공하고 있다.

5

우를레트가 배웅하러 그와 함께 나오다가 두 사람은 접견실 입구에서 다른 사람들보다 늦게 돌아온 사냥꾼과 마주친다. 게레로 이라올라는 그도 잘 아는 사람이다. 게레로 이라올라는 과거 공장에 상품을 공급했다. 이라올라가 운영하는 사육장은 규모가 매우 큰 곳 가운데 하나였지만 시간이 흐르면서 크레이그 공장에 병들고 난폭한 상품을 보냈고, 주문 일자에 늦는 경우도 많았다. 게다가 상품에 실험이 끝나지도 않은 약물을 주입해 고기를 부드럽게 만들기도 했다. 그는 이라올라의 사육장에서 보내오는 개체들의 질이 나쁜 데다 일하면서 무시당하는 느낌에 지쳐 주문을 끊었다. 게레로 이라올라와 직접 얘기하려면 5분 사이에 비서를 세 사람이나 거쳐야만 했기 때문에 대화를 통한 해결도 불가능했다.

"마르코스 테호! 어떻게 지내셨나, 친구? 정말 오랜만이로군."

"잘 지내고 있습니다. 아주 잘."

"우를레트, 이 신사분도 우리랑 같이 식사할 수 있게 합시다. 본인에게는 물을 것도 없어요." 게레로 이라올라는 스페인어와 과장된 영어를 섞어 말한다.

"원하시는 대로 해야죠." 우를레트가 대답하며 고개를 살짝 숙인다. 그러고는 직원 가운데 한 사람을 불러 귀에 대고 뭔가 속삭인다.

"같이 점심 먹읍시다. 사냥이 진짜 끝내줬어요." 게레로 이라올라가 다시 영어로 바꿔 말한다. "우리 모두 울리세스 복스의 맛을 보길 원하고 있거든요."

맞다, 빚 때문에 몰락한 록스타의 이름이 그거였지. 그는 생각한다. 록스타의 몸을 먹을 가능성은 생각만으로도 변태적인 것 같다.

그는 말한다. "저는 집까지 가려면 오래 걸려서요."

"어허, 그러지 마시고." 게레로 이라올라는 영어로 되풀이해 말한다. "우리 오래전 관계를 봐서라도 말이죠. 그 시절이 다시 돌아올 수 있으면 좋겠어요."

그는 자신이 일하는 공장이 주문을 끊어봐야 이라올라에

게는 별 영향이 없다는 걸 잘 안다. 최소한 경제적으로는 그렇다. 어쨌거나 게레로 이라올라의 사육장은 국내 시장의 절반을 차지하고 있고 엄청난 물량을 해외로도 수출하기 때문이다. 하지만 그는 이라올라 사육장의 명성에 흠집이 났다는 사실도 역시 알고 있다. 크레이그 육류 가공 공장이 업계에서 가장 평판이 좋은 곳이기 때문이다. 그러나 절대 깨뜨리면 안 되는 규칙은 있다. 공급업체와 좋은 관계를 유지해야 한다는 것. 비록 앞에 있는 사람이 스페인어와 영어를 섞어 사용하면서 자신의 뿌리를 보여주고, 그렇게 해서 모든 사람에게 자신이 외국어를 사용하는 사립학교를 나왔고 자신이 처음에는 동물을, 그리고 이제는 인간을 사육하는 오랜 역사를 가진 업체를 운영하고 있다는 사실을 드러내는 식으로 그를 짜증스럽게 하더라도 말이다. 혹시라도 나중에 이런 사람과 다시 사업을 하게 될지 아무도 알지 못하기 때문이다.

우를레트는 그에게 대답할 기회도 주지 않고 말한다. "물론이죠. 카발레르도 기꺼이 우리와 함께할 겁니다. 직원들이 테이블에 추가로 자리를 만들고 있습니다."

"잘됐군요." 게레로 이라올라는 영어로 말하더니 이내 스페인어로 말을 잇는다. "그리고 사장님께서도 저희랑 함께하실 거죠?"

"그러면 영광이죠." 우를레트가 말한다.

휴게실에 들어서니 사냥꾼들이 등받이가 높은 가죽 팔걸이의자에 앉아 시가를 피우고 있다. 그들은 이미 부츠와 조끼를 벗었고 점심 식사를 위해 재킷과 넥타이를 직원들로부터 받아 입은 상태다.

직원 한 명이 종을 울리자 그들은 모두 일어나 식당으로 향한다. 그곳에는 영국에서 온 고급 그릇과 은제 커틀러리, 크리스털 유리잔으로 식사 테이블이 차려져 있다. 냅킨에도 수렵장의 머리글자가 새겨져 있다. 의자는 등받이가 높고 좌석은 빨간색 벨벳으로 되어 있으며 나뭇가지 모양 촛대에 촛불이 밝혀져 있다.

식당으로 들어가기 전에 한 직원이 그를 한쪽으로 데려간다. 직원 사내가 그에게 입으라면서 재킷을 주고 옷에 어울리는 넥타이를 챙겨준다. 모든 과정이 우스꽝스러운 짓이라고 생각하지만, 우를레트의 규칙을 존중할 수밖에 없다.

식당에 들어서니 다른 사냥꾼들은 마치 그가 침입자라도 되는 것처럼 놀라며 바라본다. 그러나 게레로 이라올라가 그를 소개한다.

"이쪽은 마르코스 테호라고 크레이그 육류 가공 공장의 2인자입니다. 이쪽 업계에서 가장 잘 알려진 분이죠." 게레로 이라올라는 다시 영어로 바꿔 말한다. "평판이 제일 좋고 요구하시는 것도 많은 분입니다."

그는 지금까지 누구에게도 이런 식으로 자신을 소개해본

적이 없다. 혹시 자신이 누군지 솔직하게 다른 사람들에게 말해야 한다면 이렇게 말했을 것이다. "저는 마르코스 테호라고 하는데, 아들은 죽었고 가슴에 구멍이 뚫린 채 인생을 살아가고 있습니다. 고장 난 여자와 결혼한 남자입니다. 저는 정신이 이상해져서 요양원에 갇힌 채 아들을 알아보지도 못하는 아버지를 부양하기 위해 인간을 도살하며 삽니다. 암컷과의 사이에서 아이를 낳을 예정인데, 인간이 저지를 수 있는 가장 심각한 범죄 가운데 하나죠. 하지만 전혀 신경 쓰지 않으며 아이를 낳으면 제 아이로 삼을 겁니다."

사냥꾼들이 그에게 인사를 건네고 게레로 이라올라는 자기 옆자리에 앉으라고 말한다.

그는 집으로 가는 중이어야 했다. 집에 가는 데만 여러 시간이 걸릴 것이다. 그러나 그는 휴대전화로 재스민이 자는 모습을 슬쩍 확인한 다음 마음을 놓는다.

직원들이 회향과 아니스가 든 수프를 내오고 설탕에 절인 채소로 풍미를 더한 셰리 술에 담근 손가락이 스타터로 나온다. 하지만 음식 명칭에 스페인어로 손가락이라는 표현은 사용하지 않는다. 그들은 영어로 '신선한 손가락'이라고 표현하는데, 마치 그렇게 함으로써 요리로 나온 것이 몇 시간 전까지 숨 쉬던 인간 여럿의 손가락이라는 사실에 새로운 의미를 부여할 수 있는 것처럼 군다.

게레로 이라올라는 룰루 카바레에 관해 말하고 있다. 이라올라는 은밀하게 암호 같은 단어들을 사용해 말하고 있는데, 그 이유는 그곳이 인신매매와 연관이 있는 지저분한 술집인 데다 추가로 한 가지 작은 차이가 있기 때문이다. 돈을 내고 섹스를 하고 나면 손님은 추가 비용을 내고 자신이 관계를 맺은 여자를 먹을 수 있다고 했다. 어마어마하게 비싸고 불법적인 행위였지만 어쨌든 그런 선택이 가능했다. 모두가 연루되어 있다. 정치인, 경찰, 판사들. 인신매매가 세 번째로 큰 산업에서 가장 큰 산업으로 바뀌었고 모두 한 몫씩 챙기고 있었다. 먹히는 여자는 아주 소수였지만 가끔 실제 그런 일이 발생했다고 게레로 이라올라가 설명하고 있다. 이라올라는 영어로 자신이 '어마어마한 금액'을 내고 정말 멋진 금발 여자와 거친 시간을 보냈으며 그 이후에 물론 '그 이상의 서비스를 받았다'고 말한다. 사냥꾼들은 웃으며 이라올라의 결정을 축하하고 서로 술잔을 부딪친다.

"그래, 여자는 어땠던가요?" 젊은 사냥꾼 가운데 한 명이 이라올라에게 묻는다.

게레로 이라올라는 여자가 맛있었다는 걸 표현하기 위해 그저 입에 손가락을 가져다 대는 수밖에 없다. 그 누구도 공개적으로 일반인을 먹었다는 걸 인정할 수 없다. 물론 스스로 동의한 록스타의 경우는 예외지만. 그러나 게레로 이라올라는 크레이그 육류 가공 공장의 2인자인 사내에게 자신에게 그럴 수 있을 정도로 재산이 많다는 암시를 준다. 그럴 생각으로 게레로 이라올라는 그를 점심에 초대해 달갑지 않은 경험을 하도록 한 것이다. 그의 가까이에 앉은 사냥꾼 한 사람이 다른 사람에게 속삭이듯 금발의 멋진 여자라고 했지만 사실은 열네 살 먹은 어린 처녀여서 부드럽게 달래야만 했고, 게레로 이라올라는 그녀를 침대에서 여러 시간 강간해 만신창이로 만들었다고 말한다. 사냥꾼 사내는 자신도 그 자리에 있었는데 사람들이 도살하기 위해 옮길 때 여자아이는 반죽음 상태였다고 말한다.

갑자기 그는 이런 경우에는 인신매매라는 말이 문자 그대로의 의미로 사용되었다는 생각이 들면서 구역질이 느껴진다. 그렇게 생각하면서 잘게 썬 손가락을 피해 설탕에 절인 채소를 먹으려 시도한다.

옆에 앉은 우를레트가 그의 행동을 보고는 귀에 대고 말한다. "나온 음식에 경의를 표해야 합니다, 카발레르. 모든 요리는 죽음을 담고 있어요. 모든 걸 누군가 남들을 위해 희생한 것으로 생각하세요."

우를레트의 손톱이 다시 손을 스치자 그는 몸을 떤다. 그는 사내의 몸속에서 억눌린 울부짖음이, 밖으로 나오고 싶어 하는 존재가 피부 안쪽을 긁어대는 소리를 들을 수 있을 것 같다는 생각이 든다. 그는 '신선한 손가락'을 삼킨다. 이 자리를 얼른 끝내고 가능한 한 빨리 떠나고 싶기 때문이다. 우를레트의 잘못된 논리를 두고 가타부타하고 싶은 생각도 없다. 그는 우를레트에게 희생은 대개 희생당하는 사람의 동의가 필요한 법이라고 말할 생각도 없고, 이 요리뿐 아니라 모든 것은 죽음을 함유하고 있다고, 째깍째깍 시간이 흐를 때마다 우를레트 역시 다른 모든 사람처럼 죽어가고 있다고 언급할 생각도 없다.

놀랍게도 손가락은 맛이 훌륭하다. 그는 스스로 고기 맛을 얼마나 그리워했는지 깨닫는다.

직원 한 명이 접시 하나를 들고 와 록스타를 죽인 사냥꾼에게 내어준다.

직원은 엄숙하게 말한다. "울리세스 복스의 혀를 가늘게 썰어 허브에 잰 것을 김치 그리고 레몬 드레싱을 곁들인 감자와 준비했습니다."

모두가 박수를 치며 웃는다.

누군가 말한다. "울리세스의 혀를 먹는 건 영광이죠. 먹고 나서 그 친구 노래를 부르시면 그 친구 목소리처럼 들리는지 확인 좀 해봐야겠는데요."

모두가 웃음을 터뜨린다.

그만 제외하고. 그는 웃지 않는다.

식사 자리에 있는 나머지 사람들에게는 심장과 눈, 콩팥, 엉덩이 살로 만든 요리가 나온다. 울리세스 복스의 음경은 그걸 달라고 요구한 게레로 이라올라 앞에 있다.

"크기는 제법 컸군요." 게레로 이라올라가 말한다.

"거시기를 입에 넣다니, 이제 당신도 호모가 됐군요." 누군가 말한다.

모두가 웃는다.

"아니죠, 이걸 먹으면 저는 성적 능력이 향상될 겁니다. 최음 효과가 있거든요." 게레로 이라올라가 심각한 어조로 대답하더니 자신을 호모라고 부른 사내를 경멸하듯 바라본다.

모두 아무 말도 하지 않는다. 아무도 권력이 막강한 사내인 게레로 이라올라의 말을 반박하고 싶어 하지 않는다.

화제를 바꾸고 긴장감을 낮추려고 누군가 묻는다. "우리가 지금 먹는 이 김치라는 건 뭐죠?"

침묵이 흐른다. 아무도, 심지어 많이 배웠고 세계를 널리 여행하고 여러 외국어를 구사하는 게레로 이라올라조차 김치가 뭔지 알지 못한다. 우를레트는 교양 없고, 세련되지 못한 사람들에 둘러싸여 식사하는 불쾌감을 아주 잘 숨기고 있다. 그러나 완벽하게 숨기지는 못한다. 설명하는 목소리에서 경멸하는 느낌이 살짝 묻어난다.

"김치는 한 달 동안 발효시킨 채소로 만드는 음식입니다. 원래는 한국 전통 음식이죠. 좋은 점이 아주 많은데 그 가운데 하나는 유산균이 많다는 겁니다. 제 손님들에게는 더할 나위 없이 좋죠."

"우린 울리세스가 몸에 주사한 약물에서도 유산균을 잔뜩 취할 수 있습니다." 손님들 가운데 한 사람이 말하자 모두 크게 웃는다.

우를레트는 대꾸하지 않은 채 얼굴에 반쯤 웃음을 띠고 손님들을 바라보기만 한다. 그걸 바라보는 그는 뭐가 됐든 우를레트의 몸속 존재가 살갗 안쪽에서 몸을 긁어대면서 베어내듯 날카로운 비명으로 울부짖으며 공기를 가르고 싶어 한다는 걸 알고 있다.

게레로 이라올라가 사람들을 바라보며 실내를 정리하더니 질문한다. "울리세스 복스를 어떻게 잡았죠?"

"깊은 곳에 숨어 방심하고 있던 걸 잡았지요. 근처를 걸어가는데 운 없게도 녀석이 움직인 겁니다." 사냥꾼이 말한다.

"그렇군요. 당신의 초인적인 청력을 누구도 벗어날 수 없었을 겁니다." 임신한 암컷을 잡은 사내가 말한다.

"리산드리토는 거장입니다." 게레로 이라올라가 영어를 섞어 말한다. "누녜스 게바라 집안 출신이 다 그렇듯 말이죠. 이 나라의 최고 사냥꾼은 그쪽 가문에서 나왔죠." 게레로 이라올라는 살덩이를 찍은 채로 포크를 들어 사냥꾼을 가리켜 보이며 말한다. "다음에 우를레트가 유명한 사람을 우리에게 데려오면, 내게 양보 좀 하라고, 젊은이."

명백한 위협에 리산드리토는 고개를 숙인다.

게레로 이라올라가 술잔을 들어 올리자 모두 리산드리토와 최고의 사냥꾼을 배출한 가문을 위해 건배한다.

"시간이 얼마나 남아 있었나요?" 누군가 우를레트에게

묻는다.

"오늘이 그 친구 마지막 날이었어요. 다섯 시간만 버티면
살 수 있었는데."

모두가 박수를 치며 술잔을 부딪친다.

그만 제외하고. 그는 재스민을 생각하고 있다.

6

그는 집에 늦게 도착하리라는 걸 안다. 오래 운전해야 하지만 과거 재스민이 없던 때처럼 시내 호텔에서 묵고 싶지 않다. 그는 도로 위를 몇 시간째 달리고 있고, 집에 도착하면 밤이 된다는 걸 알고 있다.

버려진 동물원 앞을 지나지만 멈추지 않는다. 어둡기도 하고 다시는 그곳에 가고 싶지 않기 때문이기도 하다. 마지막으로 동물원을 찾았을 때는 재스민이 임신한 걸 미처 알지 못했다. 그때도 마음을 비울 필요가 있었고 새장에 가보고 싶었다.

그때 새장 가까이 다가갔는데 고함과 웃음소리가 들렸다. 파충류관에서 흘러나오는 소리였다. 그는 새장을 옆으로 돌아 천천히 그쪽으로 다가가며 파충류관에 들어가지 않고도 내부를 볼 수 있는 창문이 있는지 찾았다.

벽 한쪽이 무너져 있었다. 조심스럽게 그리로 올라갔더니 안쪽에 10대 아이들 한 무리가 보였다. 예닐곱 명 정도 되어 보였다. 그들은 막대기를 들고 있었다.

10대 아이들이 강아지들이 있는 파충류관에 들어가 있었다. 녀석들이 유리를 깨뜨린 모양이었다. 강아지들은 서로 의지한 채 웅크리고 있었다. 그들은 떨면서 두려움에 낑낑거렸다.

몇 주 전, 그가 쓰다듬어주었던 강아지들이었다. 한 녀석이 네 형제 강아지 가운데 한 마리를 붙잡아 공중으로 던졌다. 가장 키가 큰 다른 녀석이 강아지가 공이라도 되는 것처럼 막대기를 휘둘러 때렸다. 강아지는 벽으로 날아가 부딪힌 뒤 바닥으로 떨어져 죽었다. 이미 죽은 형제 강아지 한 마리가 누워 있는 바로 옆이었다.

모든 아이가 박수를 쳤고 그 가운데 한 명이 말했다.

"머리로 벽을 때려보자. 어떤 느낌인지 알고 싶어." 녀석이 세 번째 강아지를 붙잡더니 강아지의 머리를 여러 차례 벽에 대고 휘둘렀다. "멜론이 으깨지는 것 같은 느낌인데, 마지막 놈은 어떤지 볼까."

마지막 강아지는 스스로 방어하려 짖어댔다. 아마 재거인 것 같다고 그는 생각했다. 분노가 그를 조금씩 갉아먹고 있었다. 나서서 강아지들을 구할 수 없다는 걸, 자신이 직접 10대 아이들을 막을 수 없다는 걸 알고 있었기 때문이다. 재거는 자신을 막 공중으로 집어 던지려던 녀석의 손을 물었다. 상황을 계속 지켜보고 있던 그는 재거의 작은 복수에 기뻤다.

아이들은 처음에는 웃음을 터뜨렸지만 이내 잠잠해지더니 아무 말도 하지 않았다.

"넌 죽을 거야, 바보야. 내가 목덜미를 잡으라고 했잖아."

손을 물린 녀석은 조용했다. 어떻게 반응해야 할지 알지 못했기 때문이다.

"너, 이제 바이러스 걸렸어."

"넌 오염된 거야."

"곧 죽을 거야."

다른 아이들은 두려움에 다들 몇 걸음 뒤로 물러섰다.

"바이러스는 거짓말이야, 멍청한 새끼들."

"하지만 정부에서는……."

"정부가 뭐? 부패한 거머리들, 빌어먹을 개자식들로 이루어진 정부의 말을 진짜로 믿는 건 아니겠지?"

10대 아이들이 이런 말을 하는 동안에도 재거를 붙잡은 녀석은 강아지를 공중에서 흔들어댔다.

"안 믿지만 죽은 사람들이 있잖아."

"바보 같은 소리 마. 놈들이 우릴 조종하는 거 안 보여?

만일 우리가 서로 잡아먹으면 정부 놈들은 지나치게 많은 인구랑 가난, 범죄를 조절할 수 있다고. 내가 계속 설명해야 해? 너무 뻔하다니까."

"그래, 결말에서 보면 모두 서로 잡아먹고 있으면서 그걸 알지도 못하는 영화처럼 말이지. 그 영화 금지당했잖아." 제일 키 큰 녀석이 말했다.

"무슨 영화?"

"제목이 뭐였더라…… 〈운명이 닥쳐온다〉 뭐 그런 거였어. 다크 웹에서 봤잖아. 금지된 영화니까 찾기가 어렵지."

"아, 그래. 기억나. 사실은 죽은 사람들 몸으로 만든 녹색 크래커를 먹고 산다는 영화였지."

재거를 붙잡고 있던 녀석은 공중에서 강아지를 더 거칠게 흔들어대며 소리쳤다. "난 이런 거지 같은 짐승 따위 때문에 죽지 않아."

분노와 두려움을 담아 소리친 녀석은 벽을 향해 재거를 힘껏 던졌다. 재거는 바닥에 떨어졌지만 여전히 숨이 붙은 채 낑낑대며 울었다.

"불을 붙이면 어떨까?" 다른 녀석이 물었다.

그는 더는 보고 있을 수 없었다.

7

가끔 '가정 사육 개체 관리청'의 검사관이 그의 집을 찾아오곤 한다. 그는 검사원과 관리청의 중요 직책에 있는 사람을 모두 알았다. 대학 수의학과가 폐쇄되었을 때, 세상이 혼돈에 빠졌을 때, 그의 아버지가 책 속에서 살고 싶어 하기 시작했고, 새벽 3시에 그에게 전화를 걸어 『나무 위의 남작』(이탈리아 작가 칼비노의 소설-옮긴이)에 관해 이야기해보자며 그에게 그 책을 읽도록 했을 때, 그의 아버지가 나중에 말해주길 책들은 다른 평행 세계로부터 온 스파이라고 말했을 때, 모든 동물이 위험해졌을 때, 놀랄 만큼 빠른 속도로 세상이 정상으로 되돌아가고 인육 섭취가 합법화되었을 때, 그는 바로 그 가정 사육 개체 관리청에서 일하고 있었기 때문이다. 관리청은 그의 아버지가 운영한 공장에서 일했던 직원들 추천으로 그를 채용했다. 그는 규정과 규칙을 만드는 부서에서 일했지만 결국 1년도 못 가 그만두고 말았다. 월급이 너무 적어서 아버지를 요양원에 입원시킬 돈을 마련할 수 없었기 때문이다.

관리청에서는 암컷이 그의 집에 도착한 며칠 뒤부터 검사원들을 수시로 보냈다. 그때만 해도 암컷은 이름도 없이 관리 장부에 숫자로 표기된 골칫덩이에 불과해 다른 많은 가정용 개체와 다를 것이 없었다.

젊은 검사원은 그가 과거에 관리청에서 일했던 사실을 알지 못했다. 그는 검사원 사내를 데리고 헛간에 가서 암컷이 벌거벗은 채 묶여 담요 위에 누워 있는 모습을 보여주었다. 검사원은 놀란 것 같지 않았다. 그저 필요한 백신을 맞혔는지만 물었다.

"선물로 받았는데, 아직도 집에 두고 있다는 사실에 익숙해지는 중입니다. 하지만 백신은 맞았어요. 서류를 가져다드리죠."

"언제든 파셔도 됩니다. FGP니까 어마어마하게 비쌀 겁니다. 관심을 보일 만한 구매자 명단이 제게 있습니다."

"아직 어떻게 해야 할지 잘 모르겠습니다."

"뭔가 문제가 있어 보이지는 않네요. 제가 드릴 수 있는 제안은 병에 걸리지 않도록 잘 씻어주라는 겁니다. 기억해두셔야 할 일은 혹시 도살하기로 하면 전문가를 불러 도살한 증명을 받도록 하시고 저희에게 연락해 기록을 해두어야 한다는 겁니다. 판매했을 때도 마찬가지고요. 만일 개체가 달아나거나 다른 무슨 상황이 발생해 기록을 해야 한다고 해도 알려주셔야 합니다. 그래야 앞으로 문제가 없을 겁니다."

"네, 모두 잘 알겠습니다. 도살할 일이 생기면 제가 자격증이 있으니까 문제없습니다. 저는 육류 가공 공장에서 일합니다. 뚱보 피네다는 어떻게 지내고 있습니까?"

"알폰소 피네다 씨를 말하는 건가요?"

"네, 뚱보요."

"아무도 그분을 그렇게 부르지 않아요. 뚱뚱하지도 않고요. 그분이 저희 상사이십니다."

"아, 뚱보가 높은 자리에 앉았군. 믿기지 않네요. 우린 젊은 시절 함께 일했거든요. 안부 좀 전해주세요."

그렇게 첫 번째 방문 검사를 마친 뒤 뚱보 피네다가 직접 전화를 걸어와 다음부터 방문하는 검사원은 그를 귀찮게 하지 않고 그냥 서명만 받아갈 거라고 설명했다.

"야, 테히토. 아니, 네가 무슨 집에서 그런 걸 키워."

"뚱보, 정말 오랜만이야, 친구."

"이봐, 난 이제 뚱뚱하지 않아! 아내가 억지로 주스를 먹이고 건강한 사람들이나 먹는 이상한 음식을 준다고. 이제

난 날씬하고 비참해. 우리 언제 만나서 바비큐 한번 해야지, 테히토?"

뚱보 피네다는 그와 함께 짝을 이뤄 첫 세대의 가정용 개체들을 검사하러 다니곤 했다. 개체를 키우는 주인들은 허용되는 일과 금지된 일을 알고는 있었지만, 검사원들이 집을 찾아올 거라고는 생각하지 못했고 그래서 두 사람은 온갖 상황을 목격했다.

규정은 현장에서 업무를 하면서 조정해나갔다. 어떤 여자가 집에서 그들을 맞이했던 일이 기억난다. 그들은 여자에게 집에 있는 암컷에 관해 묻고 관련 서류를 보여달라고 하면서 암컷에게 백신을 맞혔는지 확인하고 현재 사는 환경은 어떤지 봐야겠다고 말했다. 여자가 긴장하더니 암컷의 소유자인 남편이 집에 없다면서 나중에 다시 방문해달라고 말했다. 그는 뚱보를 바라보았고 두 사람은 같은 생각을 했다. 그들은 문을 닫으려는 여자를 옆으로 밀치고 집 안으로 들어갔다. 여자가 들어와서는 안 된다고, 불법이니 경찰을 부르겠다고 소리 질렀다. 뚱보는 그녀에게 그들이 집에 들어갈 권한이 있으니 원한다면 경찰을 부르라고 했다. 방마다 뒤졌는데도 암컷이 보이지 않았다. 그러다 그가 벽장을 열어보고 침대 아래를 뒤져야겠다고 생각해냈다. 결국 그들은 부부의 침실을 뒤졌다. 침대 아래 작은 바퀴가 달린 나무 상자가 있었는데, 누운 사람이 들어갈 수 있을 정도로 컸다. 상자를 열었더니 암컷이 들어 있었는데, 몸을 꼼짝달싹할 수 없는 모습이 마치 관 속에 누운 것처럼 보였다. 규정에 이런 상황이 정해져 있지 않아 두 사람은 어떻게 해야 할지 알 수 없었다. 암컷은 건강했다. 물론 암컷을 넣어두기에 나무 관이 평범하지 않은 건 분명했지만, 그렇다고 소유자에게 벌금을 매길 수는 없었다. 방에 들어와 두 사람이 암컷을 발견한 걸 본 여자는 무너져 내렸다. 여자는 울기 시작했고 두 사람에게 남편이 암컷과만 섹스를 하고 자신과는 하지 않는다고, 더는 참을 수 없다고, 짐승에게 자기자리를 빼앗겼다고, 그래서 구역질 나는 괴물이 침대 아래서 자고 있다는 사실을 도저히 참을 수가 없다고 말했다. 수모를 당한 그녀는 공범으로 시립 도살장에 끌려간다고 해도 신경 쓰지 않는다면서 원하는 건 오로지 평범한 생활, 변이 이전 시대로 돌아가고 싶은 것뿐이라고 했다. 여자의 말을 들은 두 사람은 그런 경우 공식적으로 사용하는 용어인 '성적으로 소비'된 개체들을 검사하는 팀 사람들을 불러야 했다. 규정에 따르면 번식은 인위적인 방법으로만 실행할수 있었다. 정액을 특별한 은행에서 구매해야만 했고, 자격을 가진 전문가만 착상시킬 수 있었다. 모든 과정을 서류로 정리하고 공증을 받아 만일 암컷이 임신하면 태아에게 고유 등록번호를 부여해야 했다. 그러니 집에서 기르는 암컷은 당연히 숫처녀여야 했다. 개체와 섹스를 해 성적으로 소비하는 일은 불법이며 처벌은 시립 도살장에서의 죽음이었다. 특수 임무를 띤 팀이 그 집으로 가 암컷이 '가능한 모든 방식을 통해' 성적으로 소비된 걸 확인했다. 예순 살쯤 된 소유주 사내는 형을 선고받고 곧바로 시립 도살장으로 향했다. 부인은 벌금을 내야 했고 암컷은 몰수해 경매를 통해 싼값에 팔렸다. 공식적으로 말하자면 '금지된 성적 소비' 관련 상품이었기 때문이다.

수렵장에서 오래 운전하고 돌아와 겨우 몇 시간 잠들었던 그는 깜짝 놀라며 잠에서 깬다. 자동차 경적이 울린다. 옆에 있던 재스민이 눈을 크게 뜨고 그를 바라본다. 그녀는 꼼짝하지 않은 채 그를 지켜보는 일에 익숙하다. 낮에 오래 잠을 자고 밤에는 그가 불편하지 않도록 많이 움직이지 않기 때문이다. 그래서 그는 그녀를 침대에 묶어두기 시작했는데, 그녀는 그런 상황에 익숙했다. 그는 자신이 지켜볼 수 없을 때 재스민이 집 안을 누비고 다니는 걸 원하지 않는다. 그는 그녀가 다치거나 그의 아이에게 뭔가 일이 벌어지기를 원하지 않는다.

그는 침대에서 펄쩍 내려와 커튼을 살짝 치우고 내다본다. 양복을 입은 사내 한 명이 문을 열어둔 자동차 옆에 서서 허리를 숙여 자동차 경적을 연거푸 누르고 있다.

'검사원이야.' 그는 생각한다.

그는 파자마 바람으로 현관문을 연다. 잠에서 깬 얼굴은 일그러졌다.

"마르코스 테호 씨?"

"접니다."

"가정 사육 개체 관리청에서 왔습니다. 지난번 검사는 거의 다섯 달 전이었네요. 맞습니까?"

"맞습니다. 다시 가서 잠 좀 자게 어디 서명하면 되는지 알려주시죠."

검사원은 처음에는 놀란 표정으로 그를 쳐다보더니 권위가 넘치게 목소리를 높이고 말한다. "무슨 말씀이시죠? 암 컷은 어디 있습니까, 테호 씨?"

"이것 봐요, 뚱보 피네다가 전화해서 그냥 서명만 하면 된다고 했습니다. 지난번 검사원은 아무 문제도 없었는데."

"피네다 씨 말씀인가요? 그분은 이제 저희 청에서 일하지 않습니다."

등줄기를 따라 몸이 떨리기 시작한다. 그는 생각하려 애쓴다. 만일 검사원이 재스민의 임신을 알아차린다면 그는 시립 도살장으로 끌려갈 것이다. 그러나 더 끔찍한 건 그들이 그의 아이를 빼앗아갈 거라는 사실이다. 그는 어떻게 해야 할지 궁리하면서 어떻게든 시간을 벌려고 애쓴다.

"들어오셔서 마테차라도 한잔하시죠. 제가 잠이 덜 깨서요." 그는 말한다. "그냥 잠을 깰 수 있게 잠깐만 시간을 좀 주세요."

"말씀은 고맙지만, 저도 바로 가야 해서요. 암컷은 어디 있습니까?"

"그러지 마시고, 잠깐만 들어오세요. 피네다에게 무슨 일이 있었는지 말씀도 해주셔야죠." 그는 긴장한 걸 드러내지 않으려 애쓰면서 땀을 흘린다.

검사원은 머뭇거리더니 말한다. "좋습니다. 하지만 오래 있지는 못해요."

그들은 주방에 앉는다. 그는 불 위에 주전자를 올린다. 마테차를 준비하면서 그는 날씨에 관해 잡담을 늘어놓는다. 또 이쪽 지역의 나쁜 도로 사정에 관해 말하고 검사원에게 일이 마음에 드느냐고 묻기도 한다.

사내에게 마테차를 내어주며 그가 말한다. "잠깐 세수 좀 하고 올 시간이 있을까요? 어제 아주 오래 운전해서 돌아와 거의 한숨도 못 잤거든요. 오셔서 경적을 눌러대는 소리에 잠에서 깼습니다."

"하지만 제가 경적을 울리기 전에도 한참 동안 손뼉을 치면서 불렀습니다."

"진짜요? 죄송합니다. 잠에 한번 빠지면 아무 소리도 못 들어서요."

검사원은 불편해한다. 떠나고 싶어 하는 것이 분명해 보이지만 피네다의 이름을 들먹이는 통에 집에 들어왔고 집에서 나가지 못하고 있을 뿐이다.

검사원을 주방에 앉혀둔 채 그는 방에 가서 재스민이 여전히 침대에 있는지 확인한다. 그는 문을 닫고 화장실로 가 세수를 하며 생각한다. 어떻게 해야 하지? 어떻게 해?

그는 주방으로 돌아와 검사원에게 비스킷을 권한다. 사내는 찜찜한 듯 비스킷을 받는다.

"뚱보 피네다가 잘린 건가요?"

검사원은 바로 대답하지 않는다. 오히려 긴장한 모습으로 묻는다. "그분과는 어떻게 아시죠?"

"예전에 젊었을 때 그 친구랑 같이 일했죠. 우린 친구였고, 함께 검사원으로 일했습니다. 규칙이라고는 전혀 준비되지 않았던 시기에 우리가 당신이 하는 일을 했습니다. 우리가 규칙을 제대로 정립했죠."

검사원은 조금 안심한 듯 그를 다른 눈으로 바라본다. 약간의 존경심이 담긴 눈빛이다. 비스킷을 하나 더 먹는 검사원의 얼굴에 살짝 웃음기가 보인다.

"저는 막 일을 시작했습니다. 이제 두 달도 되지 않았어요. 피네다 씨는 진급하셨습니다. 그분과 한 번도 일해본 적은 없지만 아주 훌륭한 상사였다고 들었습니다."

그는 안심했지만 그걸 겉으로 드러내지 않는다.

"그렇죠, 뚱보는 뭔가 달랐어요. 잠깐만요."

그는 방으로 가서 전화기를 든다. 뚱보의 전화번호를 누르고 다시 주방으로 돌아온다.

"뚱보, 어떻게 지냈어? 이봐, 여기 집에 너희 검사원 한 분이 오셨어. 나한테 암컷을 보여달라고 하시는데, 내가 잠을 제대로 못 자서 말이야. 암컷은 밖에 헛간에 있어서 그걸 열어야 하고, 아주 귀찮은 일이란 말이지. 그냥 서명만 하고 끝내면 안 되는 거야?"

그는 전화기를 검사원에게 넘겨준다.

"네. 물론입니다. 저희가 연락을 못 받았습니다. 그럼요. 지금부터 그러겠습니다. 이미 처리된 것으로 생각하시면 됩니다."

검사원은 마테차를 옆으로 치우고 서류 가방을 뒤지더니 서류 하나와 펜을 꺼낸다. 그리고 긴장한 모습으로 억지웃음을 짓는다. 여러 개의 질문과 하나의 위협을 뒤에 숨긴 웃음이다. 암컷을 어떻게 하신 거죠? 성적으로 소비하는 건가요? 뭔가 불법적인 용도로 쓰고 있는 건가요? 뚱보 피네다가 없어지면 그땐 말해야 할 겁니다. 지금은 특별한 혜택을 누리고 있지만 언젠가 대가를 치르게 될 겁니다.

그는 사내의 마음을 뻔히 안다. 의문과 뒤에 숨긴 위협. 그러나 그는 신경 쓰지 않는다. 그는 자신이 암컷을 집에서 도살했다는 가짜 증명서를 만들어낼 수 있다는 걸 안다. 필요한 건 전부 공장에 있다. 이번에 검사원만 돌려보내면 더는 뚱보 피네다에게 기대지 않아도 된다. 그는 검사원이 돌아가기를, 다시 잠자리에 들 수 있기를 바란다. 물론 그는 잠이 오지 않으리라는 걸 알고 있다.

그는 서류를 작성해 되돌려주며 묻는다. "차를 좀 더 드릴까요?"

검사원은 천천히 일어선다. 그리고 서류를 서류 가방에 넣고 말한다. "아뇨, 감사합니다. 전 이만 가봐야겠습니다."

그는 검사원을 현관문으로 안내하고 손을 내민다. 검사원은 그의 손을 꼭 쥐지 않는다. 활기 없이 축 늘어진 팔. 그래서 그는 애써 손에 힘을 주고 마치 무정형의 덩어리, 죽은 물고기 같은 상대의 손을 쥐고 흔들어야 한다.

돌아서기 전에 검사원은 그의 눈을 보며 말한다. "모두 그냥 서명만 하고 아무 일도 안 해도 된다면 저희 업무가 아주 쉬울 것 같은데요, 그렇게 생각하지 않으십니까?"

그는 아무 말도 하지 않는다. 이해할 수 있을 것도 같지만, 무례하다는 생각이 든다. 그는 젊은 검사원이 느꼈을 무기력함을 이해한다. 이 젊은 검사원은 평범함 속에서 뭔가 일이 벌어져 자신의 하루가 가치 있어지기를 원한다. 이 검사원은 전체적인 상황을 의심하고 있지만, 자신이 해야 할 일을 하지 않고 물러서야 한다. 이 검사원은 부패하지 않은 것이 분명하고, 아직 이해하지 못하는 여러 가지가 있는 걸 보니 정직한 사람이다. 이 검사원은 젊었을 적 자신을 떠올리게 한다. (육류 가공 공장에서 일하기 시작하고, 의심이 생기고, 아이를 잃고, 매일 계속되는 죽음을 보기 전의 그.) 젊었던 그는 규칙을 지키는 것이 가장 중요하다고 생각했다. 다가갈 수 없는 그의 마음속 어딘가에서 그는 변이가, 새롭게 얻은 직업이, 역사적 변화의 일부가 될 수 있음이, 자신이 세상에서 사라지고 나서 오랜 뒤에도 사람들이 지켜야만 하는 규칙을 고안해야 하는 것이 기뻤다. 왜냐하면 규칙은 '내 유산이고 내가 남기게 될 표식'이라고 생각했기 때문이다.

그는 자신이 만들어낸 바로 그 법을 어긴다는 걸 단 한 번도 생각하지 않았다.

8

검사원이 떠났고 검사원의 차가 출입문을 나선 것이 확실해지자 그는 다시 방으로 돌아가 재스민을 풀어주고 그녀를 껴안는다. 그는 그녀를 꼭 안고 그녀의 배에 손을 얹는다.

그는 잠시 울고 재스민은 그를 바라본다. 그녀는 이해는 하지도 못하면서 그의 얼굴을 부드럽게 어루만진다. 마치 애정 표현이라도 하는 것처럼.

9

그는 하루 휴가를 낸다.

샌드위치를 몇 개 만들고 맥주 한 병과 재스민이 마실 물을 챙긴다. 그리고 코코와 푸글리에세가 아직 살아 있을 때 듣던 낡은 라디오를 찾아 재스민을 데리고 개들이 묻힌 나무로 나간다. 둘은 나무 그늘에 앉아 재즈 연주곡을 듣는다.

라디오에서는 마일스 데이비스, 콜트레인, 찰리 파커, 디지 길레스피의 곡들이 나온다. 말은 없고 오직 음악과 하늘뿐인데, 파란 하늘은 거대하면서도 반짝인다. 나뭇잎이 살짝 흔들리고 재스민은 아무 말도 없이 그의 가슴에 몸을 기댄다.

텔로니어스 멍크의 곡이 흘러나오자 그는 일어서서 천천

히 재스민을 일으켜 세운다. 그는 그녀를 조심스럽게 안고 움직이며 몸을 흔들기 시작한다. 재스민은 처음에는 이해하지 못해 불편해하는 것처럼 보이지만, 이내 그에게 몸을 맡기며 웃는다. 그는 그녀의 이마에 키스하고 그곳에 찍힌 낙인에 키스한다. 흐르는 음악은 빠르지만 그들은 천천히 춤춘다.

그들은 오후 나머지 시간을 나무 아래서 보내고, 그는 코코와 푸글리에세가 그들과 함께 춤추는 걸 느낄 수 있다.

10

그는 넬리다의 전화에 잠을 깬다.

"안녕, 마르코스. 잘 지내고 있어? 당신 아버지가 조금 이상하셔. 심각한 건 아니지만 가능하면 오늘 좀 들러줬으면 좋겠는데."

"오늘은 안 될 것 같고, 내일이 더 좋을 것 같아요."

"무슨 말인지 못 알아듣는군. 우리는 당신이 오늘 와줬으면 해."

그는 대답하지 않는다. 그는 넬리다의 전화가 무슨 뜻인지 알지만 그걸 소리 내어 말하고 싶지 않다.

"지금 출발하죠, 넬리다."

우선 재스민을 그녀 방으로 데려간다. 돌아오려면 시간

이 꽤 걸린다는 사실을 알기에 온종일 먹을 음식과 마실 물을 충분히 준비한다. 그런 다음 마리에게 전화해 오늘 공장에 출근하지 않겠다고 말한다.

그는 빠르게 달려 요양원으로 간다. 그러면 상황이 바뀐다고 생각하거나 살아 있는 아버지를 볼 수 있다는 생각이 아니라 속도를 내어 달리면 생각을 하지 않을 수 있기 때문이다. 그는 담배를 피워 물고 달린다. 그러나 심한 기침이 나오자 담배를 창밖으로 던져버린다. 기침이 가라앉지 않는다. 돌덩이가 든 것처럼 가슴속에서 뭔가 느껴진다. 그는 가슴을 두드리며 기침한다.

그러다가 차를 고속도로 길가에 세우고 운전대에 머리를 기댄다. 그는 침묵 속에 앉아 숨을 쉬려고 애쓴다. 동물원 입구가 바로 옆에 보인다. 그는 동물원을 가리키는 표지판을 본다. 부서지고 페인트가 벗겨진 표지판 위 '동물원'이라는 글자 주위에 그려진 동물들 모습은 거의 알아볼 수 없다. 그는 차에서 내려 동물원 입구로 걸어간다. 표지판은 울퉁불퉁한 돌덩이로 만든 상인방 아치 구조물 위에 자리 잡고 있다. 아치가 아주 높지는 않다. 그는 돌덩이 위로 기어올라가 표지판 뒤에 선다. 그는 표지판을 발로 차기 시작하고 표지판을 밀어 땅으로 떨어뜨릴 수 있을 때까지 계속 찬다. 표지판은 둔탁한 쿵 소리를 내며 풀밭으로 떨어진다.

이제 이곳은 이름이 없다.

요양원에 도착하자 넬리다가 입구에서 그를 기다리고 있다. 그녀가 그를 껴안는다.

"안녕, 자기. 말하지 않아도 알겠지? 전화로 말하고 싶지는 않았지만, 오늘 자기가 와주어야만 했어. 서류를 처리해야 해서 말이야. 정말 안됐어, 마르코스. 정말이지 슬픈 일이야."

"지금 아버지를 봐야겠어요." 그는 그렇게만 말한다.

"물론이지, 내가 아버님 방으로 안내할게."

넬리다는 그를 아버지의 병실로 데리고 간다. 병실은 햇빛이 잘 들고 모든 것이 잘 정돈되어 있다. 침대 머리맡 테이블에 아기인 그를 품에 안은 그의 어머니 사진이 놓여 있다. 알약이 든 병과 램프가 보인다.

그는 아버지가 누운 침대 옆 의자에 앉는다. 아버지는 두 손을 가슴 위로 가지런히 모으고 있다. 머리는 잘 빗어넘겼고 몸에는 향수를 뿌렸다. 아버지는 죽었다.

"언제 돌아가셨나요?"

"오늘, 일찍. 주무시다 돌아가셨어."

넬리다는 문을 닫고 나가 그를 홀로 있도록 해준다.

아버지의 손을 붙잡은 그는 아버지의 손이 얼음장처럼 차가워 손을 놓을 수밖에 없다. 아무것도 느껴지지 않는다. 울면서 아버지를 껴안고 싶지만, 그는 낯선 사람을 보는 것처럼 아버지의 시신을 보고만 있다. 이제 아버지는 광기에서, 이 끔찍한 세상으로부터 자유로워졌다고 그는 생각한다. 그러자 뭔가 안도감 같은 게 느껴지지만, 사실은 그의 가슴속 돌덩이는 더욱 커지고 있다.

그는 창가로 걸어가 정원을 향해 난 창문을 연다. 벌새 한 마리가 바로 눈앞에서 날고 있다. 새는 잠시 그를 바라보는 것처럼 보인다. 그는 새를 만지고 싶지만 새는 재빨리 날아가 사라진다. 그는 벌새처럼 아름답고 작은 존재가 그에게 해를 끼칠 리는 없다고 생각한다. 어쩌면 벌새는 그에게 작별 인사를 하러 온 아버지의 영혼일지도 모른다는 생각이 든다.

그 순간 가슴속 돌덩이가 움직이는 느낌이 들더니 눈물이 흘러내리기 시작한다.

11

그는 병실에서 나온다. 넬리다가 따라와 서류에 서명하라고 말한다. 그들은 그녀의 사무실로 함께 들어가고, 그녀가 커피를 권하지만, 그는 사양한다. 넬리다는 긴장한 모습이다. 그녀는 서류를 뒤적이고 물을 한 모금 마신다. 이런 일은 그녀에게는 일상일 테니 지금처럼 그녀가 서류 정리를 늦출 이유는 없다고 그는 생각한다.

"왜 그러는 거예요, 넬리다?"

넬리다는 당혹해하는 표정으로 그를 바라본다. 그는 한 번도 지금처럼 직접적이고 공격적으로 보이는 그녀를 본 적이 없다.

"아무것도 아니야. 그냥 당신 누이동생에게도 연락할 수

밖에 없었어."

그녀는 약간의 죄책감을 느끼는 것처럼 그를 보지만, 단호한 분위기도 풍긴다.

"이건 요양원 규칙이고 절대 예외는 없어. 내가 자기를 좋아하는 건 알 거야. 하지만 규칙을 어기려면 내 일자리를 걸어야 해. 혹시 여동생이 나타나 난리를 피우면 무슨 일이 벌어질지 누구도 모르잖아. 그런 일이 처음도 아니고 말이야."

"난 괜찮아요."

다른 상황이었다면 그가 넬리다를 안심시키며 "걱정하지 말아요"라든지 "문제없어요" 같은 말을 했을 것이다. 하지만 오늘은 다르다.

"아버님 화장에 동의하는 서류에 서명해야 해. 여동생은 벌써 전자서명을 보내왔는데, 화장 절차에 참석하지 않겠다고 명확히 밝혔어. 자기가 원한다면 우리가 장의사에 연락해줄 수 있어."

"그러세요."

"자기는 당연히 화장 절차에 참석해 화장한 걸 확인해야 해. 거기서 유골함을 받게 될 거야."

"알았어요."

"모의 장례식 할 거야?"

"아뇨."

"그렇지. 요샌 거의 아무도 하지 않아. 하지만 송별식은?"

"안 해요."

넬리다는 놀라며 그를 바라본다. 그녀는 물을 한 번 더 마시더니 팔짱을 낀다.

"여동생은 송별식을 하고 싶어 할 거야. 그리고 법적으로 여동생은 그럴 권리가 있어. 받아들일 수 없다는 걸 이해하지만, 여동생은 송별식을 하기로 했어."

그는 압도적인 피로감을 느끼며 깊은 한숨을 쉰다. 이제 가슴속 전체를 돌덩이가 채운 것처럼 느껴진다. 그는 이제 그 누구와도 논쟁을 벌이지 않을 것이다. 넬리다와도, 여동생과도, 사람들이 '송별식'이라고 부르는 초상집에서의 흉내 내기식 경야 행사에 참석할 모든 사람과도. 송별식에 오는 사람들은 아버지를 전혀 모르거나 아버지 상태가 어떤지 한 번도 묻지 않았고 그저 여동생과 좋은 관계를 유지하기 위해서 참석한다.

그런 생각을 하던 그는 웃으며 말한다. "좋아요, 여동생이 송별식을 열도록 하죠. 걔가 뭐라도 한 번은 챙길 수 있도록 해주자고요. 단 한 번이라도."

넬리다는 놀라움과 약간의 동정심 섞인 눈빛으로 그를 바라본다. "자기가 화난 거 이해하고 그런 식으로 느끼는 이유도 알지만, 자기 여동생이잖아. 이제 가족이라곤 한 명 남았는데."

그는 넬리다가 정확히 언제부터 요양원 직원의 신분을

벗어나 그녀 스스로가 조언과 의견을 줄 권리가 있다는 믿음을 품고 진부하고 짜증 나는 뻔한 말을 반복하게 되었는지 기억해내려 애쓴다.

"서류나 주세요, 넬리다. 얼른."

넬리다는 주춤거린다. 그녀는 깜짝 놀라 그를 바라본다. 그는 늘 그녀에게 친절하다 못해 다정하게 굴었다. 그녀는 아무 말 없이 그에게 서류를 내민다.

그는 서류에 서명하고 말한다. "아버지를 오늘, 지금 당장 화장해야겠어요."

"알았어, 자기. 변이 이후 모든 일이 속도가 빨라졌어. 대기실에서 기다리고 있으면 내가 처리할게. 사람들이 일반 차량을 가져와 아버님을 모셔갈 거야, 잘 알겠지만. 영구차는 이제 사용하지 않으니까."

"그래요, 그거야 누구나 알죠."

"그래, 난 그저 확인해주고 싶었을 뿐이야. 여전히 많은 멍청한 사람들이 이런 절차들은 전혀 안 변했다고 생각하기도 하거든."

"그 난리가 났는데 어떻게 변하지 않은 것이 있겠어요? 신문에도 전부 났는데. 죽은 가족의 시신이 묘지까지 가는 동안 먹히는 걸 아무도 원하지 않아요, 넬리다."

"미안해, 그냥 내가 긴장해서 그래. 제대로 생각을 할 수가 없어. 나도 자기 아버님을 성심성의껏 보살펴왔고, 그래서 이 모든 일이 내게도 아주 힘들어."

침묵이 길게 이어진다. 그는 그녀의 사과를 받아들일 생각이 없다. 그러는 대신 그는 그녀를 초조하게 바라보고 그녀는 불안해한다.

"내가 이런 질문 하면 안 된다는 걸 알아, 마르코스. 하지만 자기 괜찮은 거야? 이건 아주 슬픈 뉴스야, 나도 알아. 하지만 자기는 오래전부터 좀 퉁명스럽고 다크서클이 짙게 생겼어. 아주 피곤해 보인다고."

그는 아무 말도 하지 않고 그녀를 바라본다.

그녀는 계속 말을 잇는다. "좋아, 어떻게 할 거냐면 자기도 차에 타고 항상 아버지 옆에 있게 될 거야. 화장하는 동안도 마찬가지고."

"알아요, 넬리다. 전에도 겪어봤어요."

그녀는 얼굴이 하얘진다. 물론 그녀는 지금까지는 그 생각을 하지 못했을 것이다.

넬리다는 재빨리 일어나서 말한다. "미안해. 난 바보 같은 늙은이야. 미안해."

그녀는 그들이 대기실에 도착할 때까지 계속 사과한다. 대기실에 도착해 그가 자리에 앉자 그녀는 마실 걸 내어주고 아무 말도 없이 사라진다.

12

그는 아버지의 유골함을 차에 싣고 집으로 돌아온다. 유골함을 어디에 두어야 할지 알 수 없어 조수석에 놓았다. 화장 절차는 금세 끝났다. 그는 아버지의 시신이 투명한 관에 담겨 천천히 화장로에 들어가는 모습을 지켜보았다. 아무런 감정도 느끼지 못했다. 아니, 어쩌면 안도감을 느꼈을지도 모르겠다.

여동생이 벌써 네 번이나 전화를 걸어왔지만, 그는 받지 않았다. 여동생이 차를 몰고 그의 집으로 유골함을 가지러 올 수도 있다는 걸 안다. 그는 또 여동생이 아버지를 위한 송별식이라는 사회적 전통을 어떻게든 열기 위해 뭐든 할 수 있다는 것도 알고 있다. 결국은 여동생과 통화해야 할 것이다.

한때 동물원이었던 곳이지만 이제는 이름이 사라진 장소 앞을 차를 몰고 지날 때는 늦은 시간이었다. 하지만 그는 차를 세운다. 아직 약간은 주위가 밝다.

양손으로 유골함을 들고 차에서 내린다. 표지판은 땅바닥에 떨어져 있고 그는 그 앞을 걸어서 지난다.

사자 우리에 관해서는 생각조차 하지 않은 채 곧장 새장으로 향한다. 멀리서 크게 외치는 소리가 들린다. 10대 아이들이 분명하다고 그는 생각한다. 강아지를 죽인 녀석들.

새장에 도착한 그는 계단을 따라 공중 통로로 올라간다. 공중 통로 바닥에 누워 유리 천장을, 오렌지와 핑크빛으로 물든 하늘을, 점차 다가오는 밤을 올려다본다.

아버지가 새장에 데려왔던 때를 떠올린다. 두 사람은 공중 통로 아래에 있던 벤치에 나란히 앉아 여러 시간 동안 이야기를 나누었다. 아버지는 온갖 종류의 새들, 그들의 습성, 암컷과 수컷의 색깔, 낮 또는 밤에 울어대는 새들, 철새들에 관해 말해주었다. 아버지의 목소리는 밝은 색깔 솜사탕처럼 부드럽고 크고 아름다웠다. 어머니가 죽은 뒤 아버지의 목소리가 그랬던 적은 단 한 번도 없었다. 둘이 함께 공중 통로에 올라갔을 때 아버지는 날개 달린 사람과 그 주위를 나는 새들의 스테인드글라스 그림을 가리켜 보이며 웃었다.

"모두 저 사람이 태양에 너무 가까이 날아가서 떨어졌다고 말한단다." 아버지는 말했다. "하지만 저 사람은 하늘을 날았어. 내 말 알겠니, 아들? 하늘을 날 수 있었다고. 아주 잠깐이었다고 해도 새가 될 수 있다면 떨어지는 건 상관없는 거야."

그는 그곳에 한참 누워 아버지가 자주 부르던 노래를 휘파람으로 분다. 거슈윈의 〈서머타임〉이다. 아버지는 늘 엘리 피츠제럴드와 루이 암스트롱이 부른 버전의 〈서머타임〉을 레코드로 틀었다.

아버지는 말하곤 했다. "이 음반이 최고야. 이걸 들으면 눈물이 흐를 정도란다."

어느 날 그는 아버지와 어머니가 암스트롱의 트럼펫 연주에 춤추는 모습을 보았다. 부모님은 어스름 속에서 움직이며 춤췄고, 그는 거기 한참 서서 아무 말 없이 그들을 바라보았다. 아버지가 어머니의 뺨을 어루만졌고, 아직 어린 아이였던 그는 그것이 사랑이라는 느낌이 들었다. 그때는 뭐라고 말로 표현할 수 없었지만, 몸으로 뭔가 진실한 걸 느낄 수 있었다.

그에게 휘파람 부는 걸 가르치려 애쓴 사람은 어머니였는데, 처음에는 도무지 따라 할 수가 없었다. 그러던 어느 날 아버지가 그를 데리고 산책하러 나간 길에 휘파람 부는 법을 알려주었다.

"다음에 엄마가 휘파람 부는 걸 가르쳐주려고 하면, 일단 처음엔 잘 안 되는 척하는 거야." 아버지가 말했다.

결국 나중에 어머니 앞에서 성공적으로 휘파람을 불자 어머니는 뛸 듯이 기뻐하며 박수를 쳤다. 그날부터 세 사람이 함께 휘파람을 불곤 했던 일이 기억난다. 엉성하지만 그래도 즐거워하는 삼인조 연주자들이었다. 아기였던 여동생은 반짝거리는 눈으로 그들을 보며 웃었다.

일어서서 유골함 뚜껑을 열고 뼛가루를 공중 통로 아래로 뿌린다. 뼛가루는 천천히 땅으로 떨어진다.

"안녕히 가세요, 아버지. 아버지가 그리울 거예요."

그리고 그는 다시 계단을 타고 내려와 새장을 떠난다. 놀이터를 지나던 그는 몸을 숙이고 모래를 긁어모아 유골함을 다시 채운다. 모래에 쓰레기도 섞였지만, 그냥 전부 집어넣는다.

그네에 앉아 담배에 불을 붙인다. 담배를 다 피우고 나자 유골함 속에 담배를 비벼 끄고 뚜껑을 닫는다.

여동생은 이걸 갖게 될 것이다. 이름도 없는 버려진 동물원에서 긁어모은 지저분한 모래로 가득 찬 유골함.

13

트렁크에 유골함을 넣은 채 집으로 향한다. 지금까지 여동생이 수도 없이 전화를 걸어왔다. 또 전화가 온다. 그는 짜증스럽게 전화기를 보며 스피커를 켜고 전화를 받는다.

"마르키토스 오빠, 왜 카메라를 안 켰어?"

"운전하고 있어."

"아, 그래. 아버지는 어떻게 한 거야."

"잘했어."

"전화한 이유는 내가 집에서 송별식을 준비하고 있기 때문이야. 그렇게 하는 것이 가장 현실적인 방법인 것 같아."

그는 아무 말도 하지 않는다. 가슴속 돌덩이가 움직이며 자란다.

"오늘이나 내일, 유골함을 이리로 가져와줬으면 좋겠어. 내가 오빠네 집에 가서 받아올 수도 있지만, 오빠도 알다시피 거리가 너무 멀어서 안 그러는 게 좋을 것 같아."

"안 돼."

"안 된다는 게 무슨 말이야?"

"안 된다고. 오늘도 안 되고 내일도 안 돼. 내가 갈 수 있을 때 갈게."

"하지만, 오빠."

"하지만은 무슨 하지만. 난 내가 원할 때 유골함을 가져갈 거고, 넌 내가 원하는 시기에 송별식을 하게 될 거야. 알았어?"

"오빠, 힘든 시간 보내고 있는 건 알아. 하지만 그런 식으로 꼭 말해야 하는지……."

그는 전화를 끊는다.

14

  늦은 시간에 집에 도착한 그는 피곤하다. 재스민은 자고 있다. 온종일 휴대전화로 그녀의 모습을 지켜보기 때문에 그는 이미 알고 있다.

  그는 그녀 방의 문을 열지 않는다.

  그러는 대신 주방으로 가서 위스키 한 병을 꺼낸다. 해먹에 누워 위스키를 한 모금 마신다. 하늘에 별이 하나도 없다. 칠흑같이 어두운 밤이다. 반딧불이도 전혀 볼 수 없다. 마치 온 세상 불이 꺼지고 조용해진 것 같다.

  그는 태양 빛에 잠을 깬다. 햇빛이 얼굴을 때리고 있다. 멀찌감치 텅 빈 술병이 땅바닥에 구르고 있다. 몸을 움직이던 그는 해먹이 살짝 흔들리고 나서야 자신이 어디 있는지 깨닫는다.

해먹에서 구르듯 빠져나와 풀밭에 앉은 그의 몸에 아침 햇빛이 쏟아진다. 지끈거리는 머리를 양손으로 잡고 누른다. 등을 땅에 대고 누워 하늘을 쳐다본다. 눈부신 파란색이다. 구름이 전혀 없어 양팔을 뻗으면 파란색이 손에 닿을 것처럼 가깝게 느껴진다.

그는 여전히 꿈속에 있다. 꿈은 완벽하게 기억나지만, 생각하고 싶지 않다. 그저 밝은 파란색 속에서 아무 생각도 하고 싶지 않다.

그 순간 그는 두 팔을 내리고 눈을 감고 꿈속의 그림과 감정을 마치 영화처럼 마음속에 비춘다.

그는 새장 속에 있다. 새장이 부서진 곳이 전혀 없는 걸 보니 변이 이전의 시간이다. 그는 공중 통로 위에 서 있지만, 머리 위에는 그를 보호할 유리가 없다. 천장을 바라보니 스테인드글라스 속에 하늘을 나는 남자의 그림이 보인다. 사내가 그를 바라보고 그는 시선을 떨군다. 그림이 살아 있어 놀랐기 때문이 아니라 수백만 마리의 새가 날개를 퍼드덕거리는 소리에 귀청이 터질 것 같았기 때문이다. 하지만 새는 보이지 않는다. 새장 안은 비어 있다. 다시 사내를 올려다보지만, 스테인드글라스 속에서 이카로스는 보이지 않는다. 이카로스가 떨어졌다고 그는 생각한다. 이카로스는 추락했지만 그래도 하늘을 날았다. 그 순간 주위를 둘러보니 공중 통로 양쪽에 벌새, 까마귀, 개똥지빠귀, 방울새, 독수리, 찌르레기, 나이팅게일, 박쥐들이 보인다. 나비들도 있다. 하지만 모두 움직이지 않는다. 그들은 마치 우를레트가 하는 말들처럼 굳어 유리 조각이 되어버린 것 같다. 새들은 마치 투명한 호박 속에 든 채 굳은 것 같다. 불어오는 바람이 느껴지지만 새들은 움직이지 않는다. 그들은 모두 날개를 펼친 채 그를 바라보고만 있다. 새들은 서로 가깝게 붙어 있지만, 그는 멀리 떨어져서 새들을 보고 있다. 새들은 모든 공간과 그가 호흡하는 공기 전부를 차지하고 있다. 그는 벌새 한 마리에게 다가가 손을 댄다. 새는 마치 크리스털로 만든 것처럼 땅에 떨어져 부서진다. 그는 마치 인광을 내뿜는 것처럼 날개에서 파란빛을 내는 나비에게 다가간다. 날개가 떨며 진동하지만, 나비는 움직이지 않는다. 그는 양손으로 상처가 나지 않도록 극도로 조심하며 두 손으로 나비를 잡는다. 나비는 먼지로 변한다. 나이팅게일에 다가간 그는 만지려던 손을 거둔다. 그의 손가락은 새 바로 옆에서 움직이고 있다. 새가 아름답다고 생각하는 그는 그걸 파괴하기를 원하지 않는다. 나이팅게일이 움직이더니 날개를 퍼드덕거리고 입을 연다. 노래하지 않고 우는 소리를 낸다. 새의 울음소리는 날카롭고 절박해진다. 증오로 가득 찬 울음소리다. 그는 몸을 돌려 달아난다. 새장을 나와 보니 동물원은 어둠에 잠겨 있다. 하지만 남자들의 몸이 보인다. 그는 남자들이 바로 자기 모습의 끝없는 반복이라는 사실을 깨닫는다. 남자들은 모두 벌거벗은 채 입을 벌리고 있다. 그들이 뭔가 말하고 있는 건 알겠는데, 완벽한 침묵이 흐르고 있다. 남자들 가운데 한 사람에게 다가가 상대의 몸을 흔든다. 사내가 말하고 움직이게 해야 한다. 사내(그 자신)는 너무 느리게 걸어 짜증이 날 정도다. 그러면서 사내는 나머지 사내들을 죽이려고 한다. 사내는 그들을 몽둥이로 때리거나 목을 조르거나 칼로 찌르지 않는다. 사내가 유일하게 하는 행동은 그들에게 말하는 것이다. 그러자 사내들(그 자신)은 한 사람씩 땅에 쓰러진다. 그러다가 한 사내(그 자신)가 그에게 다가와 그를 껴안는다. 사내가 그를 너무 꽉 안아 숨을 쉴 수가 없어서 그는 몸부림을 치다가 겨우 풀려난다. 그러나 사내(그 자신)는 다시 그를 껴안으려 하고, 그에게 다가와 그의 귀에 대고 뭔가 말한다. 죽고 싶지 않은 그는 달아난다. 뛰어 달아나는 동안 가슴속 돌덩이가 구르면서 자신의 심장을 때리는 걸 느낀다. 동물원은 숲이 된다. 나뭇가지마다 눈알이, 손이, 인간의 귀와 아이들이 매달려 있다. 그는 나무에 기어올라 매달린 아이를 내려놓으려 하지만 손을 뻗어 잡은 아이를 품에 안으면 아이는 사라진다. 그가 다른 나무에 기어 올라가자 그 나무의 아이는 검은색 연기로 변한다. 다른 나무에 기어 올라갔더니 귀들이 그의 몸에 붙는다. 떼어내려 애쓰지만, 귀는 거머리라도 되는 것처럼 그의 피부를 잡아 뜯어낸다. 아이에게 손을 뻗지만 아이는 인간의 귀에 덮여 있고 더는 숨 쉬지 않는다. 그 순간 그는 포효하고 짖고 쉰 소리를 내고 고함치고 울고 고양이 소리를 내고 말 울음소리를 내고 나귀처럼 울고 까마귀 소리를 내고 소 울음을 울고 크게 외친다.

눈을 뜨니 앞에 보이는 건 눈부신 파란색뿐이다. 그가 진짜로 비명을 지르는 건 바로 그 순간이다.

15

이제 가야 할 시간이다. 하지만 우선 재스민에게 음식과 물을 줘야 한다. 문을 열자마자 그녀는 그를 꽉 껴안는다. 그녀를 오래 혼자 두고 떠났다가 돌아왔기 때문이다. 그는 살짝 키스하고 그녀를 매트리스 위에 조심스럽게 앉힌 다음 문을 잠근다.

오늘 그는 발카 연구소에 가야 한다. 차의 시동을 걸기 전에 크레이그에게 먼저 전화를 건다.

"아, 마르코스. 마리한테 들었네. 정말 유감이야."

"고맙습니다."

"연구소에는 갈 필요 없어. 내가 전화해서 나중에 다시 일정을 정해 방문한다고 할게."

"갈게요. 하지만 오늘이 마지막입니다."

크레이그가 아무 말도 하지 않자 무거운 침묵이 흐른다. 크레이그는 그의 이런 목소리를 듣는 것이 익숙하지 않다.

"그럴 수는 없어. 자네가 가줘야지."

"오늘은 갈 겁니다. 하지만 오늘 이후에는 절 대신할 사람을 교육하겠습니다."

"무슨 말인지 못 알아듣는군. 연구소는 우리에게 가장 많은 돈을 벌어주는 고객이야. 최고 인력이 가야 한다고."

"무슨 말씀인지 완벽히 알아요. 하지만 저는 이제 안 갑니다."

잠시 크레이그는 아무 말도 하지 않는다.

"좋아. 상황을 고려하면 이런 문제를 논의하기에 최적의 시기가 아닐 수도 있겠군."

"지금이 이 문제를 논의할 시간이고, 전 다시는 가지 않을 겁니다. 안 된다면 내일 사표를 내겠습니다."

"뭐라고 했나? 말도 안 되는 소리야, 마르코스. 언제든 누구든 다른 사람을 교육하면 돼. 이 문제는 해결된 거로 하지. 쉬고 싶은 만큼 쉬고 와. 얘기는 나중에 다시 하자고."

그는 인사도 없이 전화를 끊는다. 그는 발카 박사와 그녀가 운영하는 공포의 연구소를 혐오한다.

연구소에 들어가려면 신분증을 제출하고 망막을 스캔하고 여러 개의 서류에 서명하고 몸에 연구소 내부에서 수행하는 실험의 기밀성을 훼손할 수 있는 카메라나 다른 기기를 숨기지 않았다는 걸 특별한 공간 내에서 검사받아야 한다.

경비원이 박사가 그를 기다리고 있는 곳으로 데려간다. 육류 가공 공장 직원을 만나 반드시 최고의 표본을 납품해야 한다면서 다짐을 받아내는 일이 그녀의 업무는 아니지만, 발카 박사는 강박관념이 있는 완벽주의자로 그에게 늘 이렇게 말한다.

"표본이 전부예요. 성공하려면 정확하게 일해야만 하거든요."

그녀는 표본이 가장 구하기 힘든 FGP여야 한다고 말한다. 만일 유전자가 변형된 표본이라면 그녀는 전혀 거리낌 없이 모두 폐기한다. 그녀는 묘한 주문을 보내오기도 한다. 이를테면 팔다리 길이를 따로 정해 요구한다거나, 눈이 몰렸거나 멀리 떨어진 개체, 낮은 이마, 안와의 크기가 큰 개체, 몸이 빨리 또는 늦게 치유되는 개체, 작거나 큰 귀를 가진 개체 같은 식이다. 그리고 상상도 할 수 없는 그녀의 요구 사항들은 그가 연구소에 갈 때마다 변한다. 만일 표본이 발카 박사의 요구에 들어맞지 않으면 그녀는 표본을 돌려보내고 그녀의 시간과 돈을 낭비한 대가로 전체적인 가격 할인을 요구한다. 물론 그는 이제 절대로 실수를 저지르지 않는다.

두 사람은 예상한 대로 아무렇지 않은 것처럼 서로 인사한다. 그는 손을 내밀지만, 그녀는 마치 이해할 수 없다는 듯 인사인지 알 수 없도록 고개만 까딱 움직인다.

"안녕하십니까, 발카 박사님?"

"나는 최근 연구와 혁신을 통해 가장 유명한 상을 하나 받았어요. 그러니 매우 안녕하다고 봐야죠."

그는 대답하지 않은 채 그녀를 바라본다. 그의 머릿속에는 오늘이 그녀를 보는 마지막 날이라는 것, 그녀의 목소리를 듣는 마지막 순간이라는 것, 이곳에 발을 디디는 마지막 날이라는 생각뿐이다.

그가 축하 인사를 하지 않자 그녀는 그의 축하를 기다리며 말한다. "뭐라고 하셨죠?"

"아무 말도 안 했습니다."

그녀는 당황해 그를 바라본다. 예전에 그는 그녀에게 축하의 말을 건네곤 했다.

"우리가 이곳, 발카 연구소에서 하는 일은 대단히 중요해요. 우리가 좋은 결과를 얻을 수 있었던 이유는 이 표본들로 철저한 실험을 했기 때문이에요. 우리는 동물 실험으로는 절대 가능할 수 없던 중대한 진전을 이루어냈어요. 표본 취급에 대한 우리의 접근 방식은 독특하고 진보적이며, 우리는 철저한 작업 규약에 따라 일하고 있어요."

그녀는 늘 그렇듯 끝없이 말하며 똑같은 마케팅 연설을 한다. 마치 분화를 멈추지 않는 화산에서 쏟아져 나오는 용암처럼 흘러내리는 말을 사용한다. 하지만 그 용암은 차갑고 끈적인다. 그녀가 하는 말은 사람의 몸에 들러붙고, 그럴 때 그가 느끼는 감정은 오직 역겨움뿐이다.

"뭐라고요?" 박사가 말한다.

혼자 떠들어대고 있지만 뭔가 반응을 기대하는 모양이다. 그녀는 절대 반응을 얻어낼 수가 없다. 그는 듣고 있지 않기 때문이다.

"아무 말도 안 했습니다."

발카 박사는 놀란 눈으로 그를 바라본다. 그는 늘 정중했고 늘 그녀 말에 귀를 기울였고 더하지도 덜하지도 않게 정확히 해야 할 말을 했기에 그녀는 그가 그녀가 하는 일에 관심이 있다고 느꼈다. 발카 박사는 단 한 번도 그에게 잘 지내고 있는지 묻거나 모두 잘 되어가느냐고 인사를 건네지 않았다. 왜냐하면 그녀는 그를 거울에 비친 자신의 모습으로 여겼다. 그녀는 거울 속 자신에게 자신이 이루어낸 것들을 말해온 것이다.

그녀는 일어선다. 이제 늘 그래왔던 것처럼 그를 데리고 연구소 견학을 할 차례다. 처음 몇 번은 한숨이 나오고 배가 아프고 악몽을 꿨다. 견학은 아무 소용이 없다. 그가 필요한 건 오직 그녀의 주문이 담긴 주문서와 그녀의 주문에 관한 설명이다. 그녀의 설명은 정말 얻어내기 힘든 부분이다. 하지만 그녀는 그가 모든 실험에 정확히 뭐가 필요한지 이해해 가장 적합한 표본을 구해오기를 원한다.

발카 박사는 지팡이를 들더니 출발한다. 몇 년 전 그녀는 표본과 관련한 사고를 겪었다. 알려진 바로는 조심성 없는 한 조수가 우리 출입문을 열어두는 바람에 사고가 났다고 한다. 늦은 밤까지 일하던 박사가 마지막으로 연구소를 점검하던 중에 표본이 그녀를 공격해 그녀 다리를 물어뜯었다. 그는 조수의 부주의가 아니라 복수로 사건이 발생한 것이라는 의견에 동의했다. 발카는 직원들에게 만족하는 법 없이 그들을 학대하거나 말을 중간에 끊는 것으로 악명이 높았기 때문이다. 그러나 그녀의 연구소는 가장 크고 유명했기에 직원들은 참아가며 일하고 언젠가 참지 않아도 될 날이 오기를 기다리고 있다. 직원들이 처음에는 그녀를 뒤에서 '멩겔레 박사'(요제프 멩겔레는 제2차 세계대전 당시 나치 수용소에서 생체 실험을 한 것으로 유명하다—옮긴이)라고 불렀지만, 인간을 대상으로 한 실험이 가능해지면서 그녀가 줄줄이 많은 상을 받았다는 사실은 그도 잘 알고 있다.

걸어가는 동안 그녀는 양쪽으로 몸을 흔들며 말한다. 입을 쉬지 않으면서 나오는 말들로 자신의 몸을 지탱해야 하는 사람처럼 보인다. 그녀는 그를 만날 때마다 같은 이야기를 늘어놓는다. 요즘 같은 시대에도 여자로서 경력을 쌓는 일이 얼마나 힘든지, 사람들은 여전히 그녀에 관해 어떤 편견을 품고 있는지, 최근에서야 그녀의 남자 조수를 연구소의 소장이라고 오해하지 않고 조수가 아닌 그녀에게 어떤 식으로 인사하기 시작했는지 말한다. 또 그녀는 일부러 결혼하지 않는 것인데 사회적으로 그 대가를 치르고 있다면서 하소연한다. 왜냐하면 그녀가 절대 포기하지 않고 인생 최고의 업적을 향해 밀고 나가는 순간에도 사람들은 여전히 여자라면 뭔가 생물학적인 목표를 달성해야 한다고 생각하기 때문이라고 한다. 그녀는 남자로 사는 편이 훨씬 쉽다고 말한다. 그리고 연구소가 그녀의 가족인데도 아무도 그런 사실을 이해하지 못한다면서 자신이 의학계의 혁명을 이뤄내고 있는데도 사람들은 그저 그녀의 신발이 여성스럽지 않다고, 미용실에 갈 시간이 없어서인지 머리가 덥수룩하게 자랐다고, 몸무게가 늘었다고 계속 걱정한다고 말한다.

그는 그녀의 의견에 모두 동의하지만, 그녀가 하는 말을 참아낼 수는 없다. 그녀의 말은 작은 올챙이들처럼 끈적이는 흔적을 뒤에 남기며 몸을 질질 끌고 미끄러져 나아가다가 서로 겹쳐져 쌓이고 썩어 고약한 냄새로 공기를 오염시킨다. 그는 대답하지 않는다. 왜냐하면 그녀 밑에서 일하는 직원 중에 여자가 별로 없다는 것을 알기 때문이다. 그리고 만일 그들 가운데 누군가 임신한다면 그녀는 임신한 직원을 업신여기고 무시할 것이다.

그녀는 그에게 우리를 하나 보여주며 안에 든 표본이 헤로인에 중독되었다고 말한다. 연구소는 중독 과정이 왜 발생하는지 알아내기 위해 표본에게 여러 해 동안 마약을 먹였다.

"나중에 표본을 폐기할 때가 되면 녀석의 뇌를 연구할 겁니다." 그녀가 말한다.

폐기한다. 그 단어는 끔찍함을 숨기는 또 다른 말이다.

발카 박사는 계속 말하지만, 그는 이번에도 귀를 기울이지 않는다. 그는 눈이 없는 표본, 튜브에 연결되어 온종일 니코틴을 들이마시는 표본, 머리의 두개골에 뭔가 장치를 붙인 표본, 잔뜩 굶주린 상태로 보이는 표본, 온몸 구석구석에서 전선이 뻗어 나온 모습의 표본들도 본다. 그는 연구원들이 생체를 해부하거나 마취도 하지 않은 상태인 표본들의 팔에서 피부 일부를 떼어내는 모습을 보고 바닥에 전기가 흐르는 우리 안에 든 표본들도 본다. 그는 이곳 연구소보다는 도살장이 더 낫다고 생각한다. 그곳에서는 최소한 빨리 죽을 수 있기 때문이다.

두 사람은 표본 하나가 테이블 위에 올라가 있는 방 앞을 걸어서 지난다. 표본의 가슴이 절개되어 열려 있고 가슴속 심장이 뛰고 있다. 여러 사람이 테이블 주위에 둘러서서 표본을 연구하고 있다. 발카 박사는 멈춰 서서 창문을 통해 안을 들여다본다. 그녀는 표본이 산 채로 의식이 있는 상태에서 신체 기관의 기능을 기록할 수 있다는 건 멋진 일이라고 말한다. 그녀는 연구진이 표본에게 약한 진정제를 투여해 고통으로 정신을 잃지 않도록 했다고 설명한다.

그녀는 신이 나 덧붙여 말한다. "뛰는 심장은 정말이지 아름다워요! 놀랍지 않나요?"

그는 아무 말도 하지 않는다.

"뭐라고 하셨죠?" 그녀가 말한다.

"아무 말도 안 했습니다."

그는 그렇게 말하지만, 이번에는 이제 지긋지긋하고 더는 참을 수 없다는 태도로 그녀의 눈을 똑바로 바라본다.

그녀는 아무 말도 하지 않는 그를 바라본다. 그녀는 마치 그를 검사라도 하는 것처럼 머리에서부터 발까지 자세히 살펴본다. 자신의 권위를 드러내 보이려는 표정이지만, 그는 그녀의 시선을 무시한다. 그녀는 그의 무관심에 어떻게 반응해야 할지 모르는 듯 그를 새로운 방, 그가 한 번도 가본 적 없는 방으로 데려간다. 그곳에는 암컷들이 아기를 데리고 우리 안에 들어 있다. 두 사람이 가까이 다가간 우리 안에는 죽은 것으로 보이는 암컷이 하나 들어 있는데, 두세 살로 보이는 아기는 계속 울고 있다. 그녀는 아기의 반응을 연구하기 위해 엄마에게 진정제를 놓았다고 설명한다.

"뭐하러 이러는 거죠? 아기가 어떻게 반응할지는 뻔한 것 아닌가요?" 그는 발카 박사에게 묻는다.

그녀는 아무 대답 없이 분노를 억누르며 지팡이로 바닥을 찍으면서 한 걸음씩 앞으로 계속 걷는다. 그녀는 그의 무관심에 어떻게 반응해야 할지 알지 못하고, 그는 점점 조바심을 내는 그녀에게 아무 신경도 쓰지 않는다. 그녀가 크레이그에게 불만을 늘어놓으리라는 것도 그는 걱정하지 않는다. 그녀가 불만을 드러내면 다시는 이곳을 찾아오지 않아도 되는 걸 허락받는 셈이라고 그는 생각한다.

두 사람은 그가 과거에 본 기억이 없는 또 다른 방 앞을 지나간다. 그러나 두 사람은 안으로 들어가지 않는다. 창문으로 보니 우리 안에 갇힌 동물들이 보인다. 개와 토끼, 고양이 여러 마리가 보인다.

"바이러스 치료제를 찾아내려고 하는 건가요? 저 안에 동물이 있어서 물어보는 겁니다. 위험하지 않나요?"그는 발카에게 말한다.

"우리가 이곳에서 하는 일은 모두 비밀입니다. 그것이 이 연구소에 발을 디디는 모든 방문자가 비밀 유지 각서에 서명하는 이유입니다."

"물론이죠."

"나는 오직 내가 요구하고 당신이 공급할 수 있는 표본들로 하는 실험에 관한 얘기에만 관심이 있습니다."

발카 박사는 절대로 그의 이름을 부르는 법이 없다. 그러려면 귀찮게 그의 이름을 기억해야 하기 때문이다. 우리 안에 갇힌 동물들은 위장에 불과하다는 의심이 든다. 누군가 동물을 연구하고 치료제를 찾아내려 애쓰는 척해야 바이러스가 진짜라고 주장할 수 있다.

"아무도 치료제를 찾아내지 못했다는 건 이상하지 않나요? 이렇게 수준 높은 연구소들이 있고 첨단 실험을 할 수 있으면서도 말이죠."

박사는 그를 보지도, 대답하지도 않는다. 하지만 그는 그녀의 목구멍에서 작은 올챙이들이 쏟아져 나오기 직전이라는 느낌이 든다.

"나는 튼튼한 표본들이 필요해요. 보여드리죠."

그녀는 그를 데리고 다른 층에 있는 방으로 간다. 그곳에는 모두 수컷인 표본들이 자동차 시트와 비슷한 의자에 앉아 있다. 표본들은 몸이 묶인 채 각각 금속 봉으로 만든 사각형 헬멧 모양 구조물 속에 들어 있다. 연구원 한 명이 버튼을 누르자 헬멧 모양 구조물이 매우 빠른 속도로 움직여 표본들의 머리를 벽에 부딪게 하고, 벽은 충격의 양과 속도, 충격을 감지해 기록한다. 일부 표본은 연구원들이 깨워도 반응이 없는 걸 볼 때 죽은 것처럼 보인다. 어리둥절해 주위를 둘러보는 다른 표본들의 표정에서 고통이 느껴진다.

발카가 말한다. "우린 모의 교통사고를 통해 더 안전한 자동차를 만들 수 있는 자료를 수집하고 있어요. 그래서 튼튼한 수컷 표본이 더 필요한 겁니다. 튼튼해야 여러 번 실험에 사용해도 견뎌낼 수 있거든요."

그녀가 연구소에서 해내고 있는 멋진 작업, 생명을 구할 수도 있는 작업에 관해 그가 뭔가 말해주기를 기대하고 있다는 걸 알지만, 그가 유일하게 느끼는 건 돌덩이가 가슴을 짓누르는 느낌이다.

연구원 한 사람이 그들에게 다가와 박사에게 뭔가를 건네며 서명을 요청한다.

"이게 뭐야? 왜 내가 지금 이걸 여기서 결재해야 하는 거야? 왜 미리 올리지 않았어?"

"전에 결재를 올렸는데 박사님께서 나중에 다시 오라고 하셨습니다."

"그건 받아들일 수 있는 대답이 아니야. 내가 나중이라고 말했다면 그건 그때 당장 다시 하라는 거였어. 특히 이렇게 중요한 내용이라면 말이야. 난 생각하라고 당신들에게 돈을 주는 거야. 꺼져."

그는 그녀를 보고 있지 않지만, 그녀는 그에게 말한다.

"여기 사람들의 무능력은 말로 다 할 수가 없어요."

그는 아무 말도 하지 않는다. 이런 여자 밑에서 일하다가는 분명히 미쳐버릴 것 같다는 생각이 들기 때문이다. 그는 그녀에게 '나중에'라는 건 나중을 뜻하고, 부하를 모욕하는 순간 그녀는 그저 불성실한 상사로 인식된다고 말해주고 싶다.

그러나 그는 더 좋은 생각을 떠올리고 이렇게 말한다. "무능력이라고요? 그들을 채용한 사람이 박사님 아니었습니까?"

그녀는 그를 사납게 바라본다. 그는 차갑고 끈적거리는 화산 용암이 터지기 직전임을 느낀다.

그러나 그녀는 깊게 숨을 들이마시더니 말한다. "그만 가보세요. 주문서는 크레이그에게 직접 보내죠."

그녀는 마치 위협하듯 말하지만, 그는 그녀를 무시한다. 그녀에게 해주고 싶은 말은 더 많지만, 그는 그냥 웃으며 작별 인사를 하고 양손을 바지 주머니에 넣은 채 돌아선다. 휘파람을 불며 복도를 걸어가는 그에게 박사의 지팡이가 분노한 채 바닥을 때리는 소리가 천천히 멀어지며 들린다.

16

차에 올라타는데 세실리아에게서 전화가 걸려온다.

"안녕, 마르코스. 화면이 깨져서 보이네. 여보세요? 내 목소리 들려? 내 얼굴 보여?"

"안녕, 세실리아. 응, 목소리 들려. 하지만 잘 들리진 않아."

"마르코……."

전화가 끊긴다. 그는 잠시 차를 몰고 달리다가 멈춰 세우고 아내에게 전화를 건다.

"안녕, 세실리아. 아까는 신호가 좋지 않았나 봐."

"아버님 소식 들었어. 넬리다가 전화해서 알려줬어. 어떻게 지내고 있어? 혹시 누구든 같이 있어줄 사람 필요해?"

"난 괜찮아. 고맙지만 혼자 있는 편이 좋아."

"알았어. 송별식은 했어?"

"마리사가 할 예정이야."

"그래야지. 그럴 줄 알았어. 나도 참석했으면 해?"

"아니야, 고맙긴 하지만. 나도 갈지 말지 모르겠어."

"당신 보고 싶어. 그거 알아?"

그는 아무 말도 하지 않는다. 집을 나간 뒤로 아내가 그를 보고 싶어 한다는 말은 처음이다.

아내가 계속 말한다. "당신 달라졌어. 이상해."

"난 똑같아."

"한참 전부터 당신이 더 멀어진 것처럼 느껴졌어."

"당신은 집에 돌아올 생각이 없잖아. 내가 평생 당신을 기다리면서 살기를 기대하는 거야?"

"그건 아니지만…… 얘기를 했으면 좋겠어."

"내가 조금 나아지면 전화할게. 괜찮지?"

아내는 상황을 이해할 수 없거나 뭔가 벅차다고 느껴질 때 보여주던 표정으로 그를 바라본다. 뭔가 경계하지만 슬픈 표정, 낡은 세피아 색깔 사진 속 표정이다.

"괜찮아. 당신이 원하는 대로 해야지. 뭐든 필요한 게 있으면 알려줘, 마르코스."

"알았어. 잘 지내."

집에 도착한 그는 재스민을 껴안고 그녀의 귀에 대고 〈서머타임〉을 휘파람으로 불어준다.

17

　여동생은 송별식을 준비하자면서 수도 없이 전화했다.
그녀는 모든 걸, 심지어 '비용까지도' 자신이 책임지겠다고
선언했다. 여동생의 말을 듣고 처음에는 웃음이 나왔지만,
그는 결국 여동생을 다시는 만나고 싶지 않다는 감정에 압
도되었다.

　시간에 맞춰 시내까지 가기 위해 일찍 일어난다. 집을 떠
나기 전에 재스민과 함께 샤워한다. 그녀가 혹시라도 다치
는 일이 없도록 하기 위함이다. 그리고 그녀의 방을 준비해
청소하고 음식과 물을 그릇에 채워주어 오랫동안 문제없이
지낼 수 있도록 해준다. 재스민의 혈압과 맥박을 확인한다.
그녀가 임신한 걸 알았을 때 구급상자를 완벽하게 갖추고

임신 관련 책들을 사고 휴대용 초음파 기계까지 집에 가져다 두었다. 임신한 암컷들을 수렵장으로 보내기 전에 확인하는 용도로 공장에서 사용하던 것들 가운데 하나였다. 그는 임신한 재스민을 돌보면서 임신 단계마다 따라가며 확인할 수 있도록 스스로 공부했다. 그러는 것이 이상적인 건 아니지만 그로서는 유일한 방법이었다. 만일 전문가를 불러야 한다면 임신 상황을 알려 등록해야 하고 인공 수정에 관한 근거 서류를 제출해야만 했기 때문이다.

그는 양복을 입고 집을 나선다.

운전 중에 여동생으로부터 또 전화가 걸려온다.

"마르키토스, 오고 있어? 왜 얼굴이 안 보여?"

"운전하고 있어."

"아, 알았어. 언제쯤 도착할 거야?"

"몰라."

"손님들이 도착하기 시작했어. 오빠도 알겠지만, 여기 유골함이 있었으면 좋겠어. 유골함이 없으면 송별식이 의미가 없잖아."

그는 아무 말 없이 전화를 끊는다. 여동생이 다시 전화를 걸지만 그는 아예 전화기를 꺼버린다. 그리고 차의 속도를 늦춘다. 그는 최대한 늦게 갈 것이다.

여동생 집에 도착한 그는 한 무리의 사람이 집으로 들어가는 모습을 본다. 모두 우산을 들고 있다. 차에서 내려 트렁크를 열고 은색 명판이 붙은 유골함을 옆구리에 낀다. 그리고 초인종을 누른다. 여동생이 현관으로 나온다.

"드디어 왔네. 전화기에 문제라도 생겼어? 걸어도 안 되던데?"

"꺼두었어. 유골함 가져가."

"들어와, 들어와. 또 우산 안 쓰고 왔네. 죽고 싶어서 그래, 마르코스?" 여동생은 그렇게 말하고 하늘을 쳐다본다. 그러고는 유골함을 받아든다. "불쌍한 아버지, 사는 내내 희생만 하셨네. 결국 마지막에 남는 건 아무것도 없는데."

그는 여동생을 보면서 그녀가 왠지 이상하게 보인다고 생각한다. 그 순간 좀 더 자세히 살펴보던 그는 여동생이 화장을 했고 미용실에 다녀왔으며 몸에 꼭 맞는 검은색 드레스 차림이라는 걸 깨닫는다. 전부 지나치다고는 할 수 없는 일이다. 아예 무관심한 것 같은 차림새로 손님들을 맞을 수도 없는 일이긴 하니까. 하지만 그녀는 누가 봐도 자신이 주인공인 행사에서 돋보이려고 잔뜩 준비한 모습이다.

"들어와. 뭐든 마음껏 먹어."

다이닝 룸에 들어가니 손님들이 테이블 주위에 몰려 있는 모습이 보인다. 테이블을 벽으로 밀어서 붙이고 그 위에 여러 가지 음식을 차려두어 손님들이 스스로 덜어 먹을 수 있도록 해두었다. 여동생이 유골함을 가져와 작은 테이블에 올려놓는다. 작은 테이블 위에는 무늬가 새겨진, 유리로 만든 것 같은 투명한 상자가 놓여 있다. 여동생은 유골함을 유리 상자 안에 조심스럽게 넣으면서 과장된 말투를 사용해 사람들이 그녀가 아버지를 얼마나 존경했는지 충분히 볼 수 있도록 한다. 유리 상자 옆에는 스크린 속에서 아버지의 사진 여러 장이 차례로 바뀌는 전자 액자와 꽃을 꽂은 꽃병 그리고 아버지의 사진과 생일, 사망일이 새겨진 송별식 기념품을 가득 담은 바구니가 놓여 있다. 사진들은 컴퓨터로 손을 댄 것들이다. 그는 아버지가 여동생이나 그 가족과 함께, 또는 외손주들을 안고 찍은 사진을 본 기억이 없다. 왜냐하면 그들은 요양원에 있는 아버지를 한 번도 찾아온 적이 없었기 때문이다. 여동생과 아버지가 함께 동물원에서 찍은 다른 사진도 보인다. 사진 속 그날, 여동생은 아기였다는 걸 그는 기억하고 있다. 여동생이 사진에서 그의 모습을 지우고 자신의 모습을 집어넣은 것이다. 사람들이 그녀에게 다가와 조의를 표한다. 여동생은 손수건을 꺼내 눈물도 나지 않은 눈가를 닦는다.

그가 아는 사람은 한 명도 없다. 그리고 그는 배고프지 않다. 그는 팔걸이의자에 앉아 방 안 사람들을 바라본다. 구석에서 검은색 옷을 입은 채 전화기를 들여다보고 있는 조카들을 본다. 아이들은 그를 보고도 인사하지 않는다. 그도 아이들에게 다가가 이야기하고 싶은 마음이 없다. 사람들은 지루해 보인다. 그들은 테이블 위 음식을 먹고 조용히 이야기한다. 변호사나 회계사처럼 보이는, 양복을 입은 키 큰 사내 한 명이 다른 손님에게 말하는 소리가 들린다.

"최근에 고기 가격이 정말 크게 떨어졌어요. 특별 고기가 두 달 전보다 아주 저렴해졌어요. 인도에서 공식적으로 특별 고기를 수출하기로 한 사실과 가격 하락이 관련 있다는 내용의 기사를 읽었어요. 전에는 수출이 금지되어 있었는데 지금 그들은 아주 싼 가격에 고기를 내다 팔고 있어요."

사내와 이야기하는, 대머리에 기억에 남지 않는 얼굴인 다른 손님이 웃더니 말한다. "뭐, 그 나라야 인구가 넘치니까요. 사람들이 그쪽 고기를 먹을 때까지 기다리면 결국에 가격은 안정되겠죠."

한 나이 든 부인이 그의 아버지의 유골함 앞에 서더니 사진을 들여다본다. 그러고는 송별식 기념품을 하나 집더니 살펴본다. 그녀는 냄새를 맡아보고는 기념품을 다시 바구니에 넣는다. 부인은 벽을 기어가는 바퀴벌레를 발견한다. 바퀴벌레는 아버지의 가짜 사진이 계속 바뀌는 전자 액자의 스크린 바로 옆을 기어가고 있다. 부인이 깜짝 놀라 뒤로 물러서더니 어디론가 사라진다. 바퀴벌레는 송별식 기념품 바구니 속으로 기어 들어간다.

송별식에는 그를 제외하면 그의 아버지가 새들에게 푹 빠졌던 일이나 아내를 열렬히 사랑했던 일, 어머니가 먼저 세상을 떠났을 때 아버지에게서 뭔가가 영원히 사라져버린

일을 아는 사람은 아무도 없다.

여동생이 재빠른 발걸음으로 이리저리 오가면서 손님들을 챙기고 있다. 여동생이 누군가에게 말하는 소리가 들린다. "천 번을 썰어서 죽이는 기술에 기반을 둔 거죠. 맞아요. 최근에 나온 책에 있는 내용이에요. 베스트셀러죠. 저는 몰라요. 남편이 알아서 하니까요."

여동생이 중국의 전통 고문법을 어떻게 알 수 있단 말인가? 그는 계속 들을 수 있도록 일어나 가까이 다가가지만, 여동생은 주방으로 가버린다. 음식이 놓인 테이블로 걸어간 그는 커다란 은접시 위에 차려진 팔의 살을 저며낸 음식을 본다. 오븐에 구운 고기가 분명하다. 구운 고기는 작은 연꽃 모양으로 자른 상추와 무에 둘러싸여 있다.

손님들이 팔 고기를 맛보며 말한다. "훌륭하면서 신선한 맛이네요. 마리사는 정말 멋진 안주인이에요. 그녀가 아버지를 얼마나 사랑했는지 알 수 있어요."

그 순간 그는 주방의 냉장실을 떠올린다.

주방으로 가던 그는 복도에서 여동생과 마주친다.

"어디 가는 거야, 마르키토스?"

"주방에."

"주방에는 뭐하러? 뭐든 필요한 게 있으면 내가 가져다 줄게."

그는 대답하지 않고 계속 걷는다. 그녀가 그의 팔을 붙잡지만, 그 순간 누군가 다이닝 룸에서 그녀를 부르며 말을 거는 사람이 있어서 그냥 잡은 손을 놓는다.

주방에 도착한 그는 순간적이지만 확 풍겨오는 불쾌한 냄새를 느낀다. 그는 냉장실 문을 향해 다가간다. 안을 들여다보니 팔이 하나 없는 개체가 보인다.

'재수 없는 년, 결국 암컷을 하나 구했군.' 그는 생각한다.

집에서 개체를 기르는 일은 도시에서는 신분의 상징이다. 개체를 기르는 가정은 고급스러워 보인다. 개체를 좀 더 자세히 살펴보니 몸에 여러 개의 낙인 글자가 보이고 그는 암컷이 FGP라는 걸 깨닫는다. 싱크대 위 한쪽에 책 한 권이 보인다. 여동생은 책을 읽는 법이 없다. 책 제목은『집에서 개체 기르기 : 천 번의 칼질로 요리하기 가이드』다. 책에는 빨간색과 갈색 자국이 묻어 있다. 그는 토할 것 같은 기분이다. 여동생은 당연히 개체의 살을 조금씩 천천히 도려내면서 집에서 파티를 열 때마다 요리로 만들 거라고 그는 생각한다. 천 번의 칼질 요리법이 아마도 여동생을 찾아온 손님들이 주고받던 이야기 속 요즘 유행인 것이 틀림없다. 가족 모두를 위해 1,000년 전 중국의 고문법을 응용해 냉장고 속 사람의 살을 저며내는 것이다. 가정용 개체가 그를 슬픈 눈으로 바라본다. 그는 문을 열려고 해보지만 잠겨 있다.

"뭐하고 있어?"

돌아온 여동생이 텅 빈 접시를 양손으로 들고 오른쪽 발로 바닥을 두드리고 있다. 그는 돌아서서 서 있는 여동생을 바라본다. 그 순간 그는 가슴속 돌덩이가 박살 나는 느낌이 든다.

"너 구역질 나."

여동생은 충격과 분노의 중간쯤 되는 표정을 짓고 그를 바라본다.

"하고많은 날 중에 오늘 어떻게 그런 말을 할 수 있어? 그리고 대체 요즘 오빠는 어떻게 된 거야? 늘 뭔가에 정신이 팔린 표정을 하고 있잖아."

"내가 하는 생각은 넌 위선자고 너희 애들은 재수 없는 것들이란 거야."

그는 모욕적인 말을 내뱉으면서 스스로도 놀란다. 여동생은 눈을 크게 뜨고 입을 벌린 채 한참 동안 아무 말도 하지 못한다.

"아버지 때문에 스트레스가 큰 건 이해하지만, 우리 집에 와서 그런 식으로 날 모욕할 수는 없어."

"넌 스스로 생각을 못 한다는 걸 모르겠니? 네가 하는 유일한 행동은 네게 지워진 규범을 따르는 것뿐이야. 이 모든 일이 천박하다는 걸 모르는 거야? 뭔가 진정으로 느낄 수 있기는 한 거야? 그러니까, 한 번이라도 아버지 걱정을 해보긴 했어?"

"난 송별식이 필요하다고 생각한 거야. 아버지를 위한 최소한이잖아."

"아무것도 모르는 주제에."

그는 주방에서 걸어 나간다. 여동생은 그를 따라 나오며 그냥 가버리면 안 된다고, 사람들이 어떻게 생각하겠느냐고, 지금 유골함을 가져갈 수는 없다고, 최소한 그런 짓은 하지 말아야 한다고, 지금 집에 에스테반의 동료와 상사가 와 있다고, 친오빠가 이런 식으로 자신에게 창피를 줄 수는 없다고 말한다.

그는 멈춰 서서 그녀의 팔을 붙잡고 귀에 입을 대고 말한다. "계속 이렇게 지랄하면 모두에게 네가 아버지를 위해 한 일이 전혀 없다고 까발릴 거야, 알아?"

여동생은 두려움에 차 그를 바라보더니 뒤로 몇 걸음 물러선다.

그는 현관문을 열고 밖으로 나간다. 여동생이 유골함을 들고 뒤따라 뛰어나오더니 그가 막 차에 타려는 순간 그를 따라잡는다.

"유골함 가져가, 마르키토스."

그는 잠시 아무 말 없이 여동생을 바라본다. 그러고는 차에 올라타 문을 닫는다. 여동생은 어찌할 바를 모른 채 그자리에 서 있다가 자신이 우산도 없이 밖에 나왔다는 사실을 알아차린다. 그녀는 두려움에 차 하늘을 쳐다보더니 손으로 머리를 덮고 집으로 뛰어 들어간다.

그는 시동을 걸고 차를 출발시킨다. 하지만 그전에 여동생이 이름도 없이 버려진 동물원의 지저분한 모래가 가득 찬 유골함을 들고 집으로 들어가는 모습을 지켜본다.

18

그는 가속페달을 밟아 집으로 달리면서 라디오를 켠다.

그때 전화기가 울린다. 마리다. 그가 아버지의 송별식에 참석하고 있다는 걸 아는 그녀가 전화했다는 사실에 그는 놀란다. 여동생이 마리에게 전화해 오빠 지인들을 송별식에 초대하고 싶다고 연락처를 요구하면서 마리도 송별식 계획을 알게 되었다. 마리가 연락처를 줘도 되느냐고 물었을 때 그는 당연히 안 된다고 말하면서 송별식에서 아는 사람을 아무도 보고 싶지 않다고 말했다.

"안녕, 마리. 무슨 일이에요?"

"지금 당장 공장에 와줘야겠어요. 시기가 안 좋은 건 알아요. 미안하지만 일이 좀 벌어졌는데 우리가 처리할 수 없어서요. 제발 좀 지금 와주었으면 좋겠어요."

"잠깐, 무슨 일이에요?"

"설명할 수 없어요. 와서 직접 봐야 해요."

"멀지 않은 곳에 있어요. 집에 가는 길이거든요. 10분이면 갈 수 있어요."

그는 마리의 목소리가 이렇게 걱정으로 가득했던 적은 처음이라는 생각을 하며 속도를 높인다.

공장에 가까워지던 그는 멀리 트레일러트럭처럼 보이는 걸 발견한다. 트럭은 고속도로 중간에 멈춰 서 있다. 몇 미터 떨어진 곳까지 다가가 살펴보니 도로 위에 핏자국이 보인다. 가까이 가서 직접 보면서도 그는 눈앞 광경을 믿을 수가 없다.

우리 운반용 트레일러트럭이 고속도로 옆에 부서진 채 뒤집혀 있다. 문짝들은 충격으로 부서졌거나 뜯겨나간 것처럼 보인다. 스캐빈저들이 마체테 칼과 몽둥이, 칼, 밧줄로 무장하고 공장으로 운반되어가던 개체들을 죽이는 모습이 보인다. 그는 절망과 굶주림, 맹렬한 광기와 뿌리 깊은 분노를 본다. 그는 살인을 본다. 스캐빈저 하나가 살아 있는 개체의 팔을 잘라내는 모습이 보인다. 다른 스캐빈저 하나가 달아나는 개체를 마치 송아지라도 되는 것처럼 올가미를 던져 잡으려는 모습도 보인다. 등에 아기를 업은 여자들이 마체테 칼을 휘두르며 팔과 손, 발을 잘라내는 모습이 보인다. 도로는 내장으로 온통 뒤덮였다. 대여섯 살 사내아이가 잘린 팔 하나를 끌고 가는 모습이 보인다. 스캐빈저 하나가 피를 뒤집어쓴 채 사나운 얼굴로 그에게 뭔가 소리를 지르며 마체테 칼을 치켜들자 그는 가속페달을 밟는다.

가슴속 돌덩이 파편들이 온몸으로 퍼지는 기분이 든다. 돌조각들은 눈부시게 불타오른다.

공장에 도착해서 보니 마리와 크레이그 그리고 직원 몇 명이 공장 밖의 난장판을 지켜보고 있다. 마리가 달려와 그를 껴안는다.

"미안해요, 마르코스. 정말 미안해요. 하지만 상황이 미쳐 돌아가고 있어요. 지금까지 스캐빈저들이 이런 짓을 벌인 적이 없었잖아요."

"트럭이 사고로 넘어진 겁니까? 아니면 저들이 그런 겁니까?"

"몰라요. 하지만 그게 가장 큰 문제가 아니에요."

"그럼 제일 큰 문제가 뭐죠, 마리? 이것보다 더 나쁜 상황이 있을 수 있어요?"

"저들이 운전기사인 루이시토를 공격했어요. 몸을 다쳐서 차에서 제때 빠져나올 수가 없었어요. 저들이 루이시토를 죽였어요, 마르코스. 죽었다고요."

마리는 그를 껴안고 하염없이 눈물을 흘린다.

크레이그가 다가와 손을 내민다. "아버님 일은 유감이야.

이런 식으로 오라고 해서 미안해."

"연락한 건 잘하셨어요."

"저 괴물들이 루이시토를 죽였어."

"경찰을 불러야죠."

"불러야지. 지금 우리가 해야 할 일은 저놈들을 막을 방법을 찾는 거야."

"저놈들은 몇 주 동안 충분히 먹을 고기를 챙겼어요."

"직원들에게 총을 쏘되 죽이진 말고 겁만 주라고 했네."

"그랬더니 어때요?"

"소용없어. 저놈들은 정신이 나간 것 같아. 잔인한 괴물들이라도 된 것처럼 말이야."

"사장님 방에 가서 얘기하죠. 하지만 우선 마리를 좀 안정시켜야겠어요."

그들은 공장 안으로 들어간다. 그는 마리를 안아준다. 그녀는 울음을 멈추지 못한 채 모든 운전기사 가운데 루이시토를 가장 좋아했다면서, 루이시토는 착한 청년이었고 채서른 살도 되지 않았으며 책임감 넘치는 한 가정의 아버지였고 아름다운 사내아이를 두고 있었다고 말한다. 또 루이시토의 아내는 이제 어떻게 해야 하느냐고, 삶은 공평하지 않다고, 스캐빈저들은 더러운 쓰레기들이며 오래전에 죽여 없앴어야 했다고 말한다. 마리는 또 스캐빈저들이 바퀴벌레처럼 숨어 기다리고 있었고, 그들은 인간이 아니라 괴물이고 난폭한 짐승이며 루이시토처럼 죽는 건 끔찍한 일로 루이시토의 아내는 남편을 화장조차 할 수 없게 되었다고 말한다. 또 어떻게 아무도 이런 일을 예상하지 못했느냐면서 모두에게 책임이 있다고, 그녀가 믿는 신이 이런 일이 벌어지도록 허락했다면 도대체 어떤 신에게 기도해야 하느냐고 말한다.

그는 마리를 의자에 앉히고 차를 한 잔 가져다준다. 그녀는 조금 진정한 것처럼 그의 손을 어루만진다.

"어떻게 견디고 있어요, 마르코스? 평소 때보다 훨씬 피곤해 보이는데, 그런지 한참 된 것 같아요. 잠은 제대로 자고 있어요?"

"잘 자고 있어요, 마리. 고마워요."

"당신 아버지는 멋진 분이셨어요. 진짜 진실한 분이셨죠. 변이 이전부터 내가 당신 아버지와 알고 지냈다고 얘기했던가요?"

여러 번 들은 얘기지만 그는 매번 그랬던 것처럼 들어본 적 없다면서 놀란 표정을 지어 보인다.

"내가 젊었을 때였죠. 가죽 공장에서 비서로 일했는데, 당신 아버지가 당시 내 상사와 만나러 올 때마다 그분과 얘기를 나누곤 했어요." 그녀는 그의 아버지가 매우 매력적이었다고 재차 말한다. "당신처럼요, 마르코스."

그녀는 가죽 공장에서 일하는 여자들이 모두 그의 아버

지에게 관심이 있었지만, 그의 아버지는 여자들에게는 눈길조차 주지 않았다고 말한다.

"그건 아마도 당신 아버지가 당신 어머니만 보고 있었기 때문일 거예요. 사랑에 푹 빠진 걸 알 수 있었죠."

아버지는 늘 유쾌하고 존경스러웠으며, 아무리 멀리 떨어진 곳에서 봐도 좋은 사람임을 알 수 있었다고 한다.

그는 마리의 양손을 조심스럽게 잡고 손등에 키스한다.

"고마워요, 마리. 이제 좀 괜찮아진 것 같네요. 난 크레이그에게 가봐야겠어요, 괜찮죠?"

"얼른 가요. 상황이 급한데, 일부터 해결해야죠."

"뭐든 필요하시면 여기 같이 있을게요."

마리는 일어서더니 그의 뺨에 키스하고 그를 안아준다.

그는 크레이그의 사무실에 들어가 앉는다.

"이건 재앙이야." 크레이그가 말한다. "개체들을 잃은 것도 어마어마한 손실이지만, 루이시토에게 벌어진 일은 정말 끔찍해."

"네, 그 친구 부인에게 전화해야 합니다."

"그건 경찰이 알아서 할 거야. 그들이 부인에게 개인적으로 연락하겠지."

"어떻게 일이 벌어진 건지 파악이 됐나요? 트럭이 사고로 넘어진 겁니까? 아니면 스캐빈저들이 벌인 짓인가요?"

"CCTV 녹화본을 봐야 하지만, 스캐빈저들의 짓이라고 생각하고 있네. 전혀 대응할 시간이 없었어."

"보고는 오스카르가 했나요?"

"그래, 오스카르가 근무 중이었네. 그 친구가 트럭을 보고 내게 연락했어. 저놈들이 개체를 전부 죽일 때까지 채 5분이 걸리지 않았어."

"그럼 미리 계획한 거네요."

"그런 것 같아."

"가능하다는 걸 알았으니 언제든 다시 오겠군요."

"그렇지, 그게 겁나는 거야. 우리가 어떻게 해야 한다고 생각하나?"

뭐라고 말해야 할지 알 수 없었다. 아니, 해야 할 말을 완벽하게 알았지만, 말하고 싶지 않았다. 핏속에서 돌 조각들이 타올랐다. 도로 위에서 잘린 팔을 끌고 가던 사내아이가 생각난다. 그는 침묵을 지킨다. 크레이그는 그를 초조한 눈으로 바라본다.

뭔가 말하려 하지만 기침이 난다. 목구멍에 돌 조각들이 쌓이는 기분이다. 돌 조각들이 목구멍을 불태운다. 그는 재스민을 데리고 달아날 수 있으면 좋겠다고 생각한다. 어디론가 사라지고 싶다.

"유일하게 해볼 수 있는 생각은 지금 저리로 가서 놈들을 전부 죽이는 거야. 괴물 같은 놈들은 죽여야 해. 놈들은 사라져야 한다고." 크레이그가 말한다.

크레이그를 보는 그는 더러워지고 분노한 슬픔을 느낀다. 기침이 멈추질 않는다. 목구멍에서 돌 조각들이 부서져 모래알이 되는 느낌이다. 크레이그는 그에게 물 한 잔을 건넨다.

"괜찮나?"

크레이그에게 그는 괜찮지 않고, 몸속에서 돌덩이들이 타오르고 있으며, 마음속에서 굶주림으로 죽어가는 사내아이를 지울 수가 없다고 말하고 싶다. 물을 한 모금 마신다. 대답하고 싶지 않지만 대답한다.

"개체를 몇 명 뽑아 독을 먹인 다음 스캐빈저들에게 던져주는 겁니다."

어떻게 말을 이어가야 할지 알 수 없어 그는 다시 침묵한다. 하지만 이내 다시 입을 연다.

"제가 몇 주 안에 지시하죠. 우린 놈들이 강탈한 고기를 다 먹고 나서 전혀 의심하지 않을 때까지 기다려야 합니다. 놈들이 우릴 공격했는데 당장 고기를 던져주면 이상하게 보일 겁니다."

크레이그는 긴장한 표정으로 그를 보며 잠시 생각하더니 웃는다. "좋은 생각이군."

"이렇게 하면 놈들이 독을 먹고 죽었을 때 사람들은 놈들이 훔친 고기를 먹고 탈이 났다고 생각할 겁니다. 아무도 우릴 의심하지 않겠죠."

"믿을 수 있는 사람들이 진행해야 해."

"때가 되면 제가 처리하겠습니다."

"하지만 경찰이 곧 여기에 나타나서 놈들을 체포할 거야. 그럴 필요는 없을 텐데 말이지."

그는 유능하게 돌아가는 자신의 머리가 싫다. 하지만 그는 대답을 멈추지 않고, 문제를 해결하며, 공장을 위한 최고의 대책을 찾아내려 애쓴다.

"경찰이 누굴 체포해요? 아무것도 가진 것 없이 밑바닥에서 사는 100명도 넘는 사람들을 체포해요? 루이시토를 누가 죽였는지, 누구 죄인지 어떻게 밝혀냅니까? CCTV 화면에 잡혔다면 모르지만, 그걸 확인해서 체포하려면 한참 걸릴 겁니다."

"자네 말이 맞아. 그들이 놈들 두세 명을 체포한다고 해도 여전히 남은 놈들은 문제야. 그런데 놈들을 전부 죽이려면 개체를 몇 명이나 사용해야 할까?"

"전부 죽일 필요 없어요. 놈들이 남지 않고 떠날 정도로만 죽이면 됩니다."

"맞아."

"저놈들은 법 밖에 존재합니다. 아마 제대로 된 신분도 없을 거예요. 조사를 하려면 몇 년은 걸릴 텐데, 그러는 사이에 다른 트럭도 공격해 넘어뜨릴 겁니다. 이제 어떻게 하는지 아니까요."

"내일부터 공장에 들어오는 트럭을 맞을 무장 경비원을 배치하지."

"그래야죠. 물론 내일은 놈들이 덤벼들지 않을 것 같습니다만."

"자네는 놈들의 사나운 얼굴을 못 봐서 그래."

"봤어요. 하지만 놈들은 피곤하고 배부를 겁니다. 물론 무장 경비원을 당장 배치하는 건 저도 찬성입니다."

"좋아. 우리 계획은 잘 먹힐 거야."

그는 아무 말도 하지 않고 크레이그와 악수를 하고 집에 가겠다고 말한다. 크레이그는 알았다고, 그는 당연히 퇴근해야 한다면서 이런 시기에 호출해서 미안하다고 말한다.

차를 타고 공장에서 멀어지던 그는 부서진 트럭과 푸른 불빛을 내며 다가오는 경찰차들, 도로 위 핏자국을 다시 본다. 그는 스캐빈저들을 동정하고 루이시토의 운명에 슬퍼하고 싶지만 아무런 느낌도 들지 않는다.

19

집으로 돌아온 그는 곧장 재스민의 방으로 간다. 지금까지 재스민이 괜찮은지 한 번도 휴대전화로 확인하지 않았다. 카메라를 설치한 뒤로 깜박 잊고 그녀의 상태를 확인하지 않은 건 이번이 처음이다.

문을 연 그는 재스민이 바닥에 쓰러진 채 고통스러워하는 모습을 발견한다. 배를 감싸 쥐고 있는 그녀의 잠옷이 얼룩투성이다. 그녀에게 달려들어 확인해보니 매트리스가 갈색이 도는 초록색 액체로 젖어 있다.

"안 돼!" 그는 소리 지른다.

양수가 녹색이나 갈색이면 아기에게 문제가 생긴 것이다. 열심히 공부한 그는 안다. 그는 재스민을 일으켜 좀 더

편안하게 누울 수 있도록 자신의 침대로 데려가는 것 말고는 달리 뭘 할 수가 없다. 그런 다음 그는 휴대전화를 들고 세실리아에게 전화를 건다.

"지금 여기로 와줘야겠어."

"마르코스?"

"어머니 차를 몰고 이리로 와."

"하지만 마르코스, 무슨 일인데?"

"그냥 지금 이리로 와, 세실리아. 지금 당장 당신이 필요하다고."

"무슨 말인지 모르겠어. 당신 목소리가 이상해. 당신인지 아닌지 모르겠어."

"전화로 설명할 수 없는데, 그냥 당장 당신이 와주었으면 한다는 것만 알면 돼."

"알았어, 지금 갈게."

그는 아내가 금방 오지 못하리라는 걸 안다. 처가는 시내는 아니지만 가깝지 않은 곳에 있다.

전화를 끊은 그는 주방으로 뛰어가 행주를 몇 장 꺼내 물에 적신다. 그는 차가운 행주를 재스민의 이마에 올린다. 그리고 그녀 배에 초음파 기기를 대보지만, 문제는 없는 것 같다.

그는 재스민의 배를 어루만지며 말한다. "모든 게 잘될 거야, 우리 아기. 아무 문제 없어. 넌 아주 무사히 태어날 거야. 모든 게 잘될 거야."

재스민에게 물을 조금 먹인 후 멈추지 못하고 계속 같은 말을 반복하지만, 그는 아기가 죽을지도 모른다는 걸 알고 있다. 몸을 일으켜 물을 끓이는 것처럼 출산 준비가 될 만한 일을 도무지 할 수가 없다. 그러는 대신 꼼짝도 하지 않고 재스민에게 붙어 있다. 그녀의 얼굴은 시간이 흐를수록 창백해진다.

　　그는 침대 위 벽에 걸린, 어머니가 그렇게도 좋아했던 샤갈의 그림을 바라본다. 그 순간 그는 일종의 기도를 올린다. 어머니에게, 어머니가 어디에 있든 도와달라고 부탁한다.

　　그 순간 밖에서 들리는 자동차 엔진 소리에 그는 밖으로 뛰어나간다. 그는 세실리아를 껴안는다. 그녀는 뒤로 물러서며 놀란 눈으로 그를 바라본다. 그는 아내의 팔에 손을 올리고 그녀를 안으로 들이기 전에 미리 말한다.

　　"당신이 열린 마음을 가져야 해. 감정은 옆으로 치워두고 내가 알던 전문가로서의 간호사가 되어주어야 해."

　　"도대체 무슨 말을 하는 건지 모르겠어, 마르코스."

　　"이리 와, 내가 보여줄게. 제발 날 도와줘."

　　두 사람이 방에 들어서자 세실리아는 임신한 몸으로 침대에 누워 있는 여자를 발견한다. 세실리아는 슬픔이 담긴 눈으로 그를 바라본다. 약간의 놀라움과 혼란도 보인다. 그러나 그 순간 그녀는 좀 더 가까이 다가갔다가 여자의 이마에 새겨진 표식을 본다.

"왜 암컷이 내 침대에 있는 거야? 왜 전문가를 부르지 않았어?"

"내 아기야."

아내는 역겹다는 표정으로 그를 본다. 그러더니 몇 걸음 뒤로 물러나 웅크리고 앉아 혈압이 떨어지는 것처럼 양손으로 머리를 감싼다.

"미쳤어? 도살장에 끌려가 끝장나고 싶어서 그래? 어떻게 암컷이랑 그런 짓을 할 수가 있어? 정신이 나간 거야?"

그는 아내에게 다가가 천천히 그녀를 일으켜 세워 끌어안는다. 그리고 말한다. "양수가 녹색이야, 세실리아. 아기가 죽어가고 있어."

그의 말이 마법이라도 되는 것처럼 세실리아는 움직이기 시작하고, 그에게 물을 끓이고 깨끗한 수건과 알코올 그리고 새 베개를 가져오라고 말한다. 그는 여러 가지 물품을 찾아 집 안을 뛰어다니고 그동안 세실리아는 재스민의 상태를 확인하고 그녀를 진정시키려 애쓴다.

분만에는 여러 시간이 걸린다. 재스민은 본능적으로 아기를 밀어내지만, 세실리아는 그녀에게 설명할 수가 없다. 그는 도우려 애쓰지만 재스민의 두려움이 느껴져 몸이 마비되는 것 같다. 그가 할 수 있는 일이라고는 이렇게 말하는 것뿐이다.

"괜찮을 거야. 모든 게 다 잘될 거야."

그러다가 세실리아가 발이 보인다고 소리 지른다. 그는 공포에 사로잡힌다. 세실리아는 그가 그녀와 재스민 모두를 긴장하게 만든다면서 분만이 힘들어질 수 있으니 남편에게 나가라고, 밖에서 기다리라고 말한다.

그는 방문 앞에서 문에 귀를 대고 기다린다. 비명은 들리지 않고 세실리아가 말하는 소리만 들린다.

"자, 힘줘. 끙, 세게, 더, 밀어내. 할 수 있어. 더 힘껏. 이제 나오고 있어. 자, 조금만 더. 그래, 그거야." 그녀는 마치 재스민이 이해할 수 있기라도 한 것처럼 말한다.

그 순간 완벽한 침묵이 찾아온다. 시간이 흐르고 세실리아가 외치는 소리가 들린다.

"안 돼! 제발, 아가야. 몸을 돌려, 제발. 힘줘, 제발. 거의 다 됐어. 다 됐다고. 맙소사, 하느님. 도와주세요. 내 앞에서 죽다니 절대 그럴 수 없어. 내가 있는 한 안 돼. 제발, 그래. 넌 할 수 있어."

한참 동안 아무 소리도 들리지 않는다. 그러다 울음소리가 들리자 그는 안으로 들어간다.

세실리아가 그의 아기를 안고 있다. 세실리아는 땀에 잔뜩 젖었고 머리는 온통 엉망이지만 웃고 있다. 얼굴이 웃음으로 환하다.

"아들이야."

그는 아내에게 다가가 아기를 받아 안고 흔들고 키스한

다. 아기가 운다. 세실리아는 탯줄을 자르고 아기를 씻어서 따뜻하게 감싸야 한다고 말한다. 눈물을 흘리는 그녀는 북받치는 감정으로 행복하다.

자신이 말한 것들을 하고 나서 세실리아는 차분해진 모습으로 다시 그에게 아기를 건네준다. 그는 믿을 수 없다는 표정으로 자기 아들을 바라본다.

"아름다워." 그는 말한다. "그냥 아름다울 뿐이야."

그의 몸속 돌덩이 조각들이 느슨해지며 줄어드는 느낌이 든다.

재스민은 양팔을 늘어뜨린 채 침대에 누워 있다. 두 사람은 그녀를 무시하지만, 그녀는 입을 벌리고 양손을 움직인다. 그녀는 일어서려 애쓰다가 엉덩이를 침대 옆 테이블과 부딪히면서 램프를 넘어뜨린다.

두 사람은 아무 말 없이 그녀를 바라본다.

"가서 수건 좀 더 가져오고 재를 헛간으로 데려가기 전에 씻길 물도 좀 가져와." 세실리아가 말한다.

그는 일어서서 아들을 세실리아에게 넘겨준다. 세실리아는 아기를 안고 흔들며 노래를 불러준다.

"이제 우리 아기야." 그가 아내에게 말한다.

어떻게 대꾸해야 할지 모르는 세실리아는 감동과 혼란이 섞인 표정이다.

세실리아는 아기를 보며 소리 없이 울 수밖에 없다. 그러곤 아기를 꼭 안고 말한다. "이렇게 예쁜 아기. 넌 가장 사랑스러운 아기야. 이름을 뭐로 해야 할까?"

그는 주방으로 가더니 오른손에 뭔가를 들고 돌아온다.

재스민은 그녀의 아들을 향해 필사적으로 양손을 뻗는다. 그녀는 다시 일어서려 애쓰지만 깨진 램프에서 쏟아진 유리 조각들이 몸을 찌른다.

그는 재스민 뒤에 앉는다. 절망한 그녀는 고개를 돌려 그를 본다. 그는 우선 양팔로 그녀를 끌어안은 뒤 그녀의 이마에 찍힌 표식에 키스한다. 그는 그녀를 진정시키려 애쓴다. 그러더니 바닥에 무릎을 꿇고 말한다.

"모든 게 잘될 거야. 마음을 가라앉혀."

그는 젖은 수건으로 그녀의 이마에 맺힌 땀을 닦는다. 그는 그녀의 귀에 대고 〈서머타임〉을 불러준다. 그녀가 조금 진정하자 그는 일어서서 그녀의 머리채를 움켜쥔다. 재스민은 아들을 향해 양손을 뻗으려 애쓴다. 그녀는 말하고 싶고 소리치고 싶지만, 소리는 나오지 않는다. 그는 주방에서 가져온 몽둥이를 들고 낙인이 새겨진 그녀의 이마를 내리친다. 재스민은 충격을 받고 의식을 잃은 채 바닥에 쓰러진다.

세실리아는 둔탁한 소리를 듣고 펄쩍 뛰고는, 어떻게 된 일인지 몰라 그를 바라본다.

"왜 그랬어?" 그녀는 소리친다. "쟤가 아기를 더 낳아줄 수도 있는데."

도살하기 위해 암컷의 몸뚱이를 헛간으로 끌고 가면서 그는 세실리아에게 말한다. 그의 목소리는 상처를 줄 정도로 밝고 순수하다.

　"이건 인간의 모습을 한 가축일 뿐이야."

감사의 말

릴리아나 디아스 민드무리, 펠릭스 브루소네, 가브리엘라 카베손 카마라, 필라르 바스테리카, 리카르도 우살 가르시아, 카밀라 바스테리카 우살, 루카스 바스테리카 우살, 후안 크루스 바스테리카, 다니엘라 베니테스, 안토니아 바스테리카, 가스파르 바스테리카, 페르민 바스테리카, 페르난다 나바스, 리타 피아센티니, 베미 피스베인, 파멜라 테를리시 프리나, 알레한드라 케예르, 라우라 리나, 모니카 피아사, 아구스티나 카리데, 발레리아 코레아 피스, 마비 사라초, 니콜라스 오크만, 곤살로 갈베스 로마노, 디에고 토마시, 알란 오헤다, 마르코스 우르다피예타, 발렌티노 카페요니, 후안 오테로, 훌리안 피그나, 알레호 미란다, 베르나디타 크레스포, 라미로 알타미라노, 비비 발데스.

부모님인 메르세데스 호네스와 호르헤 바스테리카.

마리아노 보로비오에게, 영원히.

아구스티나 바스테리카

식인이 합법화된 가상 세계

소설이 시작되자마자 독자들은 도축 라인에 선 가축 신세가 되어 컨베이어벨트에 올라탄 채 끌려간다. 가죽 공장, 사육장, 육류 가공 공장, 정육점 등 '상품'이 된 인간의 뒤를 따라가며 난도질당한다.

미래의 어느 때, 세계의 모든 동물이 바이러스에 감염되어 그 고기를 먹을 수 없게 되는 것은 물론 바이러스를 사람들에게 옮길까 봐 동물을 전부 죽여 없애게 된다. 『육질은 부드러워』는 동물 단백질이 사라진 사회에서 암암리에 벌어지던 인육 섭취가 정부의 필요와 대기업의 요구가 만나면서 합법화되어 일상화된 세상의 이야기를 그린 소설이다.

이야기는 크게 1부와 2부로 나뉘는데, 1부에서는 주인공의 동선을 따라가며 식인이 합법화된 세상에서 인육이 어떻게 길러지고 소비되는지를 다큐멘터리처럼 보여준다. 소설이 시작되고 나서 한참 동안 독자들은 주인공의 이름조차 알지 못하는 상태에서 인육이 되기 위해 따로 기른 인간(그렇지만 인간이라고 부르지 않고 상품이라고 불러야 한다)들이 학살되는 현장을 지켜봐야 한다. 끔찍한 상상이다. 마치 1949년 조르주 프랑주가 프랑스 파리의 도축장을 촬영해 만들었다는 다큐멘터리 〈짐승의 피〉를 떠올리게 한다. 당시 그 다큐멘터리는 동물 도축 현장을 노골적으로 다뤄 충격을 줬다. 그런데 상상이긴 하지만 이 소설 속 도축 대상은 무려 '인간들'이다.

작가인 아구스티나 바스테리카는 아르헨티나의 부에노스아이레스에서 유기농 레스토랑을 운영하는 남동생에게 영향을 받아 공부를 통해 채식주의자가 되었고, 그 이후 정육점에 걸린 고깃덩이가 동물 사체로 보이기 시작하면서 이 소설의 줄거리를 떠올리게 되었다고 한다. 하지만 채식주의 홍보 책자를 만들려는 의도는 없었다고 밝히고 있다. 그럼에도 독자들은 1부를 읽으며 현재의 동물 사육과 도축 그리고 육류 소비를 비판하는 것이 아닌지 생각할 수밖에 없다. 소설 속에서 육류로 소비되는 '상품'으로서의 '인간'을 '동물'로 바꿔놓고 생각한다고 해도 자세하고 현실감 넘치는 묘사는 지나칠 정도로 끔찍하다. 더구나 작가의 모국

이자 소설 속 무대인 아르헨티나는 소 사육이 매우 큰 산업이고 육류 소비도 우리나라와는 비교가 되지 않을 정도로 많은 곳이다. 몇 년 전 자료를 보면 1인당 육류 소비량에서 우리나라는 돼지고기만 아르헨티나보다 두 배 정도 많을 뿐 소고기는 5분의 1에 불과하고, 닭고기 소비도 절반에 머물고 있다. 최근 아르헨티나의 경제 사정과 문화의 변화로 소고기 소비가 줄고 있다고는 하지만 아르헨티나에서의 소고기 소비에 관한 문화는 우리나라와는 사뭇 다르다고 할 수 있다. 그러니 아르헨티나 독자라면 도축 공정을 묘사하는 장면에서 우리보다는 훨씬 쉽게 소고기와 관련한 자신들의 음식 문화를 떠올렸을 것이다.

그러나 2부로 넘어가면서 줄거리는 불쾌한 설정에 더욱 불쾌한 상상을 보태면서 극적으로 변해간다. 자신의 몸을 바쳐 인육이 되는 신흥종교부터 집에서 '상품'을 길러 잡아먹는 유행, 인체를 대상으로 하는 연구소와 인간 수렵장에 대한 묘사를 지나 스캐빈저의 인육 탈취까지 벌어진다. 그런 상황 속에서 '인간'과 '상품' 사이에 싹트는 듯했던 애틋하고 순수해 보이는 사랑은 엉뚱한 결말을 맞이한다. 식탁 위 가상 화면이나 압축 공기를 이용한 우산 등 살짝 SF적인 표현에 기대어 절대 일어나지 않을 다른 세상 속 이야기라고 마음을 다독이며 읽어 내려가던 독자들은 마지막 파국과 함께 모든 일이 이미 우리 주변에서 벌어지고 있는 것이 아니었나, 하는 끔찍한 인식에 마음이 차갑게 가라앉는 경험을 하게 된다. 작가가 인터뷰에서 말한 것처럼 자본주의와 소비주의에 물든 우리 사회는 이미 예전부터 서로를 잡아먹고 있는 것인지도 모른다. 그런 세상에서 여자, 노인, 동물, 이민자, 실직자, 노숙자 등 약자는 먼저 취약해지고 위험에 노출된다.

1973년 찰턴 헤스턴이 주인공으로 나온 또 하나의 SF 영화 〈소일렌트 그린〉에서도 죽은 사람들을 가공해 만든 걸 사람들에게 플랑크톤으로 만든 음식이라고 속여 배급하는 내용이 나온다. 영화에서는 인구 폭발과 환경 오염으로 먹을 것이 없어진 사람들이 인육이 재료라는 걸 모르고 배급 음식을 먹지만, 이 소설에서는 아예 '먹을 인간'을 따로 키워 경쟁적으로 판매하고 소비하는 세계를 그리고 있다.

작품 속에선 다양한 이유로 '비인간화'된 사람들이 등장한다. 정신적 충격으로 정신을 놓아버린 아버지, 정부의 말만 듣고 순응하며 살아가는 여동생, 식인 시대에 태어나 아무렇지도 않게 비인간적인 태도로 살아가는 어린 조카들, 어렵게 살아남은 동물을 바이러스 덩어리라며 학대하는 젊은이들, 먹고살기 위해 같은 인간을 잔인하게 살해하며 살아가는 인육 사업 관계자들. 그런 사람들에게 지친 주인공은 돌아올 수 없는 과거를 상징하는 듯한 버려진 동물원에서 어렸을 적 아버지와의 추억을 되새기며 인간들끼리, 반려동물과 함께 서로 기대며 살던 과거를 그리워한다.

작가는 언어에 관해서도 많은 관심을 보인다. 우리가 사회에 존재하는 부조리한 상황을 정확한 명칭을 붙여 말하지 않고 에둘러 표현하거나 아예 못 본 척하는 것이 문제라는 것이다. 소설 속에서 모두는 인육을 섭취하면서도 그들을 '인간'이라고 부르지 않거나 서로 모르는 척한다. 그렇게 법률로 정해두었기 때문이다. 만일 '상품'인 '인간'과 성적인 접촉을 하거나 그들을 인간 취급하면 함께 죽어 인육이 되도록 하는 처벌까지 내린다. 서로 비인간적으로 행동하기로 약속하고 행동해야 마음이 편해지기라도 하는 것처럼. 작가는 사회 부조리를 있는 그대로 표현하고 얘기해 고칠 수 있어야 한다고 말하고 있다. 그렇지 않고 차별과 폭력에 침묵하면 모두 공범이 된다는 얘기다.

남명성

육질은 부드러워

1판 1쇄 발행 2024년 4월 24일
1판 2쇄 발행 2024년 8월 25일

지은이 | 아구스티나 바스테리카
옮긴이 | 남명성
펴낸이 | 송영석

펴낸곳 | (株)해냄출판사
등록번호 | 제10-229호
등록일자 | 1988년 5월 11일(설립일자 | 1983년 6월 24일)
주소 | (04042) 서울시 마포구 잔다리로 30 해냄빌딩 5·6층
대표전화 | 326-1600 **팩스** | 326-1624
홈페이지 | www.hainaim.com

ISBN 979-11-6714-052-4 03870

잘못 만들어진 책은 구입하신 서점에서 교환해드립니다.

Tender is the Flesh